ダッシュエックス文庫

黒獅子城奇譚

川口 士

KUROJISHIJOKITAN CHARACTERS

貧しい吟遊詩人

ゴードン

しっかり者の町娘

ミリアム

義眼の老騎士

タングレー

商人一家

ドゥカーク

家族のことが大切な
やり手の商人。
騎士たちのことを
警戒している。

シュザンナ

ドゥカークの妻。
何かにおびえている様子。

パレン

ドゥカークとシュザンナの
一人息子。

視察を終えた騎士たち

ヒューバース

ダリオン伯に仕える騎士。
まだまだ未熟な二人の
お目付け役。

デルミオ

痩せぎすの騎士。
鼻持ちならない男。

エダルド

丸顔の騎士。
デルミオの同僚。

プロローグ

　薄暗い部屋の中に、ひとつの死体が横たわっている。

　宿屋の一室だ。宿の外では、春のあたたかな陽射しが降り注ぎ、ぬくもりを感じさせる風が吹いていたが、明かり取りの小さな窓がひとつあるだけのこの部屋には、陽光も風もほとんど入らない。

　部屋の片隅では、四人の男女がひとりの男を壁際に追い詰めている。室内は血の臭いと、そして緊迫感に満ちていた。

「――以上のことから、この方を殺害したのは、あなただと思います」

　長い黒髪の娘が、淡々とした口調で壁際の男に告げる。死体を指で示した。

　死んでいるのは中年の女だ。右目をえぐられていて、顔の右半分が血まみれだ。舌も切りとられている。気の弱い者が見れば顔をそむけるに違いない、むごたらしい殺され方だった。

　女の死体が発見されたのは、今朝のことだ。

　知らせを聞いて駆けつけた二人の衛士は、宿に泊まっていた客を順番に取り調べていき、二人連れの旅人に疑いの目を向けた。黒い甲冑をまとった若い騎士グレンスタード・レヴァインと、黒髪の女神官リューディア・スセリに。

グレンスタードは二十歳。日に焼けた顔は若々しく、鍛え抜かれた長躯（ちょうく）に黒い甲冑をまとって、剣を背負っている。鎧の下の装いも黒一色だった。

リューディアは、グレンスタードより二つ年下の十八歳。腰まで届く黒髪と整った顔だちの持ち主で、細身ながら服の下には女性らしい曲線を備えている。

もっとも、その容姿よりも風変わりな服装の方が、見る者の印象には残るだろう。彼女の着ている薄紫の上着は、身体の前で身頃（みごろ）を重ねて帯で締めるという形になっている。大都市ならともかく、このような僻地（へきち）では奇異の目を向けられても仕方がなかった。手に持っている、スセリという霊木からつくられた杖も、神官らしいかどうかは意見がわかれるに違いない。

衛士たちに疑われた二人は、犯人の捜索に協力すると申しでた。

そしていま、犯人は判明したところだった。グレンスタードとリューディア、二人の衛士に取り囲まれている男がそうだ。

男は額（ひたい）に汗をにじませながら、虚勢（きょせい）とわかる笑みを浮かべた。

「そっちのお役人さまたちには説明したぜ。俺は『星見酔い（シュトベル）』って酒場で寝ちまって、朝まで宿に帰らなかった。俺が帰ってきたときには、もうその女は死んでいたんだ」

樫（かし）の木でつくった短い棒を持ち、赤い制服に身を包んだ衛士たちが、渋面（じゅうめん）をつくる。この棒は衛士としての立場を示すとともに、罪人を打ち据えるためのものだ。

男の主張に、リューディアは呆れたように眉をひそめた。

「死体がここにあるからといって、ここで殺されたということにはなりません。あなたはその酒場の近くでこの女性を殺害してから、宿に運んだのです。その酒場も、この宿も、あなたのお父さまのものだそうですね。借金のかたにとられたと聞きましたが」

男が息を呑む。リューディアは町の住人ではない。行きずりの旅人だ。それなのに、もうそのことを突き止めたというのが、男には信じられなかった。

「酒場の地下の酒蔵から、この宿に通じる狭い通路を見つけました。宿に料理を運ぶために、あなたのお父さまが考えたものだとか。いまの酒場のご主人は知らなかったようですが」

男の顔から血の気が引き、その目が大きく見開かれる。だが、男は観念しなかった。腰の後ろに隠し持っていた短剣を握りしめて、怒声とともにリューディアへと襲いかかる。やぶれかぶれになったのではない。彼を取り囲む四人の中で、もっとも弱そうな者を狙ったのだ。彼女がひるめば、突破して逃げられると考えた。

だが、男の望みはかなわなかった。男とリューディアの間に、黒い甲冑がすばやく割りこんだ。グレンスタードだ。

勢いのままに、男が短剣で斬りつけた。グレンスタードはその一撃をかわし、背中の剣を抜き放って、男の顔面に容赦（ようしゃ）なく叩きつける。血飛沫（ちしぶき）が飛び散り、男は壁に叩きつけられて、ずるずると床に崩れ落ちた。床に転がった短剣を、衛士が慌てて拾いあげる。

冷厳な表情で、グレンスタードは男を見下ろした。

「どうしてこんな殺しかたをした?」

男に、この女性を殺す理由はあった。だが、目をえぐり、舌を切りとるというのは尋常ではない。鼻と上唇を潰された痛みで、男は苦しそうに喘(あえ)いでいたが、途切れ途切れに答えた。

「あんたらの仕業に、見せかけられると、思った。遠くから来た、魔術師だって聞いて……」

「あいにく、私はカルナン女神に仕える神官です。魔術師ではありません」

ため息まじりにリューディアが言った。グレンスタードはもの言いたげな顔をしたが、首を横に振って、二人の衛士に視線を向ける。

「犯人は見つかったんだ。俺たちはもう宿を出てもかまわないな」

「……ああ。おまえたちの疑いは晴れた。どこへでも行くがいい」

衛士たちの態度は横柄だったが、グレンスタードたちはそれ以上かまわなかった。それぞれ足下まである外套(がいとう)をまとい、荷袋を背負うと、堂々とした態度で宿をあとにする。

外に出て、二人は陽光のまぶしさに目を細めた。宿の前には殺人事件の経過を気にしている十数人の野次馬がいて、好奇と警戒の入り混じった視線を向けてきたが、グレンスタードが彼らを睨みつけると、たじろいで道を空ける。二人は彼らの間を無言で通り過ぎた。

太陽の下に出たことと、陰惨な出来事から脱した解放感とで、二人は小さく息を吐く。空に浮かぶいくつもの雲を見上げて、リューディアがぽつりとつぶやいた。

「イルミンの町に着く前に、一雨くるかもしれませんね……」

「だとしても、こんな町にこれ以上長居するのはごめんだ」

吐き捨てるようなグレンスタードの言葉に、リューディアはうなずく。もっとも近い城門に向かって、二人は歩きだした。

ふと、リューディアが口の片端を吊りあげ、からかうようにグレンスタードへ笑いかける。

「グレン、あなたがもっと大柄でたくましい身体をしていれば、こんな目に遭わずにすんだのですよ。あの犯人とあなたの背格好が似ていたから疑われたのであって――」

「怪しまれたのはな、リュー。おまえのその格好のせいだ。えせ神官め」

おたがいを愛称で呼びあいながら、二人は軽口を叩きあう。もっとも、グレンの声には相棒よりも実感がこもっていた。リューディアが女神官を称しているのは、魔術師であることを隠すためだと知っているからだ。彼女はいくらでも神官らしく振る舞うことができるが、信仰心だけはない。

「えせ神官とは失礼な。あなたが死んだとき、神々への祈りを捧げてあげませんよ」

「おまえに祈られたら、かえって神々の怒りを買うだろうよ」

春の陽気に包まれた雑踏を二人は歩いていく。風が吹いて、グレンの頭に薄紅色の花びらが舞い落ちる。それを見たリューは、くすりと笑った。

1　捨てられた城砦

　昼過ぎから降りだした雨は、激しさを増す一方だった。街道の両脇に咲いていた色鮮やかな花々はすっかりしおれて泥だらけになり、見る影もない。

　グレンは大きなくしゃみをすると、ぶるっと肩を震わせて鼻水をすする。視界が徐々に暗くなっていた。ぶ厚い雨雲に隠れて見えないが、日が傾いているのだろう。

——早く今日のねぐらを見つけないと、やべえな。

　忌々しげな顔で、空を見上げる。着こんでいる甲冑が重い。背中の剣と荷袋も。この剣は騎士だった父の形見であり、グレンとともに数多の修羅場をくぐり抜けてきた一振りだった。飾り気こそないが、見る者が見ればそうとう使いこまれていることがわかるだろう。

　だが、相手が雨と泥では、鍛練を重ねた肉体も、見事な強度を誇る剣も無力だった。

——思えば、今日は朝からついていなかった。

　噂には聞いていたのだ。大陸東部のほぼ中央、北をラグラス王国、南をグリストルディ王国に挟まれたこのあたりでは、魔術師に対する偏見が強いと。魔術師は邪悪で、狡猾で、人間の目玉や舌をえぐりとって恐ろしい儀式に用いると思われている。およそ百年前に、そのような魔術師がこの一帯で暴虐のかぎりをつくしたからだそうだ。

その話を聞いた時点でこの地を避けるべきだったのだが、おとなしくしていればやり過ごせるだろうと、グレンたちは楽観的に考えた。

いまさらだが、考えが甘かった。殺人事件に巻きこまれ、よそ者であるために疑われた。事件を解決して疑いを晴らすことはできたものの、昼近くまで宿屋に足止めされてしまった。

加えて、この豪雨が足を鈍らせた。日が暮れる前にイルミンの町にたどりつけるはずだったが、町の影どころか明かりすら見えない。

街道は泥濘と化し、一歩ごとに泥が靴にへばりつくほどの荒れようだ。染みこむ雨で、足はとうにびしょ濡れだった。

このまま日が暮れてしまったら、立ったまま、寒さに震えて夜を過ごすことになる。とにかく雨をしのげる場所をさがさなければならなかった。

遠くへ視線を向ける。降りしきる雨の向こうには薄闇が広がるばかりだ。

――木の下じゃあ無理だ。ちっぽけな集落でいいから、近くにないか。

そのとき、隣で泥のはねる音がした。リューが、ぬかるみに足をとられて転んだのだ。

「立てるか」

グレンは彼女に手を差しのべた。体力に自信のある自分でも、寒気と疲労でまいっている。彼女はもっとこたえているだろう。

しかし、リューはグレンの手をとらず、持っている杖を支えにして立ちあがった。

転んだ拍子にフードが脱げたらしい。顔には泥がべっとりとついて、腰まで届く長い黒髪も汚れている。彼女は顔を乱暴に拭うと、鼻の穴に入った泥を、ふんと鼻息で飛ばした。

「見ての通り、私は平気です」

口を引き結んで、挑むようにリューは胸を張る。苦笑を誘われたグレンだが、その目は彼女の顔から、胸元へと動いた。外套(がいとう)がはだけて、薄い肌着が覗いている。そのような場合ではないとわかっていながら、グレンは胸の奥から獣欲が湧き起こるのを意識した。

「腐らせますよ」

スセリの杖の上端をグレンの股間に向けて、リューが冷淡な声を放つ。魔術師である彼女の言葉は、ただの脅しではない。グレンはひるみかけたが、引き下がりはしなかった。

「やってみろ、腐ったもので喘(あえ)がせてやる」

リューが眉をつりあげ、何かを言おうと口を開きかける。

暗い空に閃光が走ったのは、そのときだった。リューは言葉を呑みこみ、グレンは彼女を抱き寄せて、身構える。わずかに遅れて雷鳴が轟き、強風が二人の顔に雨を叩きつけた。

慌ててフードをかぶり直すリューに、グレンは自分の荷袋から取りだした厚手の布を渡す。

彼女が顔と髪を拭くのを待って、普段通りの口調で言った。

「おまえの魔術で、雨宿りができる木をさがせないか。ここなら俺たち以外に誰もいねえ」

「あなたには何度も言っていますが、魔術はみだりに使うものではありません」

「たったいま、どうでもいいことに使おうとしていただろうが」

反論するグレンに、リューは耳を貸さないというふうに顔をそむける。

再び、白い雷光が黒灰色の空を切り裂いた。

「次は俺たちに落ちてくるかもしれないだろう。出し惜しみをしないで……」

グレンは苛立たしげに彼女をせかす。しかし、リューは聞いていなかった。目を丸くして、あらぬ方向をじっと見つめている。

「どうした？」

「……遠くに、建物らしきものが見えました」

不審に思って聞いたグレンに、驚きを隠せない声でリューは答える。グレンは彼女の視線の先を追ったが、空の暗さと雨のために、十数歩先の様子さえはっきりとわからない。

「本当に建物が見えたのか？」

グレンの声には、そうであってほしいという希望がいくらか含まれていた。ねずみの巣になっているような廃屋でもかまわない。この雨と風から逃れることができるのならば。

「見えたと、思うのですが」

リューの表情も声音も、自信に乏しかった。彼女がそれを見たのは、稲妻が閃いたほんの一瞬だ。ここで街道から外れて暗がりを突き進み、挙げ句何もなかったとしたら、二人は文字通り立ち往生してしまう。

　グレンが迷ったとしても、それはひとつ数えるかどうかという、ごく短い時間だった。水を入れた皮袋を取りだして、一気に飲み干す。ほんの少し、疲れがとれた気がした。雨水を中に溜めると、皮袋はたちまち丸くふくれあがる。

「おまえも飲んでおけ」

　グレンの意図を理解したリューは、素直に従った。二人はその場から動かず、建物があると思われる方向をじっと見つめる。雨音がさかんに鼓膜を叩いた。

　十を数え、二十を数え、百を過ぎても、雷光は閃かない。計算違いを嘆くように、リューがため息をこぼした。

「これだけひどい雨に降られたのは、いつ以来でしょうね」

「そうだな……。ブランドットの町に立ち寄ったときじゃないか」
　三、四ヵ月前のことだ。二人はブランドットを抜けて、町の南にある川を渡る予定だった。ところが豪雨によって川が氾濫し、数日間、足止めさせられたのだ。
　当時のことを思いだしたらしいリューは、非難がましい目をグレンに向けた。

「あなたときたら、川が落ち着くまでは暇だからといって、毎日、毎日……」

「いいじゃねえか。おまえだって他にやることはなかっただろう」

　ブランドットの町に滞在していた数日間、二人はほとんど宿から出なかった。

　何をしていたのかといえば、おたがいの身体をむさぼりあっていたのだ。そのときは手持ちの金が少なく、町中を歩きまわる余裕がなかったという事情もあるが、リューにとってはおおいに不満の残る記憶のようだった。

「あなたが昔は騎士だったという話、ときどき疑わしく思えます」

「いまでも騎士だ」

「遊歴の騎士を騎士に含めるなら、でしょう？」

皮肉っぽい笑みを返されて、グレンは渋面をつくった。

仕える主のもとを離れて旅をする騎士を、遊歴の騎士という。何らかの目的を持って旅をしている者もいれば、主の不興を買って、遊歴という名目で追放された者もいる。後者の場合は野盗に身を落とすことが多く、そのために遊歴の騎士は嫌われ、恐れられていた。

「おまえが本当に神官なら、今朝、躍起になって犯人さがしをすることもなかったのにな」

グレンの反撃に、リューはおおげさな口調で虚空へと訴える。

「ああ、偉大なるカルナン女神よ。あなたにお仕えしている導き手が、見た目も中身も凶暴な戦士に襲われております。助けてくださいませ」

カルナンは、おもに大陸東部で信仰されている、泉と旅を守護する女神だ。

この女神の教えには、未知の地に新たな泉や川を求め、その場所を広く伝えるべしというものがある。水に乏しい地で信仰されていたころの名残といわれているが、ともかくカルナンの信徒には旅をする者が多く、彼らは導き手と名のるのが常となっていた。

リューがカルナンの神官を装っているのは、そこに目をつけたからだ。旅人であることが不自然でなく、変わった服装も「故郷のもので」といえば納得してもらえる。詮索(せんさく)されたときのために、祈りの言葉を一通りそらんじておけば、かなりの割合でごまかすことができた。

「おまえは女神に助けられる側じゃなくて罰され――」

グレンがそこまで言ったとき、空に閃光が弾けた。

一瞬だけ白く輝いた世界で、遠くに建物の影が浮かびあがる。

「……今度は見ましたか？」

「ああ、見た。城館？　いや、城砦か？」

二人の声はうわずって、嬉しさと興奮を隠せない。身体にまとわりつく疲労感は消え去りこそしなかったが、一気に軽くなった。

グレンは勇んで街道の外へ足を踏みだしたが、一歩目で右足がぬかるみにはまりこむ。足首まで泥の中に埋まった。どうにか足を引き抜くと、苛立たしげな表情を暗がりへと向ける。

「地面がこのありさまじゃ、たどりつくのは骨が折れそうだな」

「少し待ってください、グレン」

リューが杖を垂直にかまえる。小さく息を吸って、彼女は呼吸を整えた。

「――太陽のかけら、月の落涙(らくるい)、星々の瞬き、指先に灯る一滴の残滓(ざんし)」

独特の韻律(いんりつ)で、リューの唇から呪文が紡ぎだされる。自然のものでない風が彼女の周囲に起こって、外套の裾をゆっくりとなびかせた。

神話の時代、この大陸に流れ着いた人間に、もの好きな精霊が『力ある言葉』を教えた。それが魔術のはじまりであると、大陸東部の魔術師の間では伝えられている。『力ある言葉』を人間の言葉に置き換えたのが呪文であり、素養のある者が呪文を唱えることで、魔術は発現する。

「万象を秘めたる八導の門よ、我が意を此処に現せ」

リューの持つ杖の上端に淡い光が生まれ、周囲を静かに照らした。

「魔術はみだりに使うものじゃないとか言ってなかったか」

「私ひとりなら、暗闇眼（くらやみまなこ）の魔術を使ってもよかったんですよ」

冗談めかしたグレンの皮肉に、すました顔でリューは応じる。暗闇眼は、暗闇の中でも昼間同様にものが見えるようになるという魔術だ。もっとも、明かりの魔術が一刻近くもつのに対して、暗闇眼は四半刻ほどで効き目がきれてしまうらしい。

「わかった、わかった。おまえには感謝している」

「言葉だけの感謝では、この光もあまりもちそうにありませんね」

「飯のとき、チーズをいつもより大きく切りわけてやる」

面倒くさそうにグレンが言うと、リューは笑顔で首を横に振る。

「イルミンの町に着いたら、お腹いっぱい食べさせてくれるだけでいいですよ」

いかにも気を遣うような言い方だが、グレンはげんなりした顔になった。

華奢な外見に似合わず、リューはよく飲み、よく食べる。調子のいいときなどは、グレンの倍の量をたいらげる。彼女の細い腰を見るたびに、いったい胃袋はどうなっているのかとグレンは不思議に思うぐらいだ。

もっとも、旅をしている間は、その旺盛な食欲が発揮されることはあまりない。食糧に限りがあることをわかっているからだ。「町に着いたら」というのは、そういう意味だった。

足下を照らしながら、二人は泥濘の中を慎重に歩く。松明の火などと異なり、魔術の光は雨や風で消える心配をしなくてすむのがありがたかった。


弱まる気配のない豪雨の中、暗い空を背景に、その城砦は静かにたたずんでいた。

「ずいぶん昔に捨てられた城砦のようですね」

角のすり減った城壁の縁を、リューが指でなぞる。城壁は石を隙間なく積みあげたもので、かなりの厚みを有してはいるが、高さはグレンの胸元までしかない。

余裕があれば、城砦のまわりを一周して様子をうかがうところだが、この雨ではそんな気力など湧いてこなかった。

「ランプを頼む。魔術はここまでだ」

グレンの言葉に、リューが荷袋からランプと火口箱を取りだした。

いまのところ、建物に灯りは見られない。だが、誰もいないということにはならない。用心のために、魔術からランプに切り替えておくべきだった。

何度か失敗したものの、どうにか火をつける。魔術の光ほど明るくはないが、蝋燭の先でちろちろと揺らめく炎に、二人は奇妙な安心感を覚えた。杖の上端の明かりを消す。

城壁に沿って歩いていき、途切れているところから中へと入った。

グレンは足を止める。城砦のすぐそばに立っている石像の近くで、何かが蠢いたのだ。

――何だ？　この雨の中で……。

背中の剣を抜くと、グレンは慎重な足取りでそれに近づいていく。雨に打たれている様子から、獣ではなさそうだ。

――魔物か。それとも死体か。

目を凝らす。そのどれでもなく、人間のようだった。石像の足下にうずくまっている。

「そこに誰かいるのか」

グレンが呼びかけると、その人物は頭をあげた。外套に身を包み、フードをかぶっているので顔はよく見えない。何か言ったようだが、声が小さくて聞きとれなかった。

――敵意は感じられないな。

もっとも、こちらの出方をうかがっている可能性もある。グレンは剣を下ろさず、その人物との距離をさらに詰めた。女性のようだ。

「あんた、そんなところで何をやってる？」

「落としものを……」

ようやく声が聞き取れた。グレンは眉をひそめる。この雨の中、明かりも持たずに落としものをさがしていたというのか。

リューが歩いてきた。彼女の持つランプの明かりに照らされたその女性は、三十歳前後といったところだ。美しいが、少しやつれ気味の顔には泥がついており、濡れた黒髪が額に張りついていた。紫色の瞳には怯えの色がある。

「俺たちは雨宿りに来た旅の者だ。あんたは？」

剣を背中にしまって、グレンは聞いた。女性は答えず、警戒するようにじっとグレンたちを見つめている。今度はリューが、フードをぬいで声をかけた。

「私はカルナン女神に仕える神官です。あの、お連れの方はいらっしゃいませんか？」

普段、リューはこういうことを面倒くさがって、グレンに押しつけるのだが、今回は自分が動いた方がいいと判断したらしい。やつれた顔の女性は安堵の表情を浮かべた。

「夫と子供が、この建物の中に……」

自分たちと同じく旅の途中で、雷雨を避けるために転がりこんだようだ。

「ご挨拶をさせていただけませんか。すぐにやみそうな雨ではありません。おたがいに顔を知っておいた方がいいと思います」

　この女性が何をしていたのか、気にならないといえば嘘になる。だが、偶然ここで出会い、雨があがり、夜が明ければ別れる間柄だ。詮索するつもりはなかった。

「わかりました……」

　女性はこくりとうなずくと、城砦に向かってのろのろとした足取りで歩く。グレンたちは彼女をおどかさないように、ゆっくりとついていった。

「俺はグレンスタード。こいつはリューディアだ。あんたは？」

　名前だけを、グレンは告げる。姓については、必要と判断するまで言う気はなかった。旅の中で、素性を明かしたために警戒されたことがあったからだ。

「シュザンナと申します」

　扉を開けて、シュザンナが城砦に入る。二人は彼女に続いて扉をくぐった。

　石造りの建物に特有の、冷たく湿った空気がまとわりつく。扉を閉めると雨音が遠ざかって、重苦しい静けさがグレンたちを包んだ。

「やっと雨から逃れることができましたね」

　フードを脱いで、リューがそっと息を吐く。ランプで照らされた先には、薄暗い廊下が延びていた。何気なく天井を見上げると、大きな蜘蛛の巣がある。

　シュザンナは扉のそばに置いていたらしいランプを持つと、廊下をまっすぐ進んでいった。横道や扉などには目もくれない。

　ほどなく、グレンたちは円形の広間らしきところに出た。天井が高くなり、目を凝らすと、正面と左手にそれぞれ廊下が延びている。右手には二階への階段と、大きな扉があった。

――俺たちは正面ではなく、右手の通用口から入ったみたいだな。

　広間を見回して、グレンはそう思った。

　リューの持つランプが、階段の近くにある四角い台座を照らす。台座の大きさは、これを囲むのに大人が十人は必要だろうというほどで、その上には真っ黒な獣の像がたたずんでいた。自分より二回りは大きい四つ足の獣の像を、グレンは驚きの目で見つめる。

「何だ、これは……？」

「黒獅子だそうです」

　答えたのはシュザンナだ。「黒獅子？」と、おうむ返しにリューが尋ねる。

「たてがみも毛皮もすべてが黒い獅子のことです。この城砦を建てた方がそのように呼ばれていたと夫が……」

　そのとき、足音と話し声が聞こえてきた。グレンは反射的に背中の剣へ手を伸ばす。

　二階へと続く幅の広い階段から、数人の男たちが下りてくる。二人が大きな棚のようなものを運んでおり、別のひとりがランプを持っていた。

「そこにいるのは誰だ？」

　男たちのひとりが足を止めて、こちらへ呼びかけてくる。甲冑の鳴る音が聞こえた。

　グレンはリューを後ろにかばいながら、大声で返す。

「雨宿りに来た旅の者だ。二人いる」

　ランプを持った男が、階段を下りてきた。甲冑をまとい、腰に剣を下げているところから、騎士のようだ。年齢は二十代半ばというところか。褐色の髪は短く、丸顔で、目も鼻も大きい。背はグレンよりやや低いが、胴回りは倍近くあるだろう。肩幅も広く、腕や脚は太い。グレンをじろじろと見つめるその顔に、敵意などは感じられなかった。

「ふむ。その出で立ち、騎士のようだな」

「遊歴の騎士だ。誰かに仕えている身じゃない」

　グレンがそう答えたとき、棚を持ちあげている男のひとりが驚きの声をあげた。

「シュザンナ！　おまえ、どうしてそんなところにいるのだ。ずぶ濡れではないか！」

　男は棚を手すりにたてかけると、急ぎ足で階段を下りて、シュザンナに駆け寄る。シュザンナは申し訳なさそうに謝罪の言葉を述べた。

「ごめんなさい、あなた。落としものをさがしていて……」

　この男がシュザンナの夫らしい。彼は顔をしかめた。

「顔も泥で汚れているな……。落としもの？　外で落としたのか？　この雨がやんでからでもよかっただろうに。ところで、パレンはどうした」

「あの子は厨房で寝ています」

「何をやっておる！」

広間に響くほどの大声で、男はシュザンナを怒鳴りつけた。

「こんなところでパレンを一人にさせるなど！　何かあればわしがやるから、あの子から目を離すなと、そう言っておいたはずだぞ」

シュザンナは言葉もなくうつむいている。男は眉間に皺（しわ）を寄せた。言いすぎたと思ったらしい。肩を揺らすように大きく息を吐くと、さきほどよりは落ち着いた声で言った。

「とにかく急いで着替えろ。風邪をひくぞ」

シュザンナは「はい」と消え入りそうな声で答えて、のろのろと歩きだす。その後ろ姿を見送ると、男はグレンに向き直った。

四十は過ぎているだろう。顔だちはごつい。濃い黒髪は後退気味で、額が出ている。恰幅（かっぷく）のよい身体を灰色の服に包み、革の上着を羽織（はお）っていた。一見して気難しそうな印象だが、シュザンナとのやりとりを見ると、冷たい人物というわけでもなさそうだ。

「いい身体をしているな、あんた」

無遠慮（ぶえんりょ）にグレンの腕を叩いて、シュザンナの夫は言葉を続ける。

「棚を運んでいるのだが、手伝ってくれんか。あの若者には、ちと荷が重いようでな」

男は階段の上を振り返る。そこには疲れきった顔の青年が、棚を支えるように立っていた。

あの青年と、この男とで棚を運んでいたようだ。

「あんなものを何に使うんだ？」

首をひねるグレンに、シュザンナの夫が説明する。

「雨避けだ。食堂には大きな窓があるのだが、雨戸がなくてな」

「食堂？」

「あっちだ」と、左手の廊下の先を、男は視線で示した。

「食堂には暖炉があってな、ここに来た者はみんな集まっている」

暖炉という単語に、グレンは驚きと喜びの混じった笑みを浮かべた。直前まで面倒だと思っていたが、それなら手伝ってもいいかという気分になる。

「がんばってください、グレン」

グレンの背中に隠れながら、リューがささやくような声で言った。こいつの悪い癖が出たなと、グレンは声には出さずにぼやく。

この黒髪の相棒には極端に人見知りするところがあり、見知らぬ者が多くいるところでは、口をつぐんでおとなしくなってしまう。酒場や神殿などでは、慣れもあっていくらかましなのだが、こういう状況ではもうだめだった。

内心でため息をつくと、グレンはシュザンナの夫にうなずいてみせた。

「わかった、手を貸そう。俺はグレンスタード。さきほど言った通り、遊歴の騎士だ。後ろにいるのはカルナン女神の神官で、リューディアという。こいつは初対面の相手が苦手なんで、あまりかまわないでやってくれ」

　その言葉で、シュザンナの夫と丸顔の騎士は、ようやくリューの存在に気づいた。それぞれグレンの左右にまわりこんで、妙なものを見たとでもいうような声をあげる。

「そういえば、まだ名のっていなかったな。私の名はエダルド。このブルームの地を治めているダリオン伯爵クルト様に、騎士としてお仕えしている」

　エダルドは屈託のない笑みを浮かべた。次いで、シュザンナの夫が言った。

「わしはドゥカーク。商人だ。出発できるようになったら、あんたの連れに、この先の旅が少しはましなものになるようにと祈ってもらえんかな」

　それから、棚のそばに立っている青年が、遠慮がちな笑みを浮かべて会釈する。

「私はゴードンといいます。吟遊詩人で、あちこち旅をしています」

　彼は二十歳前後だろう。小柄で痩せており、焦げ茶色の髪はぼさぼさで、首元の襟巻きも、着ている服も薄汚れている。ただ、小さいながら聞きとりやすい声をしていた。

「雨がやむまでの間、よろしく頼む」

　グレンは三人にそう言葉を返した。

　ドゥカークと二人で、棚を持ちあげる。「すみません」と、ゴードンが頭を下げた。棚は古びてぼろぼろで、見かけよりも重かったが、耐えられないというほどではない。

　ランプを持ったエダルドが先導し、グレンたちは棚を運ぶ。左手の廊下に入った。

廊下の奥には扉があり、隙間から明かりが漏れていた。

食堂は、グレンが想像していたよりもいくらか広かった。

中央に古びたテーブルが二つと、同じく古びた椅子が六つある。それ以外に脚の折れた椅子がひとつ、床に転がっていた。

左側の壁には大きな窓があり、そこから雨と風が激しく吹きこんでいる。右側の壁の一画には暖炉が設置されて、火が赤々と躍っていた。暗さに慣れていた目に暖炉の火はまぶしく、グレンとリューはおもわず目を細める。

暖炉の前には三人の人間が横に並んで、雨と風から火を守っていた。他に、部屋の奥の薄闇の中に、人影がひとつ見える。

「あっ、やっと持ってきてくれたのね」

暖炉の前に立っている者のひとりが、グレンたちの運んできた棚を見て嬉しそうに笑った。声からして若い娘のようだ。

「ここに立ってるとお腹は熱くなるし、背中は寒いしで、どうにかなるところだったわ」

「もう少しの辛抱だ」

エダルドが言い、グレンとドゥカークは窓まで棚を運ぶ。

そのとき、部屋の奥から気合いの声があがり、何かを砕くような乾いた音が続いた。おもわず足を止めたグレンは、訝しげな顔でドゥカークに尋ねる。

「いまのは何だ？」

「薪作りだ」

ドゥカークの声は、どこか不機嫌だった。グレンは目を凝らして薄闇を見つめる。

外套に身を包んだ男が、ひっくり返したベッドに手斧を叩きつけていた。硬い音が響くたびに、手ごろな大きさの木片が床に転がった。

──なるほど。「薪作り」か。

火を絶やさないためには、燃やすものがいる。外から木の枝などを集めてくることができないので、城砦にあるものをてきとうに利用しているのだろう。

視線を感じたのか、男が手を止めてこちらを見た。

老人だった。広い肩幅と、がっしりした体格から、もっと若いだろうと思っていたグレンは意表を突かれた。髪も、顎を覆う髭も灰色で、左目の下の大きな傷跡が強い印象を与える。

「ふむ、その大きさの棚なら窓をふさぐことはできそうじゃな」

老人のもの言いが気に入らなかったのか、ドゥカークが「ふん」と鼻を鳴らした。どのような関係かはわからないが、仲はよくないようだ。

窓をふさぐように、棚を置く。棚は風を受けて、がたがたと揺れた。

「ちょっとおさえてくれ」

ドゥカークに言われて、グレンは吟遊詩人のゴードンとともに棚をおさえる。その間に、彼はあらかじめ用意していたらしい縄と釘、金槌を使って、棚を固定した。

「まったく、縄も釘もただではないというのに」

ようやく雨と風が入ってこなくなり、何人かが安堵のため息をつく。薪作りをしていた老人が、手斧を振るう手を止めて、グレンに声をかけてきた。

「おまえさんも雨宿りか」

グレンがうなずくと、老人は灰色の髭を揺らして笑った。

「ここへ逃げこんできて、早々に力仕事を手伝わされるとは、ついてないのう」

「ついてないのは朝からでな。こんなのはましな方だ」

これは本心だった。殺人事件に巻きこまれることにくらべれば、棚を運ぶぐらいたいしたことではない。老人は苦笑すると、ベッドに視線を戻して作業を再開した。

棚を固定し終えたドゥカークは、足早に食堂の外へ出ていく。見回せば、シュザンナの姿もない。ここには男性がいるから、別の部屋で着替えているのだろうか。

グレンはあらためて室内を見回した。天井にも壁にも何もなく、テーブルと椅子と暖炉だけがその名残といっていい。

——廃城だから仕方ないとはいえ、食堂というには寂しいな。

そんなことを考えていると、暖炉の前に立っていた娘がこちらへ歩いてきた。

「助かったわ。さっきから雨と風がずうっと吹きこんでいて、困ってたのよ」

まだ空気は冷たいが、彼女は早くも外套を脱いでいる。おそらく二十歳にはなっていないだろう。艶（つや）のある金髪と、鼻の上のそばかすが印象的で、不思議な愛敬を感じさせる娘だった。赤い小さな宝石のついた首飾りをして、胸元が大きく開いた服を着ている。グレンの目は豊かな胸の谷間へ吸いよせられそうになったが、意識して娘の顔に視線を向けた。

「あたしはミリアム。あなたは？　他の方々のように、ご領主様に仕える騎士なの？」

外套の隙間から見える甲冑と、剣を背負っていることからそう思ったのだろう。「いや」と首を横に振って、グレンは遊歴の騎士だと告げる。ミリアムの顔に緊張が走った。

「取って食うようなことはしねえよ」

苦笑まじりに言うと、ミリアムはわずかに表情を緩める。暖炉を見ながら彼女は言った。

「いま、スープをつくっているんだけど、何か材料になりそうなものを持ってない？　出してくれれば、騎士さまにもわけてあげるわ」

暖炉の上を見ると、柄のついた小さな鍋が白い湯気を立ちのぼらせている。口の中に唾がわいてくるのを、グレンは自覚した。

「そうだな。材料になるものはないが……」

自分の荷袋を漁って、グレンは握り拳ほどもあるチーズの塊を取りだす。

「スープの材料を提供した全員に、こいつを少しずつわけるというのでどうだ」

指で、だいたいの大きさを示してみせる。ミリアムは顔をほころばせた。

「いいの持ってるじゃない。わかったわ。スープができるのを待ってて」

暖炉の前に戻っていく彼女を見送ると、グレンは視線を奥の方へと向ける。

ちょうど、老人がひと仕事終えたところだった。彼のそばには丸顔の騎士エダルドと、他に二人の男がいる。ミリアムとともに暖炉の火を守っていた者たちだ。彼らは木片を抱えると、暖炉の前にそれらを並べていった。乾燥させるためだろう。

――他の方々のように、とミリアムが言っていたが、あの二人もエダルドと同じく騎士か。

よく観察すると、二人の男は腰に剣を下げているのがわかる。外套の隙間から、鎖かたびらしきものも見えた。二人だけではない、ベッドを解体していた老人も剣を持っている。

厄介な連中と出くわしたな。朝の出来事を思いだしながら、グレンは苦々しさを顔に出さないよう努めた。彼らが宿屋に踏みこんできた衛士たちと同じ考えを持っている可能性を考えると、リューが魔術師であることを知られてはならなかった。

グレンとリューは、暖炉の近くに並んで腰を下ろす。剣と荷袋を手の届く位置に置いた。暖炉から熱が伝わってきて、頬と手にかゆみを感じる。

「ご苦労様でした」

リューが小声で笑った。彼女は外套を脱がない。服装のせいで目立つことを避けるためだ。

グレンは呆れた顔でリューに言った。

「おまえ、名のることぐらいは自分でやれ」

「無理ですよ。こんなにひとがいるんですから」

リューは膝を抱え、背中を丸めてうつむいた。話しかけられないようにするための、眠ったふりだ。相棒を放っておくことにして、グレンは再び室内に視線を巡らせた。

自分たちから少し離れた位置で火にあたっているミリアムの隣に、老人が座る。剣と手斧をさりげなく手元に並べているあたりが、用心深さをうかがわせた。

さらにその隣には、吟遊詩人のゴードンが腰を下ろす。彼は羽根つきの帽子と竪琴を大事そうに抱えて、自分の服の裾で竪琴を磨いていた。

エダルドたち三人は、奥の壁によりかかるようにして立っている。暖炉に近づかず、テーブルを使おうともしない。騎士としての矜持に加えて、何か起きたとき、いつでも対応できるようにしているのだろうとグレンは考えた。

――ひい、ふう、みい、と……俺たちを入れて十一人か。大所帯だな。

自分とリュー。ゴードン、ミリアム、老人。エダルドたち三人の騎士。そして、ここにはいないドゥカークとシュザンナ、二人の子供のパレン。

――気を抜くことはできないが、あからさまに山賊や傭兵らしいやつがいないのはいい。

室内の空気が暖かくなってきたので、外套を脱ぐ。ミリアムが感嘆の声を漏らした。

「真っ黒な鎧なんて、はじめて見るわ……」

ゴードンや三人の騎士も、驚いたように、あるいは珍しげに目を丸くしている。

「遊歴の騎士なんてやっていると、この方が都合がいいんだ」

「どういう意味？」

ミリアムが不思議そうに首をかしげる。

「俺たちは、どこかの村や町に立ち寄って夜を明かすより、何もない草っ原や木の根元を寝床にすることの方が多い。そういうところにいると、山賊や物盗りが寄ってくる。ああいう手合いは、よほど有利なときじゃなけりゃ、真っ昼間に正面から出てくることはない」

「そういうことですか。私はあなたの鎧を見て、黒獅子伯を思いだしましたよ。あの方も黒い鎧に身を包んでいたといわれているので」

感心したようにゴードンが言った。グレンは彼に怪訝（けげん）そうな視線を向ける。

「黒獅子伯？」

「ご存じありませんか？　この城砦を築いた方で、この地を治めておられるダリオン伯爵のご先祖さまにあたる方です」

「この地を訪れたのははじめてなんでな」

詳しい話をゴードンに聞こうとしたとき、扉が開いて、ドゥカークとシュザンナが入ってきた。シュザンナの着ている服は、さきほどまでのものとは違っている。二人は中央にあるテーブルまで歩いていき、椅子に座った。ドゥカークと顔を合わせづらいのか、ゴードンが暖炉の方へと顔を向ける。

「何だ、てっきり厨房で乳繰り合って、ここには来ないと思っていたぞ」

エダルドの隣に立っている若い騎士が、ドゥカークたちに挑発的な言葉を浴びせかけた。

年齢はエダルドとそう変わらないだろう。金髪は短く、面長で、痩せているが、グレンよりも背は高い。小さな両目には、陰険な輝きがあった。

痩せぎすの騎士の言葉に、シュザンナがびくりと肩を震わせる。ドゥカークはじろりと彼を睨みつけた。敵意を帯びた空気が音もなく対流するのを、グレンは感じた。

だが、その空気は、もうひとりの騎士が厳しい口調でたしなめたことで霧散する。

「よせ、デルミオ」

こちらは四十歳前後。均整のとれた長身の持ち主で、栗色の髪は短く、鼻の下と顎にたくわえられた髭は、実直そうな印象を与える。

「ですが、ヒューバース隊長……」

デルミオと呼ばれた騎士は反論しかけたが、栗色の髪の騎士に睨まれて、しぶしぶ黙った。

「エダルドを太った牛とするなら、あのデルミオは痩せたロバですね」

リューのぼそりとしたつぶやきに、グレンは吹きだしそうになるのを懸命にこらえる。言われてみると、たしかに似ていた。

気まずい空気を払うかのように、食堂の扉が開く。六、七歳ぐらいの子供が、心細そうな顔で戸口に立っていた。

「お母さん、おしっこ」

子供の訴えに、何人かがおもわず笑いを誘われる。ドゥカークとシュザンナは同時に立ちあがったが、妻に何ごとかを言われて、夫は渋い顔で椅子に座り直した。シュザンナは子供のもとへ小走りに歩み寄ると、一緒に出ていった。

「あれだけでかいのに、ひとりで用を足すこともできねえのかよ」

聞こえよがしに、デルミオが嘲笑した。ドゥカークは冷ややかに反撃する。

「暗くて、どこに何があるのかわからないところなら、子供とて用心はするものだ。まして、ここには甲冑を着けたごろつきが何人もいるのだからな」

「ごろつきだと⁉」

デルミオがいきり立って前へ踏みだす。

直後、雷鳴が轟いた。何人かが反射的に天井を見上げる。デルミオも動きを止め、雷の余韻が去ると、気が削がれたように壁によりかかった。

グレンは窓をふさいでいる棚に目を向ける。早くも下から水が染みだしていた。

「今夜はここで夜を明かすしかなさそうだな」

「ここで、ですか」

グレンの言葉に、リューが不満そうに渋面をつくる。

「せめて、他の部屋にしましょう。大きい建物ですし、使える空き部屋があるはずです」

「そうであってくれればいいがな」

部屋を移ることには、グレンも異存はない。

だが、その前に、ここにいる者たちの人柄を把握しておきたかった。

――とくにエダルドたち三人と、あの爺さん。

自分もそう思われているだろうが、武装している者はそれだけで脅威だ。鍛錬と実戦で鍛えた騎士となれば、相手が老人でも油断はできない。実際、彼の手元にある手斧と剣を見れば、かなり使いこまれているのがわかる。

ふと、老人が首を動かしてグレンを見た。

「うん？　わしに何か用かね」

グレンはどう答えたものか迷ったが、彼の右目に違和感を覚えて眉をひそめる。一瞬だが、目がかすかに光を帯びたように見えたのだ。

「あんた、その目は……？」

「こちらの方か」

老人は何でもないことのように言うと、右目に指を入れて、丸い物体を取りだした。ミリアムが小さく声をあげ、ゴードンが息を呑む。

「義眼じゃ。たまに光ることを除けば、傍目（はため）にはまったく義眼とわからんし、支障がないので重宝しておる。何でも幻棲民（イーシャ）がつくったものだそうでな」

「あんた、幻棲民に会ったことがあるのか？」

幻棲民は、多島海（ヴェガ）と呼ばれる、大陸の南の海にある無数の群島で暮らす、ひとならざる者たちだ。幻棲民と一言でいってもさまざまで、人間離れした美しさを持ち、魔術を自在に操る者もいれば、岩壁を削りだしたようなたくましく、荒々しい姿をした者もいる。魔術を使ってつくりあげたかのような、精巧な細工物をつくる者もいると、グレンは聞いたことがあった。

「遊歴の騎士として諸国を旅していたころに会ったことはあるが、この義眼は戦の褒美（ほうび）としていただいたものじゃ。ああ、エダルドから聞いたが、おぬしも遊歴の騎士だとか」

「ということは、あんたもか」

意外だという顔をするグレンに、老人は好意的な笑みを浮かべる。

「若いころ、遊歴の騎士として各地を旅した。そういえば、まだ名のっておらなんだな。わしはタングレーだ」

グレンも礼儀を守って名のりを返した。相棒のことも、カルナン女神に仕える神官だと紹介しておく。人見知りなので放っておいてやってくれと付け加えて。

タングレーは荷袋を持って立ちあがると、グレンの前に腰を下ろした。大人の握り拳ほどの大きさの皮袋を取りだす。

「ここで会ったのも何かの縁。蒸留酒だが、どうかな」

「ちょうど飲みたかったんだ。助かる」

老人の好意を、グレンは素直に受けることにした。陶杯を用意して蒸留酒を注いでもらう。

「わしは、この近くの町を視察しての帰りでな。おまえさんは、どこから？」

「北から」と、答えたとき、香ばしい匂いがグレンの鼻をついた。空腹を刺激されて顔をあげると、暖炉の前に立っているミリアムが明るい声で告げた。

「お待たせ。できたわよ」

蒸留酒を乾すと、グレンは陶杯を床に置いてチーズと短剣を取りだす。

「何人分いるんだ？」

「あたしと、そこのゴードン、それからお爺ちゃんで三人分ね」

その返答を聞いてから、グレンはあることに気づいてリューを見た。彼女はわずかに首を傾け、翠玉の瞳を爛々と輝かせて、ミリアムの持つ鍋を見つめている。このような状況に遭遇するたびに、欲しければ自分の口で言えとグレンは思うのだが、彼女にはそれができないことも知っていた。

「おまえ、干し野菜を出せ。まだ残っていたはずだろう」

記憶を頼りにグレンが言うと、リューは首を横に振った。

「もうありません。今日中にイルミンの町に着けると思っていたので」

すべて食べてしまったということらしい。グレンはため息をつくと、ミリアムに言った。

「チーズをもう少し大きく切るから、こいつにもスープをやってくれねえか」

「大変ね」

ミリアムは笑って承諾した。グレンが短剣でチーズを切る傍ら、リューは自分の陶杯にスープをもらって、さっそく口をつける。かすかに驚きの声を漏らした。

「この匂いは、ギヨームの草が入っていますね」

ミリアムが眉をひそめる。リューの声が小さくて聞こえなかったのだろう。グレンが彼女の言葉を伝えると、感心した顔になった。

「よく知ってるのね。それをくれたのはそこのお爺ちゃんだけど」

「ギヨームはいいものじゃぞ。すり潰して湯に溶かせば、疲れは抜け、よく眠れ、快適な朝を迎えられること間違いなしじゃ」

スープを飲みながら、タングレーが楽しそうに語る。

グレンは大きめに切ったチーズを、ミリアムたちにそれぞれ放った。所在なげにこちらを見ていたゴードンは、ほっとした表情でチーズを受けとる。「ありがとうございます」という礼の言葉もそこそこにチーズにかじりついて、咳きこんだ。

「ちょっと、だいじょうぶ？」

ミリアムに背中をさすってもらい、ゴードンはぺこぺこと頭を下げる。

「す、すみません。チーズを食べたのなんてもう一ヵ月ぶりで……」

「それならなおのこと、味わってゆっくり食べなさいよ」

呆れながらも、ミリアムはゴードンの陶杯にスープを注いだ。そうして空になった鍋を、彼女はテーブルに座っているドゥカークに渡す。

「ありがとう。おかげでおいしいスープが飲めたわ」

「かまわんよ。わしは鍋を貸しただけだからな」

どっこいしょと言って立ちあがると、ドゥカークは鍋を持って食堂を出ようとする。その背中に、義眼の老騎士タングレーが尋ねた。

「どこへ行く?」

「水をためてくるだけだ。いまなら外に出れば、ただでいくらでも手に入るからな」

振り返らずに答えて、ドゥカークは食堂を出ていった。

——俺も、もらうとするか。

グレンはスープを一口すする。ギヨームの草の持つ独特のさわやかな香りが鼻から抜けて、頭の中に涼気が広がった。熱い液体に溶けこんだ塩気と微量の脂が、舌から伝わってくる。スープは喉から胃袋に到達した。全身に染みわたって、疲労が抜けていく。ギヨームの草の他に炒り豆が入っていることに気づいて、味わうように咀嚼(そしゃく)した。うまい。

残ったチーズを二つにわけ、片方をリューに渡し、もう片方をかじった。匂いに癖があり、塩気も強いが、一口ごとに身体に力がみなぎってくる。

――火であぶってもよかったな。

このまま暖気に包まれながら横になれたら、どれほど気分がよいだろう。夜が明けるまで熟睡する自信がある。

――だが、まだ眠るわけにはいかねえな。

ここにいる者たちがどのていど安全な相手か、見極めていない。それを怠（おこた）ると、目覚めたら身ぐるみを剥がされていた、などということになりかねない。

スープをすすりながら、タングレーがグレンに言った。

「グレンスタード卿、酒の肴（さかな）に……とはいわぬが、よかったら、おぬしの旅の話を聞かせてもらえまいか」

「そうだな」と、グレンはうなずいてみせる。すでに酒をもらっている手前、断るのも気が引けた。それに、タングレーからも話を聞き、彼の人柄をさぐるいい機会だ。おそらく、この老人も同じように考えているのだろう。

「あたしにも聞かせて。このまま火にあたっているのも退屈だし」

「あの、よかったら、私も混ぜてもらえませんか。その、騎士様の話をじかに聞けるなんて、めったにありませんから」

ミリアムがタングレーの右隣に、ゴードンがおずおずと左隣に座った。

リューが「大人気ですね」と、からかうように笑う。グレンは彼女の言葉を聞き流し、しかめっ面をつくってミリアムとゴードンを見た。

「俺は吟遊詩人じゃないからな。期待はしないでくれ」

どんな話をしようかと考える。こういうのはあまり得意ではないので、なかなか思い浮かばない。暖炉の火を眺めて考えていると、隣でスープをすすっていたリューが言った。

「大討伐の話でいいじゃないですか」

その声は小さかったが、吟遊詩人のゴードンの耳には届いたらしい。「大討伐？」と、青年は驚きを言葉に変えてつぶやく。グレンはリューを睨みつけたが、もう遅かった。

「ほう。大討伐に参加したのか。北から来たと言っておったが、なるほどな」

タングレーが興味津々といった表情でグレンを見つめる。その言葉に、エダルドたち三人の騎士も関心を抱いたらしく、こちらへ歩いてきた。

「ぜ、ぜひ、話を聞かせてくれませんか。どんなことでも……！」

帽子と竪琴を抱えて、ゴードンが身を乗りだす。この反応にはリューも目を丸くし、しまったという顔をした。そこへドゥカークたち親子が戻ってくる。注目を浴びているグレンを、中年の商人は不思議そうな顔で見た。

「何だ。何があったのだ？」

「この騎士さま、大討伐に参加したんですって」

ミリアムが答えた。「だいとうばつ？」と子供が舌っ足らずな声で言って、母を見上げる。

シュザンナは困った顔で、息子の頭を撫でた。

「パレン、あなたはお母さんといっしょに休みましょう」

子供はグレンをじっと見つめている。グレンはシュザンナに協力してやることにした。パレンに向き直り、せいぜい怖い顔をつくる。

「これからするのはな、こわあい話なんだ。聞いたあとで夜中に目を覚ましたら、用を足しに行けなくなっちまうぞ」

パレンはびくりと肩を震わせ、恐怖に染まった顔でグレンを見た。

「こわいの？　お化け出る？」

「たくさん出る。魔物も出る」

グレンが脅すと、パレンは背を向けて母にしがみつく。シュザンナは小さくグレンに会釈すると、息子をともなって食堂を出た。

ドゥカークは持っていた鍋を暖炉の上に置くと、椅子に座る。大討伐に興味があるらしい。

グレンは苦りきった顔で、話を聞こうという者たちを見回した。

「俺ばかり話すのも不公平だろう。あんたらも何か聞かせてくれ」

ミリアムは「いいわよ」と気軽に応じ、タングレーも「かまわんぞ」と答える。

「そ、それでは、私は、何か一曲詠います」

落ち着きなく竪琴を撫でながら、ゴードンは上目遣いで言った。

——あとで覚えてろよ。

膝の間に顔を埋めて知らん振りを決めこんだリューを、グレンは軽く睨む。それから、どのように話すべきか頭の中で整理して、ゆっくりと口を開いた。

「一ヵ月と少し前、カルマインの地の北西にある森から、魔物の群れが現れた」

カルマインは、ここから北へ数日間歩くとたどりつく。場所について誰も聞いてこなかったということは、みんな知っているのだろう。

「魔物の数は百とも二百ともいわれたが、正確な数は、カルマインの領主であるラザファム家ですらわからない。三つの村と四つの集落が襲われ、焼き払われて、大勢の人間が殺された。生き延びた者の数をすべて合わせても、三十にすら満たなかったそうだ」

何人かが息を呑む音が聞こえた。ドゥカークが小さく息を吐きだしたのは、妻と子がこの場にいなくてよかったと思ったからだろうか。

「ラザファム家は大討伐を宣言して、戦える者をかき集めた。自分に仕える騎士や兵士はもちろん、領民からも勇気のある者を募った。領地を通りがかった傭兵や遊歴の騎士にもかまわず声をかけた。俺たちも、そうして大討伐に加わった。金払いも悪くなかったしな」

「それは大事じゃな」

最後の台詞に、タングレー老人が灰色の髭を震わせて笑った。痩せた騎士デルミオが仏頂面(ぶっちょうづら)

をつくり、ゴードンとドゥカークは何度もうなずいている。

「魔物は日の光に弱いって聞いたことがあるけど……」

遠慮がちに聞いてきたミリアムに、グレンはうなずいた。

「そうだ。戦いは、日が暮れるころにはじまることが多かった。ただ、曇っている日や雨の降り続く日なんかは、昼間でもやつらは姿を見せたし、暗い森の中では昼夜問わず襲ってきた。今日みたいな日も危ないかもしれないいな」

「脅かさないでよ」

自分の肩を抱きしめて、ミリアムがグレンを睨む。

彼女の後ろに立っているエダルドが、丸い身体を揺すりながら聞いてきた。

「どのような魔物がいたのだ」

「俺が戦った中では、ゴブリンやコボルドが多かったな」

ゴブリンもコボルドも、名前だけで伝わるほど広く知られている魔物だ。性質は獰猛で、少数の旅人や行商人（ナーヴィ）を狙う。数が多い場合は村を襲うこともある。一体だけなら脅威ではないのだが、この魔物たちは基本的に集団で行動する。それが厄介だった。

「それ以外だと、人間を一呑みにする蛙のようなやつや、死体の肉を喰らう猿みたいなやつがいた。いちばん恐ろしかったやつを挙げろといわれたら、虫に似た、細長い形の魔物だ」

「どのような魔物だった？」

タングレーがわずかに身を乗りだす。義眼が、暖炉の火を反射して光った。

「そいつは死体の中に潜りこんで、操るんだ。内部を食い荒らしながらな。死体にばかり気を取られていると、そいつの胸のあたりに突然穴が開いて、魔物が飛びだしてくる。それをかわせなかったら、その魔物の餌食になる」

グレンの話し方は淡々としていたが、それだけに他の者たちに言葉を失わせるほどの凄みがあった。何人かが自分の胸のあたりを撫でまわす。

「俺たちは五人や十人で隊を組み、巡回と戦いを繰り返した。カルマインの北部で、俺たちの靴跡がついていない地面なんてないんじゃないかという勢いでな。それぐらい駆けまわらなければ、魔物の殲滅は不可能だったと思う」

「何日続いたのだ？　噂では十日とも二十日とも聞くが」

そう聞いてきたのは、離れたところで椅子に座っているドゥカークだ。

「ラザファム家が大討伐の終わりを宣言したのは、はじまってから十二日目だった。それから四、五日ほど、騎士や兵士が領内を巡回した。俺たちも引き続き雇われて歩きまわった」

「十二日だとしても、ほとんど戦と変わらんな。危険だが、いい商売になっただろうな」

腕組みをして、ドゥカークが唸る。

「その、リューディアさんも戦ったんですか？　ちょっと想像できませんが」

ゴードンがリューに視線を向けた。グレンは首を横に振る。

「いや。町の中で、他の神官たちといっしょに怪我人の手当てをしていた」

本当はグレンとともに行動して、岩陰や茂みの中に隠れ潜んでいた魔物たちを、魔術を使って見つけだし、打ち倒していたのだが、それは絶対に言えなかった。

あまりリューのことを訊かれても困るので、グレンはゴードンに別の話題をぶつける。

「おまえ、イザベラ姫の話は知っているか」

「あ、はい、知っています」

ゴードンは竪琴を抱きかかえ、目を輝かせて、熱を帯びた口調で語りだした。

「カルマイン家の一人娘、十三歳のイザベラ姫が森の中で魔物にさらわれそうになったところを、ひとりの勇敢な騎士に救出された話ですね。町の吟遊詩人たちがこぞって詩にしていましたよ。イザベラ姫はその騎士にほのかな想いを抱き、何か贈りものをしたとか」

その話を聞いてミリアムが興味を持ったらしく、グレンに尋ねる。

「もしかして、詳しいことを知ってるの？」

「その男も俺と同じ遊歴の騎士で、何度か行動をともにした。名前は教えてくれず、『雷光の槍』とか名のっていたがな。そいつが姫からいただいたのは、宝石の埋めこまれた首飾りだったそうだ。それも姫自身じゃなく、従者から褒美として渡されたらしい」

話しながら、グレンは隣のリューをそっと一瞥(いちべつ)した。彼女は背中を丸めてうつむきながら、わずかに首を傾け、笑いをこらえるような顔でこちらを見ている。

――余計なことを言うなよ。

　イザベラ姫を助けたのはグレンだ。『雷光の槍』という騎士など存在しない。贈られたのも指輪ではなく、イザベラ姫の赤い髪の一房だった。捨てるわけにもいかず、裁縫道具といっしょに皮袋に入れてある。誰かに見られたときにごまかすためにだ。髪を糸代わりに使う者は、いないわけではない。

「それじゃあ、騎士とお姫さまが想いを通じあうようなことはなかったわけ？」

「俺もそれ以上のことは知らないが、遊歴の騎士と、領地持ちの貴族のお姫さまじゃあな」

　落胆するミリアムに、グレンはそっけなく応じる。ゴードンが頬を紅潮させて言った。

「でも、ありがとうございます。私は、遊歴の騎士が姫様を助けたという話が本当のことだとわかって感動しました。それにこう言っては何ですが、想いを通じあったのかどうかわからない方が話をつくりやす……いえ、想像をふくらませる余地があって……」

「この手の作り話は昔から絶えないからのう」

　勢いのままに喋ったゴードンに、タングレーが微笑を含んだ皮肉を投げかける。暖炉の近くで小さな笑いがさざめいた。グレンもつられて笑う。

「こんなところだな。タングレー卿、次はあんたの話を聞きたい」

　水袋を取りだして喉を潤しながら、グレンは老騎士に視線を向けた。

　春雷が空をまばゆく照らし、窓と棚のわずかな隙間から白い光が射しこんだ。遅れて轟く雷鳴が室内の空気を震わせ、棚を揺らす。

　日没から半刻ばかり過ぎただろうか。城砦の外では、依然として雨が降り続いている。

　タングレーは軽く伸びをすると、肩を回し、腰をひねった。

「年はとりたくないものだな。最近、こうしてじっと座っていると、肘や膝が痛みおる」

「痛みがやわらぐ薬を売ってさしあげようか。あんたのような老いぼれに似合いのものを」

　冷淡な口調で、ドゥカークがタングレーに言った。老騎士はといえば、こちらも敵意を隠さない笑顔で商人に応じる。

「遠慮しておこう。効き目の薄い薬を安く売ったあとに、まともな薬を言葉巧みに法外な値で売りつけるのが、おまえさんのやり口じゃろう」

　ゴードンとミリアムが、困ったような視線をかわす。ドゥカークとタングレーの仲の悪さはグレンも感じていたが、自分たちがこの城砦を訪れる前から、このようなやりとりがかわされていたらしい。

「おやおや、しばらく見ないうちに、タングレー様の偏屈さには磨きがかかったようですな。

善意を善意と受けとめられなくなるとは」

「善意か。商人という生きものは打算や下心もそう呼ぶらしいな。言葉とは便利なものだて」

「お二人とも、そのへんにしていただきたい」

ため息まじりに仲裁に入ったのは、栗色の髪の騎士ヒューバースだった。隊長と呼ばれていたことから、デルミオとエダルドの上司のようだ。タングレーとも知りあいなのだろう。

タングレーとドゥカークは無言で睨みあう。先に視線を外したのは、商人の方だった。椅子から立ちあがると、彼は手に布を巻いて、暖炉の上の鍋をつかむ。湯が沸いたのだ。

グレンの脇を通り抜けるとき、残念そうな口調でドゥカークは言った。

「話し方を工夫すれば、金をとれるぞ。もったいない」

意外だという顔で、グレンはドゥカークの後ろ姿を見送った。遊歴の騎士である自分に声をかけてくるのは、度胸があるというだけでなく、偏見にとらわれていないということだ。

ドゥカークが出ていったところで、タングレーが気を取り直すように咳払いをする。

「そうじゃな。この城砦が、まだこのような姿ではなかったころの話をしようか。芝居じみた言い方をするなら、『灰色熊』と呼ばれた騎士の話というところか」

グレンは記憶をさぐって、訝しむような表情で老騎士を見つめる。

「その二つ名は聞いたことがある。ただ、その騎士は全身が灰色だったという話だが」

「この髪も、髭も、生まれつきの色じゃよ。昔はもう少し艶があったがな」

顎を覆う髭を撫でて、タングレーは笑った。

「鎧もな、あえて磨かず、くすんだ色にした。あのころ、同僚たちは少しでも己の鎧を目立たせようと、競うように装飾に凝って、丹念に磨いておった。わしはひねくれたわけじゃが、そのうちに慣れて、定着してしまった」

「お爺ちゃん、有名人だったの？」

ミリアムが小首をかしげる。タングレーは首を横に振った。

「このブルームの地を中心にした一帯では、というところかな。それにしたって十年以上前の話じゃから、おまえさんのような若い娘は知らなくて当然じゃて」

その声に過去を懐かしむような響きはあっても、虚勢(きょせい)はない。タングレーは話しはじめた。

「十一年前、季節が秋から冬に移りゆくころ、フレーベルという男が、私兵と傭兵を率いてこの城砦を襲った。わしは騎士のひとりとして、戦友たちとやつらを迎え撃った」

「フレーベルとやらは、どうしてこの城砦を襲ったんだ？」と、グレン。

「やつはもともと南の方に小さな領地を持っていたのだが、クルト様にかなわぬとみて領地をさしだし、服属したのだ。クルト様はそれを認め、騎士の位を与えた。しかし、フレーベルは本心から従っていたわけではなく、こちらの隙をうかがっておったのだ」

当時のことが脳裏をよぎっているからか、タングレーは厳めしい顔で続けた。

「敵の数は、四十近く。一方、こちらは五人の騎士と、五人の兵しか戦える者がいなかった。

あとは料理人や神官、厩番といった者たちでな。クルト様は戦のために西へ出向いており、援軍は期待できん。わしらは神々と、黒獅子伯の霊に祈りを捧げ、やつらを迎え撃った」

タングレーは祈りの間に料理人や神官たちを集め、そこを兵たちに守らせた。そして、騎士だけで敵兵の大半を相手にした。

タングレーの話しぶりは、見事なものだった。

敵味方の動きを身振り手振りで表現し、四人の仲間についても、ややおおげさな口調で楽しく語ってみせる。大食らいで声も大きい男、匂いに敏感な酔っ払い、誰よりも勇敢だが何かと忘れっぽい男、暑い日でも狼の毛皮をかぶっている変わり者……。彼の戦友が、聞き手たちの目に浮かぶようだった。

最初はあえて城内に敵を引きこみ、分断して討ちとったり、罠にかけたりしていたが、徐々に追いこまれていったので、タングレーたちは考えを変えた。

おもいきって攻めかかることにしたのだ。フレーベルさえ討ちとれば、彼の私兵も、傭兵たちも逃げていくだろうと思われた。

「できるだけ敵を城内に誘いこんでから、わしらは突撃した。フレーベルは、己の周囲を傭兵たちで固めていた。数は少なかったが、これがなかなか手強い連中でな」

五人いた騎士はひとり、二人と打ちのめされる。命を落とした者こそいなかったが、深傷を負い、あるいは力尽きて動けなくなった。

だが、奮戦の甲斐あって、タングレーはフレーベルに肉薄し、一騎打ちに持ちこんだ。

フレーベルは剣の他に、鉤爪のついた武器を隠し持っていた。それによってタングレーは左目の下を引き裂かれ、よろめいたところに右目をえぐられた。

しかし、そこでフレーベルは油断した。タングレーには、まだ戦意があった。渾身の一撃を叩きこんで、タングレーはフレーベルを退けた。

話が終わると、ミリアムとゴードンは手を叩いて賞賛した。グレンも感心した顔になる。

リューもわずかに顔をあげて、タングレーを見つめていた。

グレンの話が淡々とした報告書だとすれば、タングレーの話はまさに武勇伝だった。話をはじめる前の、どこかぎこちなかった空気は、いまや完全に消え去っていた。

「そのときの褒美(ほうび)に、わしはクルト様から義眼をいただいたというわけじゃ」

自分の右目を指さして、タングレーは冗談めかした笑みを浮かべた。こうして見ると、普通の目と何ら変わらないように見える。驚くべき技術だった。

「おもしろい話だったけど、最後の一対一は出来過ぎという気もするわね」

ミリアムがからかうように笑って、遠慮のなさ過ぎることを言う。タングレーは苦笑とともに肩をすくめた。好きに解釈してくれということらしい。

「退けたということは、それで終わらなかったのか？」

そう訊いたのはグレンだ。タングレーは真剣というよりも、深刻な表情でうなずいた。

「ここから北西に一日と少し歩いたところに、アディントンという町があるんじゃが、やつはそこに逃げて、人質をとって抵抗した。わしらはやつを追い、今度こそ討ちとった」

何かあったのか、タングレーの声は多分に苦さを含んでいる。

「――あら、アディントンってあたしの暮らしてる町よ」

ミリアムが驚いたという顔で口元に手をあてた。タングレーが彼女に視線を向ける。

「言われてみれば、おぬしが首につけているそれは、アディントンの赤瑪瑙か」

「ええ、きれいでしょ。この大きさなら安いし」

自分の首につけている小さな赤い宝石を指でつついて、ミリアムは笑った。

「たしかに小さいころ、そんな話を聞いた気もするわ。人質は助かったの？」

タングレーは床に視線を落として、力なく答える。

「……助けられなかった。人質たちは抵抗したらしくてな、突入したときには手遅れだった」

老騎士を中心に、重苦しい空気が広がる。ミリアムは首をすくめて、小さな声で謝った。

「ごめんなさい。そういうつもりじゃ……」

「いや、おぬしが謝ることではない。わしの過ちじゃ」

タングレーは大きく息を吐きだすと、暗さを感じさせない声で話を続ける。

「フレーベルとの戦いが、この城砦での最後の戦いになった。わしらがフレーベルを討ったころ、クルト様は西にいた敵を降伏させていた。このあたり一帯がダリオン伯領となって、城砦の近くに敵はいなくなったわけじゃ」

「それで、この城砦が捨てられたのか」

グレンが聞くと、タングレーは苦笑を浮かべた。窓をふさいでいる棚に視線を向ける。

「捨てたという言い方をされるとつらいが、言葉を飾っても仕方あるまいな。その戦いから一年ばかり過ぎたころ、クルト様はこの城砦からすべてを引き払うよう命じられた。そして、わしら五人にしばらく暇を出された」

「それ、追いだされたっていうこと？」

ミリアムが顔をしかめる。タングレーは首を横に振った。

「ブルームの騎士であると名のることは禁じられなかったし、路銀も充分にくださった。この地の外を旅して、ブルームにとって脅威となるものがないか見定めること、そのための旅じゃな。わしらは三年ほど旅をした。ラグラスやグリストルディなども訪れた」

「うらやましい話です」

年配の騎士ヒューバースがため息を漏らした。

「私も遊歴の騎士となって、そのように旅をしてみたかったと思うことがあります」

「クルト様に重用されているおぬしが、そのようなことを言ってはならんだろう」

厳しい表情と声音で、タングレーがヒューバースを叱りつけた。両者の間に気まずい空気が流れたが、「そうですね。楽しそうに聞こえたもので」とヒューバースが頭を下げ、タングレーがうなずいたことで、くすぶりつつも消え去る。

太い首を回すと、タングレーはミリアムに視線を向けた。

「お嬢さん。次はあなたでどうかな」


老騎士に言われて、ミリアムは視線を宙にさまよわせる。何気なく身をかがめると、豊かな胸が強調された。何かを思いついたのか、ぱっと彼女は顔を輝かせる。

「じゃあ、あたしは少し怖い話をさせてもらおうかな」

そのとき、丸顔のエダルドと、痩せぎすのデルミオがじっとミリアムを見つめていることに、グレンは気づいた。見とれているといった方が正確かもしれない。

少し呆れたものの、グレンは黙っておくことにした。ミリアムは明るく、愛敬がある。それに、本人が気づいているのかどうかはわからないが、娼婦が着ていそうな胸元の大きく開いた服は、このような環境ではとくに目立つ。つい見てしまうのも仕方ないだろう。

しかし、似たような表情をしている二人の若い騎士を見ていると、ついグレンは太った牛と痩せたロバというリューの評価を思いだして、吹きだしそうになってしまう。

騎士たちの視線に気づく気配もなく、ミリアムは話しはじめた。

「あたしはアディントンにある宿屋で働いてるの。イルミンの町にいる親戚に会いに行く途中で、こんな雨に降られちゃったというわけ。――それでね、一ヵ月近く前のことなんだけど、あたしの働いている宿屋で人殺しがあったのよ」

人殺しという言葉にわずかなりとも驚いたのは、ゴードンだけだった。タングレーも、三人の騎士たちも、せいぜいうなずくていどの反応しか見せない。グレンにいたっては無表情だ。なにしろこちらは今朝、経験してきたばかりなのだから。

「さすが騎士さまっていった方がいいのかしら」

ミリアムは苦笑を浮かべて金髪をかきまわす。

「殺されたのはあたしの仕事仲間でね。友人っていうほど親しくはないけど、少しは話す仲だったわ。そのとき、彼女は空いた部屋の掃除をしていたんだけど、ある部屋の中で、頭から血を流して倒れてたの。発見されたときにはもう死んでいた」

「まさか、それが怖い話っていうんじゃないだろうな?」

デルミオが茶化すように言った。

「それとも、犯人がよっぽど凶悪な面をしていたのか?」

「せっかちな男は好かれないわよ」

挑発を軽くいなして、ミリアムは話を続ける。

「犯人はすぐにつかまったわ。その子、つきあっていた男がいたんだけど、そいつは妻子持ちでね。へまをして、奥さんにばれそうになったらしいのよ。それで、口封じのために、こともあろうに宿の中でその子を殺したってわけ。——本題はここからよ」

　急にミリアムは声を低くし、背を丸めて上目遣いにグレンたちを見つめる。

「その子が殺された次の日からね、うちの宿でおかしなことが起きるようになったの」

「おかしなことというと？」

　エダルドが不思議そうな顔をした。ミリアムは目を細めて、いびつな笑みを浮かべる。

「まず、あたしやおやじさん……宿のご主人が、誰もいないところから不気味な視線や気配を感じるようになったわ。次に、空き部屋から物音がしたり、声が聞こえてきたりするようになった。最初は気のせいだろうって言ってすませてたんだけど……」

　ありふれた怪談だな。グレンはそう思ったが、ミリアムの話し方が上手いこともあって、真剣に耳を傾けていた。

「ついにお客さんから苦情が来たわ。隣の部屋から声が聞こえるから注意してほしい、って。もちろん隣は空き部屋なのよ。お客さんの勘違いってことにもできないから、頭を下げて謝るしかなくてね。そんなふうに、状況はどんどんひどくなっていった」

　聞こえてくる声が、感じられる気配が、徐々に近づいてくるようになった。

「そうした気配を感じるようになってから、十日が過ぎたころだったわ。あたしは休憩中に、空いてる部屋で休んでたの。寝不足になってたから、ついうたた寝しちゃったのよ。そのとき——足音と気配が近づいてきて、目が覚めた」

そのときの恐怖を思いだしているかのように、ミリアムは目を大きく見開いている。

「あたしは目をぎゅっとつぶって、身動きひとつしないで、その子がいなくなるのを待った。でも、どれだけ時間が過ぎても気配はなくならない。そのうち休憩が終わって、誰かが呼びにきてくれるかもしれない。そう思ったけど、いつまでたっても誰も来ない。部屋の中を歩きまわるその子の足音しか聞こえない。そこだけ、宿屋と切り離されてしまったみたいだった」

そして、ついにミリアムは緊張と恐怖に耐えきれず、目を開けてしまった。

ゴードンとデルミオ、エダルドがおもわず身を乗りだす。

「部屋の中には誰もいないの。あの子の気配も何も感じない。きっと悪い夢を見たんだと、あたしは思った。そのとき、外からおやじさんに呼ばれてね、急いで部屋を出たら……」

そこで、ミリアムは言葉を途切れさせた。ゴードンの背後へと視線を向ける。ゴードンが戸惑い、おびえるような顔で後ろを振り返ったところで、ミリアムは彼に顔を近づけた。

「ばあっ」

ゴードンは「うわっ」と悲鳴に近い声をあげて、慌てて後ずさる。その反応に、ミリアムはしてやったりというふうに笑った。グレンも悪いと思いながら、つられて笑ってしまう。

「ごめんなさいね。そんなに驚くとは思わなかったわ」

「突然耳元で大声を出されたら、誰だって驚きますよ……」

竪琴を抱え直しながら、ゴードンは弱々しい声で抗議した。しかし、怒りよりも興味が勝ったらしく、彼はミリアムに尋ねる。

「そのあとはどうなったんですか？」

ミリアムは肩をすくめた。鼻の上のそばかすを、指でそっと撫でる。

「話はこれでおしまい。部屋を出て、天井からぶら下がっている血まみれの顔を見て、あたしは気を失った。一晩中ね。おやじさんは何も言わなかったわ。ただ、どういうわけか次の日から、あの子の気配はなくなったの。足音も、声も、聞こえなくなった」

それからふと真面目な顔になって、ミリアムはリューに訊いた。

「あなた、神官さんよね。あなたは死んだひとの……そういうものって、見たことある？」

突然の問いかけに、グレンはぎくりとする。おもわず視線を動かしてリューを見た。彼女はグレンにもたれかかっていたが、その目は開いている。話も聞いていたようだ。

リューは身体を起こすと、ぼんやりした顔でミリアムを見つめた。言葉をさがすように、また痒みをとるかのように、両手をさする。

グレンにだけはわかった。彼女は自分に気合いを入れようと、両手を握りしめたのだ。大勢のひとがいる中で、リューはなるべく落ち着いて話そうとしていた。

「ありませんよ」

首を横に振り、あっさりとリューは答える。ミリアムは拍子抜けした顔になった。

「神官って、そういうのを教えるひとじゃないの……」

「神殿で神々の教えを説く方は、だいたいそうおっしゃるでしょうね。仕える神にもよるかもしれませんが……。ですが、私は少々異なる考えを持っています」

グレンは気が気でない。あたりさわりのないことを言って流してしまえばいいのに、どうもリューは真面目に応じる気になってしまったらしい。

「たとえば、死霊や悪霊と呼ばれる魔物の類には、何度か遭遇したことがあります。こうした魔物の中には、亡くなったひとの生前の姿をとるものもいます」

「あたしが見たのは、魔物だっていうこと?」

「いいえ」と、リューは首を横に振る。

「あなたも言っていましたが、魔物は太陽の光を嫌います。この種の魔物はとくにその傾向が強いそうです。何より、魔物は人間をおどかすだけなんてことはしません。必ず命を奪おうと襲いかかってきます。ですから、あなたが見たのは魔物ではないと思います」

「じゃあ、何なの……?」

「わかりません」

再び、グレンは緊張に胃が縮む思いを味わった。そんな相棒の心情を知ってか知らずか、リューはてのひらを外套(がいとう)に擦りつける。彼女のてのひらは汗で濡れていた。

「少し、私の話をします。もう何年も前の話ですが、私の生まれ育った村は、野盗に襲われて焼き払われました。多くのひとが死にました。今日までに、村のひとたちがそういうものとして私の前に現れたことはありません。音や声を聞かせてくれたことも」

暖炉の火が燃える音と、降りしきる雨の音だけが、静かに響く。リューは続けた。

「ですから、あなたの見たものについては、これだと申しあげることはできません。少しは話す仲だったと言っていましたが、その方はあなたに対して違う考え、違う想いを抱いていたのかもしれません。そこまでは、いまのお話だけではわかりませんから」

「あの子が、あたしに何かを訴えたかったっていうの？」

ミリアムが眉をひそめる。彼女の青い瞳に、怒りがちらついた。

「あの子を殺した男は無事につかまって、あの子の埋葬もすんで、あたしたちも神々に祈って……。やるべきことはやったわ。他に何をやれっていうの」

「姿を見せなくなったのでしょう？　気づかないうちに何かをやったのではありませんか」

突き放すようなリューの言葉に、ミリアムはため息をついた。金髪を乱暴にかきまわす。しかし、リューを見つめるしかめっ面に、敵意や悪意の類はなかった。

「神官らしくないわね、あなた」

「……よく言われます」

リューの返答は、やや遅れた。だが、それによって疑いの目を向けた者はいなかった。

大きく息を吐いて、リューはグレンにもたれかかる。額にはうっすらと汗がにじみ、数本の黒髪が張りついていた。精神的にかなり消耗したらしい。

「ところで、連れはいないのか、あんた」

グレンがミリアムに尋ねる。ミリアムはきょとんとした顔でグレンを見つめた。

「え、ええ、いないわよ?」

「そのアディントンからイルミンまで、一日半てところか。近いといえば近いが、女がひとりで町から町へ向かうというのは、不用心だろう。野盗や魔物に出くわしたら逃げきれない可能性がある。誰かにくっついていった方がいい」

危険な真似をしている少女を見ると、余計なこととわかっていながら、グレンはつい忠告してしまう。妹と重ねてしまうからだ。

野盗にさらわれた妹を見つけだす。それが、グレンの旅の目的だ。

三年前、グレンの両親と妹は野盗の集団に襲われた。馬車に乗って、親戚のいる町へ向かう途中だった。両親は殺され、妹は野盗たちに連れ去られた。

ル=ドン王国の騎士だったグレンは、騎士位を返上して旅に出た。今日までに野盗たちの何人かは打ち倒したが、妹の行方はわからずにいる。

「あら、心配してくれるの? ありがと」

ミリアムは小首をかしげて笑った。デルミオが、皮肉っぽい目をグレンに向ける。

「遊歴の騎士なんてそれこそ野盗と変わらないくせに、自分は違うと言いたげだな? 雨があがったら同行を申し出て、頃合いを見て襲うつもりなんじゃないか?」

「デルミオ、わしも遊歴の騎士だったことがあるのだがな」

タングレーが痩せぎすの騎士を見上げる。予想外の方向から皮肉をぶつけられたデルミオは、しどろもどろで弁解した。

「いや、タングレー卿は違いますよ。ただ、何というか、遊歴の騎士の誰もがタングレー卿のような者ではないわけで……」

タングレーはおおげさにため息をつくと、蒸留酒の入った皮袋を手に、グレンを見る。

「この若僧はちと言葉が過ぎるが、根は悪いやつではない。許してやってもらえんか」

「……俺も、遊歴の騎士なんて野盗と変わらないと思っているからな」

そういう言い方をすることで、グレンは水に流すことにした。


蒸留酒をかわすグレンとタングレーの視線が、吟遊詩人の青年に向けられる。

「では、おぬしの番かな」

老人の言葉に、ゴードンは背筋を伸ばし、帽子をかぶって竪琴を抱え直した。調子をたしかめるように、弦を軽く弾く。澄んだ音色が響いた。格好こそ薄汚れているが、楽器の手入れは怠っていないのがわかる。

「こうした場所につきものの怪談は、ミリアムさんに先を越されました。大討伐、それにこの城砦を舞台にした死闘のあととあっては、ありふれた英雄譚では満足していただけないでしょうね。そこで、この地の主であるクルト様のご先祖にして、この城砦を建てた黒獅子伯イェルガーの物語を詠わせていただきます」

「おお、黒獅子伯か」

タングレーと、それからエダルドが身を乗りだした。ゴードンは恐縮したように会釈する。

リューが、グレンにだけ聞こえるような声でささやいた。

「あのひとたちへのうけを狙いましたね」

グレンは同じくらい小さな声で返す。ヒューバース、デルミオ、エダルド、タングレーと、クルトに仕える者がこれだけいる以上、彼らの歓心を得ようと考えるのは当然のことだ。

「気遣いと言ってやれ」

竪琴の音が、食堂のあたたかな空気を震わせる。

「それは遠い昔の歌、夕暮れの街角で、ランプの灯る酒場で、風の吹き抜ける草原で、子供の枕元で、絶えず語り継がれてきた夢のかけら。さかのぼること百年前、いまよりさらに平和が遠いものだったころ、後の黒獅子伯イェルガーはこの地に生を受けた……」

イェルガーの父は名もなき騎士であり、母はカルナン女神の信徒だった。両親を流行り病で亡くした彼は、名をあげるために大陸東部を放浪していた。

とある荒野の片隅、環を描くように置かれたいくつもの巨石のそばで、彼は妖精と出会う。

イェルガーは妖精とともに旅をして、この一帯を脅かす邪悪な魔術師に挑んだ。そして、三日三晩の死闘の末に見事、魔術師を打ち倒した。

この勝利によって、いくつかの村や町がイェルガーを讃え、彼に従うようになった。

その後、イェルガーは戦いに明け暮れ、勢力を広げていった。戦いの際に見せる獰猛さと、長い黒髪を振り乱して戦うさまから、彼は「黒獅子」という二つ名で呼ばれていたが、その異名が広まったのはこのころからだ。

グリストルディ王国のとある貴族の娘を妻に迎えたイェルガーは、伯爵の称号を授かり「黒獅子伯」と呼ばれるようになる。このときが、イェルガーの最盛期であった。

彼はさらなる領地拡大を目指し、この地に城砦を築いて「黒獅子城」と名づけた。常に彼の傍らにあった妖精は、城砦に棲みつき、彼の子孫を守ることを誓ったという。

だが、イェルガーがこの城砦で生活したのは、ごく短い期間でしかなかった。

息子に背かれたのだ。

息子が父を裏切った理由は、諸説ある。グリストルディ王国の政争に巻きこまれ、利用されたというもの、魔術師の女性を愛してしまい、それをとがめられたために、父に刃を向けたというもの、かつてイェルガーが討った邪悪な魔術師の霊に取り憑かれたというもの……。

イェルガーは、敗れた。息子は父を黒獅子城に幽閉し、苛烈な拷問を加えた。邪悪な魔術師の残忍な行動をなぞるかのように、イェルガーの目をえぐったという。

イェルガーは怨嗟の叫びをあげた。

「私の城を、私の宝を、貴様なぞに奪われてなるものか。貴様は何も手に入れることができぬまま死ぬのだ。この城を荒らす者はことごとく滅ぼしてくれるぞ」

ほどなく、イェルガーの言った通りになった。

息子もまた、己の子に背かれた。当時、その子は十五に達していなかったが、一戦して父を破り、黒獅子城を陥落させた。

しかし、そのとき、イェルガーはすでに命を落としていたのだ。

イェルガーの孫は偉大なる祖父の後を継いで、ダリオン伯爵となり、ブルームを統治した。領民たちは新たな主を讃える一方で、イェルガーを失ったことを嘆き悲しんだ。彼らの涙によって川ができるほどだったという……。

百年前の人物だからか、ゴードンは彼の活躍を誇張するのにまったくためらいを抱かなかったようだ。イェルガーの声は大きく、寝室から広間まで容易に声を届かせたという逸話などもまじえて、彼は物語を終える。

ゴードンの歌声と演奏は目を瞠(みは)るほど上手というわけではなかったが、聞き苦しさを感じることもなく、何人かは拍手をした。

グレンも小さく手を叩いたが、ゴードンの詩よりも別のことが気になっていた。

——こいつ、ずうっと俺たちの荷物を見ていたな。

詠っている間、ゴードンは興が乗ったように何度も姿勢を変え、ここにいる者たちにまんべんなく笑いかけていた。

しかし、彼の視線は人間よりも、その荷物に向けられていた。物色していたのだ。たとえばタングレーが蒸留酒の皮袋をしまおうとして、その際に荷袋から黄金造りの鞘を持つ短剣が覗いたとき、ゴードンがわずかに目を瞠ったのを、グレンは見逃さなかった。

——吟遊詩人が物盗りを兼ねるなんて、珍しいことでもねえが。

身なりからしても、ゴードンが貧しいことはたしかだ。警戒しておくべきだろう。

「見事なものだった」

エダルドが感心した顔でしきりにうなずいた。

「黒獅子伯の詩を聞いたのはひさしぶりだな。祝いの場などでは詠われても、それ以外ではあまり聞かなくなったからな」

「偉大なるご先祖様とはいえ、百年前のお方だからな」と、デルミオが相槌を打つ。

「妖精さんは、黒獅子伯を助けてくれなかったの？」

ミリアムが不思議そうに首をかしげる。

「黒獅子城ができてからの妖精の話は、諸説あるんです……」

以前にも聞かれたことがあるのだろう、ゴードンは困ったような顔で説明した。

「城に棲みついたというもの以外だと、別れを告げて消え去ったというものもありますし、まるで忘れられたように、何ひとつ語られないというものも……。こうした物語にはよくあることなんですが」

「そうなんだ。語られないのは可哀想ね」

二人の話を聞きながら、グレンは「ところで」と、何気ない口調でタングレーに尋ねた。

「このあたりでも、やはり魔術師は恐れられているのか」

恐れられていることは、町での一件ですでにわかっている。ここで知りたいのは、タングレーを含めた騎士たちの考えだ。はたして老騎士は力強くうなずいた。

「当然じゃろう。いまの詩でも語られたように、昔、このあたりには邪悪な魔術師がおったのでな。わしも小さかったころは『悪さをすると、魔術師に目玉をくりぬかれる』などと叱られたものじゃよ。西のカーヴェル王国は『魔術師の王国』などと呼ばれていて、魔術師に寛容らしいが、はっきりいってしまうと理解できん」

カーヴェルは、大陸中央に位置する大国だ。ラグラスとグリストルディの二国を同時に相手どって戦えるほどの国力を有するといわれている。その二国の狭間でかろうじて生きながらえている小さな王国で生まれ育ったグレンには、想像もつかない国だった。

「あの国は、王家の人間によく魔術師が生まれてくるらしい。いまの王女もそうだとか」

もっとも、いまはどうなのかわからない。昨年、カーヴェル王国では反乱が起こり、宰相だった男が実権を握ったからだ。その混乱の中で、王子と王女は行方不明だという。

――リューのことを考えるなら、大陸中央を旅してみる手もあるんだが。

グレンたちが大陸中央に足を向けなかったのは、その反乱がどのような展開を見せるのか、想像もつかなかったからだ。一、二年ほどは中央に行かず、東部を旅しながら様子を見ていた方がいい。そう考えたのだったが。

――その挙げ句が、今日のこれだ。考え直す必要があるかもしれないな。

少なくともカーヴェルでなら、リューは神官のふりをしなくてもよくなるだろう。

そこまで考えたとき、上から声が降ってきた。

「魔術師など恐るるに足らず……。グレンスタード卿は、そう思っているのかな」

ヒューバースが冷めた目でグレンを見つめている。グレンは首を横に振った。

「まさか。俺だって、魔術師はおっかない。ただ、大討伐に参加していた魔術師に何度か助けられたこともあるからな……。むやみに恐れることもないと思っている」

「このブルームから出たことのない私には、考えられないな」

ヒューバースはため息を吐きだす。鼻の下の髭を、指でこすった。

「これは忠告だが、この地ではその考えを述べない方がよい。魔術師は邪悪なものと思う者の方が、圧倒的に多いからだ。無用のいさかいは避けたいだろう」

「そうだな。そうしよう」

グレンは素直に従う態度を見せたが、内心ではヒューバースの言葉について考えを巡らせている。この食堂にいる者の中でも、ミリアムやゴードンは、それほど魔術師に対して忌避感を抱いていないようだ。デルミオとエダルドも同じようだが、この二人は何かあった場合、ヒューバースやタングレーに従うだろう。

——思えば、あの町の衛士（えいし）たちも三十代ってとこだったな。

あるていど年齢を重ねている者は、魔術師を恐れているということかもしれない。この地においては。それがわかったのは大きい。

そのとき、扉が開いてドゥカークが姿を見せた。ごつい顔をしかめ、深刻そうな色をにじませて、彼は室内をぐるりと見回す。

「ここにいる者以外で、雨宿りにきた者はいたか？」

「いや、グレンスタード卿とリューディア殿が最後だが」

ヒューバースが怪訝（けげん）そうな顔で答えた。ドゥカークの顔が強張（こわば）る。

「いま、右手の廊下の先に人影が見えた。暗くて姿はわからなかったが……」

室内の空気に緊張が走った。左目の眉をつりあげて、タングレーが尋ねる。

「その人影は、どうした？」

「わからん……。呼びかけてみたら、呻くような声が返ってきて、それきりだ」

「もしかして、魔術師の霊とか……」

ゴードンが血の気の引いた顔でつぶやいた。ミリアムが金髪を揺らして彼を睨む。

「何よ、それ。霊って」

「わ、私たち吟遊詩人の間では、そういう話があるんです……。黒獅子伯に討たれた邪悪な魔術師の霊が、この城砦に現れると。だから、この城砦は放っておかれたままなのだと……」

「馬鹿馬鹿しい」と、デルミオが吐き捨てる。

「タングレー卿の話を、ちゃんと聞いていたのか？　この城砦が放っておかれているのは、その使命を果たしたからだ」

「それに、城砦というものは解体するにも金と手間がかかってな。簡単にはいかんのだよ」

現実的すぎることをタングレーが口にして、一瞬、食堂の空気がやわらいだ。

ヒューバースは少し考える様子を見せたあと、グレンに尋ねた。

「グレンスタード卿、あなたはどう思う？」

どうして自分に聞いてくるのかと訝しみつつも、グレンは考えを述べる。

「見間違いとは言いきれないだろう。確認するべきだと思う」

「だが、もしも雨宿りなら、この食堂の明かりを見つけてここまで来るのではないか？」

「入ってきたのが山賊や野盗の類なら、かえって明かりを警戒するんじゃないか。それに、人間とはかぎらない。魔物の可能性だって考えられる」

日はとうに沈み、雨は一向にやまない。場所によっては、魔物が現れてもおかしくない。

「気が進まないなら、俺だけで行ってくる。気のせいですませて、あとで痛い目を見るのはごめんだからな。ついでに、城砦全体を見てまわるべきだとも思うが……」

　この機会に安全な部屋をさがそう。そこまで考えて、グレンは言い募った。

「いや、あなたの言うことはもっともだ。この地の騎士として、よそから来た遊歴の騎士殿だけに任せるわけにはいかぬ。私とデルミオ、あなたの三人で確認に行くのはどうだろう。その間、ここはエダルドに守らせる」

「ヒューバース卿、わしも戦えるぞ」

　タングレーが勇ましい声をあげる。ところが、デルミオが反対した。

「いや、タングレー卿はここにいてください。片目で剣を振りまわされちゃたまりません」

　もの言いは辛辣だが、その表情には相手への気遣いがある。グレンは意外だという顔で痩せぎすの騎士を見る。この鼻持ちならない男にも、そうした一面があるのか。

　ヒューバースも部下に同調した。

「デルミオの言う通りです。タングレー卿には、エダルドの補佐をお願いします」

　グレンは眉をひそめる。老騎士に向けられているヒューバースの目が、ほんの一瞬だが相手を疎（うと）んじるように細められたのを、見てしまったのだ。

　――この二人も、見かけほど親しいわけじゃなさそうだな。

　タングレーは二人に説得されて、渋々床に座り直す。

　ヒューバースはグレンに向き直り、笑顔で手を差しだしてきた。

「よろしく頼む、グレンスタード卿」

グレンはうなずいて、彼の手を軽く握った。


シュザンナとパレンが食堂に入ってきた。こちらにいる方がいいと考えて、ドゥカークが呼んだのだ。シュザンナは夫に隠れるように立っている。その態度は控えめというより、何かにおびえているように見えた。

三人の親子は中央のテーブルに座る。シュザンナに抱きかかえられているパレンは、直前まで眠っていたのだろう、しきりに目をこすっていた。

グレンはリューの頭に軽く手を置いて、タングレーたちに言った。

「こいつは放っておいてやってくれ。疲れているみたいだからな」

念のため、誰かがリューに干渉しないようにしておくべきだった。

「外がこんなふうじゃなけりゃ、いますぐ飛びだして野営するのにね」

窓をふさぐ棚を見つめて、ミリアムが少し疲れたように笑う。ゴードンが控えめに言った。

「でも、外で夜を明かそうとしたら獣や魔物が寄ってくるかも……」

「甲冑を着た人間は、獣や魔物よりよっぽど物騒かもしれんがな」

皮肉っぽい口調で言ったのは、ドゥカークだ。

「何だと、商人風情が」

鎖かたびらの上に鎧をつけ、兜をかぶっていたデルミオがいきりたったが、同じく武装を整えているヒューバースに横からおさえられる。年配の騎士は不機嫌そうに一喝した。

「夜明けまでてきとうな部屋に放りこまれたいか、二人とも！」

すさまじい剣幕に、デルミオとドゥカークはおたがいを見やったあと、鼻を鳴らして相手に背中を向けた。しかし、怒りがおさまらないデルミオは「……のくせに」と、ぶつぶつつぶやいている。タングレーがとりなすように言った。

「ヒューバース、もう少し落ち着かんか」

「……ええ、すみません。ちょっと取り乱しました」

ヒューバースは老騎士に会釈すると、気を取り直してグレンを振り返った。

「では、行くとしようか。グレンスタード卿」

グレンとヒューバース、デルミオは食堂を出る。外套は乾いていたが、隙間から冷気が入りこんできて、グレンの肌を刺した。空気を吸い、吐いて、剣を握りしめる。

ヒューバースは右手に燃えさかる松明を、左手に方形の盾を持っていた。盾の表面には、刀身を赤く塗った剣が彫られている。平然としているヒューバースとは対照的に、デルミオは痩せぎすの身体を震わせて、白い息を吐きだした。

「ヒューバース隊長、この寒さじゃ、野盗だろうと魔物だろうと動きゃしませんよ。ドゥカークの言葉なんて信用できませんし、恐れは枯れ木を魔物に変えるというじゃないですか」

「それをたしかめようというのだ。何かあってからでは遅いと、いつも言っているだろう」

ヒューバースは部下に取りあわず、松明をかかげて歩きだす。彼の後ろに、グレンとデルミオが並んだ。デルミオは、剣と円形の盾をそれぞれ左右の手に持っている。

「あんたらは、この城砦について詳しいのか」

グレンは声を潜めて尋ねた。

「俺は前に一度、この城砦で夜を明かしたことがある」

デルミオがそう答えれば、ヒューバースも静かな口調で言った。

「私は何度か来たことがあるが、隅々まで回ったことはないな。間取りについて、おおまかに知っているというていどだ。罠が仕掛けられているという話を聞いたことはあるが……」

そこで三人は足を止める。ちょうど広間に出たところだったが、暗がりの奥から複数の声らしきものが聞こえたのだ。人間の言葉ではなかった。

「魔物だな」

ヒューバースが真剣な口調でつぶやく。グレンはうなずいた。

「ゴブリンとコボルドってあたりか」

「ほうら見ろ。何が魔術師の霊だ、おどかしやがって」

デルミオが強気な調子で吐き捨てる。グレンは皮肉の息を吹きかけた。

「おまえ、ゴードンの言葉を信じていたのか」

「二人とも声をおさえてくれ。魔物どもの様子がわからん」

たしなめて、ヒューバースが前に進む。右手の廊下へ入った。

「この先はどうなっているんだ?」

「空き部屋がいくつか。他に、横道に入ると地下への階段がある」

三人は慎重に歩いていき、地下へ続く階段の前にたどりついた。階段の幅は、大人が二人並んでも問題ないぐらいには広いが、剣を振りまわすとなれば話は変わってくるだろう。

「地下のつくりは?」

剣を肩に担いで聞いたグレンに、ヒューバースが答える。

「部屋が二つある。どちらも倉庫だが、牢屋代わりにもしていたらしい」

デルミオが先頭に立ち、剣と盾をかまえて階段を下りようとする。だが、彼はあるものに気づいて足を止めた。階段の半ばに縄が張ってある。気づかずに下りていれば、引っかかって転げ落ちたかもしれない。

「姑息な罠を仕掛けやがって」

デルミオは毒づいて、縄を断ち切ろうと剣を振りあげた。グレンはすばやく手を伸ばして、彼の腕をつかむ。両眼に怒りをにじませて、デルミオはグレンを睨みつけた。

「何をしやがる」

「待て。罠かもしれない」

グレンの言葉に、デルミオは顔をしかめる。だが、ヒューバースは理解したようだった。

「デルミオ。盾をかまえて、階段の先の闇を見ながら縄を切ってみろ」

痩せぎすの騎士は戸惑いつつ、ヒューバースの指示に従う。縄を切断した。

直後、暗がりの奥から大気を裂いて何かが飛んでくる。それはデルミオの盾に命中して、派手な音を響かせた。「石か」と、ヒューバースが冷静につぶやき、グレンを見る。

「よく気づいてくれた。私も、あなたに言われなければわからなかった」

「ゴブリンは、こういう罠を仕掛けるのが得意だ。これなら短い時間でも用意できるからな」

グレンは謙遜したわけではない。過去に二度、この罠に引っかかったことがあったのだ。二度目のときは飛んできた矢に毒が塗られており、リューがいなければ片腕を失っていた。

「ドゥカークに感謝しよう。いまのうちに見つけられたのは運がいい」

グレンはそう言って、階段の先の暗がりを睨みつける。獣の騒ぐような声が聞こえてきた。いまの音が警報となって、侵入者の存在を魔物たちに教えたのだ。

「俺が先に行く！」

怒りで顔を真っ赤にしたデルミオが、剣と盾をかまえて階段をおりていく。ヒューバースが続いた。炎が闇を押しのけ、階段の下にいる魔物たちの姿を照らしだす。彼らは、その手に錆びた手斧や短剣を握りしめていた。

ゴブリンの姿は、一言でいって醜悪だ。顔つきや身体のつくりは猿を思わせる。体毛は一切なく、皮膚は濁った褐色で、吊り上がった両眼は攻撃的な輝きを放っていた。

コボルドは、野犬の頭部と人間のような身体を持つ魔物だ。灰色の体毛に全身を覆われており、犬のように鼻がきき、数が多いほど強気になる。

──見えている範囲ではゴブリンが三、コボルドが二か。

魔物たちの方が数は多いが、階段で戦えば、囲まれることはないだろう。グレンは前方を二人の騎士に任せ、自身は後方を警戒する。魔物たちがこれだけとはかぎらない。

気合いの叫びをあげて、デルミオが階段を駆けおりる。魔物たちは階段を下りきったところで待ちかまえており、のぼってくる気配はない。正面にいるゴブリンに向かって、デルミオは剣をまっすぐ突きだす。ゴブリンは奇声を発して手斧を振りあげた。

硬い音と鈍い音が同時に響き、悲鳴とともに黒い血が飛散した。デルミオは盾で手斧を受けとめ、ゴブリンは剣を避けきれなかった。肩を切り裂かれたゴブリンはのけぞってわめき、振りまかれた黒い血は壁や床にいくつもの染みをつくる。

奇声があがった。傷を負ったゴブリンを押しのけて、他のゴブリンがデルミオに接近する。そこへ、ヒューバースが身を乗りだして松明を突きだした。眼前に迫った炎に驚いて、ゴブリンは体勢を崩す。負傷した仲間を巻きこんで床に倒れた。

デルミオが短い叫びをあげる。離れたところにいる二体のコボルドが、石片を投げつけてきたのだ。石片は二つとも甲冑に当たったが、デルミオは驚いてたたらを踏んだ。

「くそっ」

逆上したデルミオは階段を蹴る。床に降りたったが、その拍子に足を滑らせた。水をたっぷり吸ったぼろきれが床に広げられており、それを踏んだのだ。

ゴブリンとコボルドが、痩せぎすの騎士に殺到する。彼の窮地を救ったのは、またもヒューバースだった。方形の盾で身を隠し、松明を大きく振りまわして、彼は部下と魔物の間に割りこむ。ゴブリンたちを牽制しながら、栗色の髪の騎士は声を張りあげた。

「グレンスタード卿！　手伝ってくれ！」

「後にしてくれ！」

怒鳴り返したとき、グレンはヒューバースたちに背を向けて、二体のゴブリンと対峙していた。暗がりに隠れ潜んでいたものたちが、姿を現したのだ。背後を警戒していなければ、いまごろ挟み撃ちにされていただろう。

ゴブリンたちは錆びついた短剣を握りしめて、左右からグレンに襲いかかってきた。

——剣の神ドゥルゲンよ。我が戦いを照覧あれ。

グレンは神に祈る。ドゥルゲンは、大陸東部で広く知られている鉄と剣の神だ。騎士をはじめ、戦いを生業とする者に信徒が多い。騎士だった父も、ドゥルゲンに祈っていた。

肩に担いだ剣を、グレンは右から迫るゴブリンに勢いよく叩きつける。魔物は身をよじってかわそうとしたが、その顔から胸にかけて刃が走り、黒い血が舞った。ゴブリンは悲鳴をあげて転倒する。

左から向かってきた魔物が、グレンに短剣を突きたてようとした。グレンは左腕の籠手で短剣の刃先を滑らせる。だが、ゴブリンは空いた手を伸ばしてグレンの左腕に掴みかかってきた。大きく口を開けて、籠手に守られていない部分に噛みつこうとする。

とっさの判断で、グレンはゴブリンを引きはがそうとせず、壁に向かって体当たりをした。肉の潰れる音が響き、グレンと壁に挟まれる形となった魔物が呻き声をあげる。すかさずグレンはゴブリンから離れ、その腹部に剣を突きたてた。

間髪を容れず剣を抜くと、さきほど斬りつけたゴブリンの方に向き直る。ゴブリンは怒りを帯びた両眼でこちらを睨みつけていたが、まだ足取りがおぼつかないようだった。グレンは間合いを詰め、容赦(ようしゃ)なく一撃で斬り伏せる。

「なるほど、大討伐の話は事実のようだな。見事な戦いぶりだ」

落ち着いた称賛の声に振り返ると、ヒューバースが立っていた。

階段の下での戦いも、終わりに近づいているようだ。ゴブリンたちは残らず床に倒れ、デルミオが二体のコボルドと斬り結んでいる。仲間がやられたことで及び腰になっているコボルドたちを、デルミオは剣と盾を上手く使って追い詰めていた。

「加勢しなくていいのか？」

自分が斬ったゴブリンにあらためてとどめを刺しながら、グレンは尋ねる。時々、死んだふりをしてこちらを欺こうとする魔物もいる。確実に仕留めておくべきだった。

「コボルドなら、デルミオに任せても問題ない。あいつには多く経験を積ませなければ」

彼には見えない角度で、グレンはわずかに眉をひそめる。

ヒューバースの言うことはもっともだが、万が一に備えて、階段を下りたところで様子を見守るべきではないだろうか。デルミオが勇敢な騎士であり、それなりの技量の持ち主であることはわかったが、ここにいた魔物たちも罠を仕掛けるていどには狡猾なのだから。

だが、グレンはそう言うだけに留めた。隊長と呼ばれる立場なら、グレンにはわからない気苦労もあるだろう。余計な口出しをするべきではない。

「隊長ってのも大変だな」

デルミオがコボルドたちを打ち倒したところで、二人は階段を下りる。

腐肉と血を混ぜあわせたような臭いに、グレンは顔をしかめた。ヒューバースも鼻のまわりに皺を寄せながら、松明をかかげて、ぐるりと周囲を見回す。

「静かになったが、これで魔物は全部か」

「そう願いたいですね」

デルミオが兜を脱いで、顔の汗を拭う。

魔物たちがたしかに死んでいることを確認して、グレンは尋ねた。

「訊きたいんだが、この近くに『未踏地（ナルグタムス）』はあるか？」

大陸には、魔物が昼夜問わず姿を見せるという恐ろしい場所が点在している。そうした地は未踏地と呼ばれており、魔物は未踏地から生まれるという説もあった。

「未踏地があると聞いたことはないな」

暗がりを照らしながら、ヒューバースが首を横に振る。

「となると、どこかからやってきた類か。案外、大討伐の討ちもらしかもしれないな」

大討伐では、魔物を一体残らず葬り去ったわけではなく、逃げ散った魔物も多い。苦手な日の光を避けながら地上をさまよい、この城砦に流れ着いた魔物がいても不思議ではなかった。

廊下を進み、二つある部屋をグレンたちは調べる。どちらの部屋にも扉はなく、何に使われていたのかわからないぼろきれや木片が転がっているだけで、魔物の姿はなかった。廊下の先は開けた空間になっていたが、そこも同様だ。

「壁に何か書かれているな……」

ヒューバースが壁に松明を近づける。デルミオが顔をしかめた。

「何ですか、これ。ええと、『寝室を出よ、そして新たな泉を求めよ。すり切れることなき翼ある外套を持て、すり減ることなき虹色の革靴を持て』……」

ヒューバースもわからないらしく、「さて……」と、首をひねっている。

「たぶん、カルナン女神の信徒が祈りを捧げるときの、口上のひとつだ」

二人の疑問に答えたのはグレンだった。

「連れがこんな文句の祈りを女神に捧げているのを、何度か聞いたことがある」

「そういえば、黒獅子伯の母君はカルナン女神の信徒だったな。それに、『泉を求めよ』という文句はたしかにカルナン女神の教えでよく使われている言葉だ」

「こんな陰気くさいところで、黒獅子伯が女神に祈っていたっていうんですか」

感心するヒューバースの隣で、デルミオは呆れた顔で壁に書かれた文字を見上げる。

「祈っていたとはかぎらないだろう。気まぐれに書いたのかもしれない。黒獅子伯以外の誰かという可能性もある。ところで、グレンスタード卿もカルナンの信徒なのか?」

「俺が信仰しているのはドゥルゲンだ」

「私もだ」と、ヒューバースは笑った。

壁の落書き以外に、目立つようなものはない。もう一度、二つの部屋を調べたあと、三人は引きあげることにした。魔物の死体を踏まないように気をつけながら、グレンは尋ねる。

「この死体はどうする?」

魔物の死体は、日の光を浴びれば消滅する。いまのうちに外へ運んでおけば、夜明けとともに消え去ってくれるだろう。

「夜明けまで放っておこう。それまでにここに来ることがあるとも思えん」

ヒューバースが言い、デルミオも積極的に賛成した。この暗さと冷たさの中で、地下と外を何度も往復したくないという態度があからさまだったが、グレンも同感だった。

一階に戻ったところで、ヒューバースが言った。

「グレンスタード卿、あなたが言っていたように、他のところも見て回りたいのだが」

グレンはうなずいた。魔物がこれですべてとはかぎらない。自分たちの背後に二体のゴブリンが現れたように、城砦内のどこかに移動している可能性もある。

この廊下から行ける客室や兵士たちの寝室、厠、祈りの間などを順番に見ていく。デルミオが盾で身を守りながら扉を開け、ヒューバースがやはり盾をかまえながら中に踏みこんで、松明で室内を照らし、その間、グレンは周囲を警戒するというやり方だ。

どの部屋を見ても、魔物が潜んでいる気配はない。ただ、ひとつひとつ部屋を見てまわるたびに、捨てられてから長い年月が過ぎた空間に特有の寂寥感（せきりょうかん）が伝わってきて、グレンたちは次第に無表情になっていった。壊れた武器や、あるいは壊れた玩具が転がっているのを見ると、暗がりと雨音も手伝って、疲労感がのしかかってくる。

わずかに気分がやわらいだのは、兵士たちの寝室で粗雑な落書きを見つけたときだ。「ざまあみろ、おまえの女房、俺のもの」だの「やつのスープに馬の糞を混ぜてやる」だのといった一文を見ると、三人は苦笑を誘われた。もっとも、「魔術師の霊がこの城砦にいる！」という落書きには、ヒューバースもデルミオも鼻を鳴らしたものだったが。

祈りの間には、片手で数えられるほどの神々の像が残されていた。面倒になって置いていったのか、いつかここを訪れる者たちのために残していったのかはわからない。

ほとんどの像は摩耗と劣化がひどかったが、カルナン女神だけは、リューにつきあって何度か見たことがあったので、わかった。

女神は何重にもひだがある外套をまとい、飾りのある靴を履いて、帽子をかぶっている。見慣れたものを発見したせいか、グレンは何となくほっとした。

幸いというべきか、新たな魔物が姿を見せるというようなことはなく、グレンたちは円形の広間に出る。松明の火に照らされて浮かびあがる黒獅子の像には、奇妙な威圧感があった。

ふと違和感を覚えて、グレンは左右を見回した。

暗がりの奥から、何かが自分たちを見ている気がする。

「どうした、グレンスタード卿」

ヒューバースに訊かれて、グレンは自分の違和感を正直に伝えた。兜の下で、ヒューバースは栗色の口ひげを揺らして渋面をつくる。

「私は何も感じないが……。魔物と戦ったあとでは、気のせいと切り捨てることもできんな」

三人は、広間を隅々まで歩きまわった。だが、何ものかが潜んでいるということはなく、何かが見つかるようなこともなかった。

「ゴブリンどもとの戦いで気が立っているんじゃねえのか」

デルミオの言葉に、グレンは「そうだな」と、言葉少なにうなずいた。いまひとつ納得できなかったが、実際何もないのだ。

「ところで、あの扉はどこに通じているんだ？」

グレンがヒューバースに聞いたのは、二階へ続く階段の下にある扉だ。扉のそばには、閂として使うのだろう長い木の板がたてかけてあった。

「裏手だ。昼過ぎに一度見たが、雑草が伸び放題で、とても外には出られなかった」

「念のために見ておきたい」

三人は扉に歩み寄る。松明を持っていたヒューバースが声をあげて、床を照らした。扉の周囲に、足跡らしき濡れた跡がいくつもある。

「魔物たちは、ここから入ってきたようだな」

「たいした数ではなかったから、ひとまず地下に逃げたわけか」

デルミオがゆっくりと扉を開けた。

その瞬間、闇の中から風と雨が勢いよく吹きこんだ。ヒューバースの持つ松明の炎が激しく揺らめく。そして、激しく羽ばたく音と、短い鳴き声がいくつも重なって聞こえた。

「うわっ」と、叫んで、デルミオが慌てて扉を閉める。グレンは剣を頭上でかまえて、闇に包まれた天井を睨んだ。三人の頭上で羽ばたきはしばらく続いたが、ほどなくやんだ。

「蝙蝠(こうもり)か……。この雨を避けて、扉の近くに逃げこんでいたのだろうな」

盾をかざし、松明を掲げて天井近くの様子をうかがいながら、ヒューバースが言った。

「蝙蝠がいたってことは、ここには魔物やそういう連中はいないってことでしょう」

ずぶ濡れになったデルミオが、陰気な声を出す。暗がりの中で、羽ばたきと鳴き声だけが聞こえてくれれば、彼でなくとも恐怖をかきたてられるだろう。

「そうだな。ここは閂をしっかり下ろしておけばいいだろう」

グレンも賛成だった。暗闇に風と雨、さらに足場が悪いとなれば、戦うどころではない。この建物の中に魔物が入りこんでいなければいい。

一階は見てまわったので、グレンたちは二階に向かう。

階段をのぼっている途中、ヒューバースが何気ない調子で聞いてきた。

「ところで、グレンスタード卿は何か目的があっての旅なのか」

二つ、三つ数えるほどの沈黙が横たわる。誰にでも話してきたわけではない。だが、話さないことには妹と野盗たちの手がかりを得られないのもたしかだった。

「聞くべきではないことだったか。気を悪くしたのなら、許してほしい」

「いや、そういうわけじゃない」

申し訳なさそうに言うヒューバースに、グレンは首を横に振った。

「――妹をさがしている」

続けて発せられた声は、彼自身も意識しないうちに、おさえようのない怒りを帯びていた。

「三年前、両親と妹が馬車で隣の町へ出かけた。親戚に会いに。道中で、野盗に襲われた。両親は殺され、妹は――アンナは連れ去られた。その後、人買い商人に売られたらしい」

そのとき、グレンは騎士として、王都で訓練に励んでいたのだが、知らせを受けて、急いで馬を飛ばして駆けつけた。

目に焼きついたいくつもの凄惨な光景が、瞬時にグレンの脳裏に浮かぶ。

車輪を片方失って横倒しになっている馬車。血溜まりの中に倒れている馬。草むらの中に転がっていた両親の、変わり果てた姿。

父は両腕と両足を切断され、その頭部には父が使っていた剣が突きたてられ、口には切りとられた陰茎が押しこまれていた。母は顔が丸く腫れあがるほど殴られ、右腕と左脚を失っていた。また、身体には繰り返し強姦された跡があった。

二人を発見したのは、旅の神官の一団だった。そのとき、母はかろうじて息があり、アンナが連れ去られたことを彼らに伝えて、息を引き取ったという。

グレンには他に兄がいたのだが、その兄も同じ時期に魔物討伐で命を落としている。

わずか数日の間に、グレンは妹以外の家族を失ったのだ。

「何と……」

松明の炎に照らされているヒューバースの顔が曇る。他に言葉が見つからないようだった。

「ヒューバース卿は、そういう娘の噂を聞いたことはないか？　ル＝ドン王国の人間で、今年で十九歳になる。髪は黒。瞳は青。背は、俺の胸に届くかどうかというところだ」

グレンの言葉に、ヒューバースとデルミオは顔を見合わせる。デルミオは首を横に振り、ヒューバースはため息をついた。

「役に立てず申し訳ない。あとで、エダルドや他の者にも聞いてみよう」

「三年かけても見つからないんだったら、とうにどこかで野垂れ死んでいるんじゃゃ——」

そう言ったのはデルミオだが、彼は最後まで言葉を続けられなかった。ヒューバースに厳しい目で睨まれたからだ。

「——おい、ロバ野郎」

グレンは足を止めて、デルミオをそう呼んだ。デルミオは顔を強張らせたものの、グレンの視線に気圧(けお)され、一言も返すことができずに立ちつくす。

「おまえが言ったようなことを言うやつは、これまでにもいた。だから、一度目は聞き流す。だが、もしも二度目があれば、おまえに決闘を申しこむ。最低でも腕の一本は覚悟しろ」

デルミオが息を呑む音が、薄闇の中で響いた。

喧嘩とはわけが違う。騎士同士の決闘は、公の場で名誉を賭ける。デルミオが敗北すれば、彼は主の失望を買い、同僚からは蔑みの目で見られ、主の屋敷で働く者たちからは冷ややかに笑われるだろう。騎士にとって、決闘による敗北は居場所を失うことだった。

グレンの強さはわかっている。デルミオは、視線でヒューバースに助けを求めた。

「まず非礼を詫びろ」

ヒューバースは冷然と突き放した。デルミオは拳を握りしめ、歯を食いしばってうつむいたが、やがてグレンに頭を下げ「失言だった」と、謝罪した。

「言った通り、一度は許す。あとは、おまえが口を滑らせなければすむ話だ」

「わかった。肝に銘じる」

慌てて顔をあげて、デルミオは言った。グレンはそれ以上かまわず、ヒューバースに視線を向ける。わだかまる重苦しい空気を払うべく、話題を変えた。

「俺の事情は話した通りだが、あんたたちはどうしてこんなところに？」

実のところ、食堂でヒューバースたちを見たときから気になっていたことだった。

「いくつかの町や村を視察した、その帰りだ」

「それぐらいなら、あんたひとりで充分じゃないか？　騎士が四人もつれだっているなんて、よほどのことだと思うが」

グレンは不思議そうな顔でヒューバースを見た。すると、彼も同じように怪訝そうな顔でグレンを見返す。いくばくかの間を置いて、ヒューバースは納得したようにうなずいた。

「タングレー卿とは、この城砦で偶然会ったのだ。たしかに、あの方もクルト様から視察を命じられていたようだがな。私がデルミオとエダルドを連れて視察をしたのは他のところだ」

たしかに、ヒューバースたち三人の武装と、タングレーのそれは違う。老騎士が身につけていたのは、革鎧に鱗状の鉄片を重ねて貼りあわせたものであり、武器も剣と手斧だった。

「そうだったのか。だが、騎士が三人で視察なんて、何があったんだ？　この近くで野盗や魔物が出たという噂があるのなら、教えてもらえると助かる」

騎士を三人も派遣するというのは、よほどの事態だ。視察ていどに動かす数ではない。

ヒューバースは穏やかな笑みを浮かべた。

「三人で行動しているのは、経験を積ませるためだ。デルミオもエダルドも、まだ一人前にはほど遠いのでな。魔物や野盗の話は聞かなかったから、安心してくれ」

「そうか。助かる」

それから、三人は二階を見てまわった。高い身分の者のための寝室と客室、側仕えの部屋、前庭が見下ろせるバルコニーなどを、ヒューバースがひとつひとつ説明する。窓から雨が吹きこんでいる部屋や、天井や壁から雨が漏れている部屋、扉のない部屋などもあった。

最後に、奥にある城主の寝室へと向かう。

ところがそこで、ささやかな事故が起きた。

床に落とし穴があり、ヒューバースが足を踏み外しかけたのだ。とっさにグレンが彼の肩をつかみ、デルミオも盾を床に置いて手伝って、ヒューバースは落ちずにすんだ。

「そういえば、罠があるという噂があったな。失念していた……」

　呼吸を整えながら、ヒューバースは落とし穴の縁に座りこむ。松明で穴を照らした。穴の深さは、大人なら這いあがれるていどのものだ。底には木片が散らばっている。

「あれは、逆さに立てておいた杭の残骸だろうな」

　三人の目の前で、落とし穴のふたとなっている部分が軋むような音をたてて元に戻った。

「捨てられてから十年たつってのに、まだ罠が動くとはな」

　デルミオが呆れとも感心ともつかぬ顔で言った。

　気を取り直した三人は、落とし穴を避けて先に進み、城主の寝室に入る。

　派手な水音が三人の鼓膜を叩いた。

　天井の一部が崩れて穴が開いており、そこから降り注ぐ雨が細い滝となって、床を水浸しにしていた。雨は窓からも吹きこんでいて、ひどいありさまだった。

　ヒューバースが松明を掲げて室内を照らす。すべて運びだされたのだろう、ここには文字通り何もない。片隅に、大小いくつもの瓦礫が小さな山をつくっているだけだった。

「この部屋から、黒獅子伯は広間まで声を届かせたというが……」

　ヒューバースのつぶやきに、デルミオが言葉を返す。

「あの吟遊詩人も詠ってましたね。タングレー卿から聞いたこともありますよ。俺は、何か仕掛けがあると思っていますがね」

「仕掛けがあったとしても、この分では、もはやたしかめようがないだろうな」

ヒューバースは首を横に振って、寝室を出る。グレンとデルミオも彼に続いた。

「魔物はいませんでしたね。地下にいた連中ですべてってことですか」

「そういうことだな。ありがたい。気を張らずにすむ」

グレンは、空いている部屋を自由に使っていいかとヒューバースに尋ねた。年配の騎士は不思議そうな顔でグレンを見る。

「かまわないが、これから夜明けまでいっそう冷えるだろう。暖炉があるのは食堂だけだ」

「二人だけの旅が長いせいか、集団で雑魚寝だとどうにも落ち着かなくてな。宿に泊まるときも、大部屋はなるべく避けているぐらいだ」

グレンの言葉は、まったくの嘘というわけでもない。リューが萎縮してしまうからだ。デルミオが皮肉っぽく笑った。

「人目のないところで、連れと思う存分楽しみたいってところじゃないのか」

グレンはデルミオを軽く睨みつけて黙らせる。ただし、今回は怒りを覚えたからではない。図星だったからだ。

3　惨劇

食堂の扉を開けると、暖気がグレンの頬を撫でた。

「おお、戻ってきたか。長くかかったようだが、無事のようじゃな」

暖炉の前に座って窓を睨みつけていたタングレーが、立ちあがって顔をほころばせる。灰色の髭がかすかに震えた。鼻水をすすりながら、デルミオが笑顔で応じる。

「右手の廊下から行ける地下に、ゴブリンが五体、コボルドが二体いました。さほど苦労はしませんでしたがね」

安堵感に満ちた空気が室内を包んだ。調子のいい男だとグレンは思ったが、彼が奮戦したのはたしかだ。タングレーは感心したようにうなずいた。

「ふむ。わしがいっしょに行っても邪魔だったかな。ところでヒューバース卿は？」

「念のためということで、外で見張りをしている」

グレンが答えた。デルミオと、扉の近くに立っていたエダルドがげんなりした顔になる。あとで交替を命じられると察したのだろう。

リューは、グレンたちが食堂を出たときと変わらぬ場所で、膝を抱えていた。身じろぎひとつしないあたり、眠っているのかもしれない。隣に座っているミリアムも同様だ。

ドゥカークとゴードンはテーブルを挟んで何かをやっており、シュザンナはパレンを抱きかかえて、夫のそばで静かにしている。

グレンはドゥカークたちのもとへ歩いていく。テーブルに置かれている円形の木盤と、その上に散らばる駒を見て、二人がやっているものがわかった。

——星盤（レランガ）か。

盤上で駒を交互に動かして勝敗を競う遊戯だ。グレンが生まれ育ったル＝ドンでは騎士のたしなみのひとつとされており、父から教わったことがある。

グレンにとっては幸いなことに、勝負はもう終わりかけていた。ドゥカークが相手の『王』をとったのを確認して、グレンは彼に声をかける。

「買いものはできるか？　火口箱（ほくちばこ）、針と糸、蝋燭（ろうそく）がほしいんだが」

「いますぐでないといかんのかね」

「こういうのは早めにすませておきたい」

今夜はもう休むだけだ。ここではなく、別室で。明日がどうなるかわからない以上、いまのうちにやっておくべきだった。

「せっかちだな。客というものはだいたいせっかちだが。——まあ、悪くない勝負だった」

最後の台詞はゴードンに向けたものだ。ドゥカークは椅子から立ちあがり、グレンとともに食堂を出た。少し離れたところで見張りをしているヒューバースの後ろ姿が見えたが、ドゥカークは彼を無視してすぐそばの扉を開け、中に入る。

グレンが彼に続いて足を踏み入れると、獣の臭いが鼻をついた。

「馬だ」と、ドゥカークが言った。

彼がランプをかかげると、かまどや調理台、料理器具をしまうための棚などが目についた。

部屋の中央には麻布(あさぬの)の覆いをかぶせられた荷車が置かれ、一頭の馬がつながれている。身体を冷やさないためだろう、馬には外套(がいとう)がかけられていた。

「あんたの荷車か」

「そうだ。この厨房の勝手口がでかくて助かったわ」

ドゥカークは荷車に歩み寄ると、覆いを無造作に取り払う。さまざまな積み荷があった。

「火口箱、針と糸、蝋燭だったな。銅貨十五枚」

「あと、食いものと葡萄酒はないか」

グレンは注文を追加する。食堂では他の者がいたので、あえて言わなかったのだ。

「葡萄酒なら少しはある。追加で銅貨八枚」

「少し高いんじゃないか。前に立ち寄った町では――」

「なら、その町に行って買ってくるのだな」

意地の悪い笑みを浮かべて、ドゥカークは突き放すように言った。彼の言葉の正しさを認めて、グレンは笑いを返す。ベルトに下げた皮袋から銀貨を一枚取りだした。

「手持ちの銅貨が足りないから、これで頼む。釣りはいい」

ドゥカークは銀貨を受けとってしげしげと見つめたあと、蝋燭と火口箱、針と糸をグレンに渡す。蝋燭は太く、糸もかなり長い。そして、赤ん坊の握り拳ほどの大きさの皮袋をその上にちょこんと乗せた。

「干し林檎に蜂蜜を塗って乾燥させたものだ。持っていけ」

グレンはありがたく受けとることにした。それから葡萄酒を入れるための皮袋を用意する。

ドゥカークは葡萄酒の瓶を取りだすと、慎重な手つきで中身を皮袋に注いだ。

「もし知っていたら教えてほしいんだが」

この男なら、他人に触れまわるような真似はしないだろうと考えて、グレンは妹のことを話した。自分の旅の目的も。

ドゥカークは葡萄酒の瓶をしまうと、首を横に振る。

「少なくともここ一年ほどの間に、そういう娘の話を聞いたことはないな」

「そうか」と、言葉少なにグレンはつぶやく。同情するでもない淡々とした対応が、かえってありがたかった。

「ところで――」と、何かを思いだしたようにドゥカークが言った。

「あの金髪の娘、ミリアムだったたか。どこから来たか、知っているか?」

タングレーとミリアムが話をしていたとき、ドゥカークは食堂にいなかった。

「アディントンという町の宿屋で働いているそうだ」

グレンが答えると、ドゥカークは顔をしかめる。

「少し前、アディントンで娼婦が人殺しをしたという話を聞いた。その娼婦は金髪で、二十歳に達していないと」

「人殺しはともかく、金髪の若い娼婦は珍しくないだろう」

グレンはそう言ったが、ドゥカークの気持ちもわかった。彼にはシュザンナとパレンがいるのだ。妻子を守らなければという思いが、他の者に対する警戒心を強めるのだろう。

加えて、ミリアムには不審な点がある。たいした距離ではないとはいえ、女が一人旅をしていること。胸元が大きく開いた服装も、娼婦といわれれば納得してしまいそうだ。

ミリアムが語った怪談を、グレンはドゥカークに伝えた。中年の商人は小さく唸ったが、人殺しの娼婦と結びつける気にはなれなかったようで、ため息をつく。

「決めつけるつもりはないが、あの娘には用心するとしよう……。それから、礼代わりにひとつ忠告をしておく。ヒューバースには気をつけろ。あの男は遊歴(ゆうれき)の騎士(きし)というものをひどく嫌っておる。憎んでいるといってもいい」

「……どういう意味だ?」

グレンは顔をしかめる。憎んでいるとはそうとうなものだ。

「あの男は昔、婚約者を遊歴の騎士に取られたのだ」

ドゥカークの口元に嘲笑がにじんだ。

「あの男は、クルト様の姪と婚約していた。ところが、その姪はこの地に立ち寄った遊歴の騎士に口説かれて、駆け落ちしてしまったのだ。ヒューバースはクルト様からずいぶんなじられたらしい。どうしてもっと彼女の心をつなぎとめておかなかったのかとな」

「気の毒な話だな」

グレンの言葉は、半ばはヒューバースに、もう半分はその姪に向けたものだった。おそらく彼女はだまされたのだろうから。そうではないとしても、それほど不自由なく生きてきただろう娘が、遊歴の騎士と長く旅をできるはずがない。

「あの男は顔にこそ出さないが、遊歴の騎士と聞くと気が短くなる。気をつけた方がいい」

グレンたちが食堂に戻ると、中央のテーブルでは、目を覚ましたらしいパレンにシュザンナが星盤（レランガ）を教えていた。ドゥカークは二人のところへ歩いていき、息子の頭を撫でる。星盤（レランガ）をかたづけはじめた。

「わしらはそろそろ失礼させてもらう」

荷物をまとめて、シュザンナとパレンが立ちあがる。シュザンナの顔には疲労が色濃く浮かび、また怯えらしきものもうかがえた。彼女はグレンに会釈はしたものの、一言も発することなく、息子と手をつないで夫に続く。パレンはグレンに小さく手を振った。

　そのとき、デルミオがドゥカークたちを見ていることに、グレンは気づいた。敵意ではないが、どこか皮肉っぽい目つきだ。何かよからぬことを考えているのかと思ったが、「いやなやつが消えて、空気がうまくなった気がしますよ」などと、タングレーに話しかけていたので、ただそれだけのことのようだ。

　リューに歩み寄ると、やはりというべきか、彼女は眠りかけていた。肩を揺すって起こし、外套を羽織(はお)って荷袋を背負う。エダルドが不思議そうな顔で聞いてきた。

「どこかへ行くのか？」

　グレンはごまかさずに、他の部屋で休むことを告げた。

「野営が長くて、大人数で寝るのに慣れなくてな。暖炉はちともったいないが」

　ゴードンはおとなしそうだが、はっきりわかるほど貧しいのが気になる。ミリアムも、ドゥカークの話を考えると、どこまで信用していいのかわからない。ヒューバースたちも、彼らが三人で行動している理由について、グレンはいまひとつ納得できていなかった。

　もちろん、ここにいる者たちはそれなりに善良だという可能性もある。だが、これまでの経験からすると、距離をとっておく方が安全だった。

　他の者たちに会釈をして、二人は食堂を出た。

食堂を出るなり肌に触れてきた夜気に、リューが身体を震わせて外套の襟を合わせた。彼女は食堂に入ってから、一歩も出ていないのだ。当然の反応といえた。

「寒いですね……」

「それじゃあ戻るか」

リューは頬を小さくふくらませると、杖でグレンの靴の爪先を突く。

「大切な相棒に対して、もっと他にかけるべき言葉や、とるべき行動があると思いますよ」

「考えておく」

ランプを持っているグレンはリューより半歩ほど先を歩き、見張りをしているヒューバースに声をかけた。

「私としては、やはりまとまっていた方がいいとは思うがな」

ヒューバースはそう言ったが、引き止めようとはせず、二人を見送る。

広間に出ると、リューが肩を落として大きく息を吐きだした。

「疲れました。早く休みましょう」

「この城砦に着いてから何もしていないだろう、おまえ。途中から寝てたし」

「過酷な環境の中で、精神をすり減らしながら重圧と戦っていました」

「余裕あるじゃねえか」

「いえ、あと四半刻も食堂にいたら、もう我慢できなくなっていたかもしれません」

我慢できなくなっていたというのは、耐えられなくなって魔術を派手に使っていたということだ。以前に一度、それなりに大きな町の酒場で、リューはそのような暴挙に出たことがあった。もちろん大騒ぎになり、グレンはリューを小脇に抱え、もう片方の手で荷物をつかみ、何人かの客を蹴倒しながら町から逃げだしたのだ。

「そんな真似をしていたら、この城砦から飛びだしたあと、我慢できなくっておまえを土の中に埋めていたかもしれないな」

少なくともヒューバースとタングレーは、魔術師を見逃さないだろう。デルミオとエダルドも、二人に従うに違いない。

むざむざ取り押さえられるつもりはないが、彼らを傷つければ、今度は彼らの主であるクルトが敵となる。とにかくこの地から少しでも離れるしかない。

いやな想像に顔をしかめていると、後ろから足音が聞こえてきた。

振り返ると、吟遊詩人のゴードンが早足でこちらへ歩いてくる。二人の前で立ち止まると、彼は首をすくめ、上目遣いでグレンを見上げた。ランプの灯りに照らされたその顔には、緊張と怯えがある。

「あの、騎士様に、お願いしたいことがあるんですが……」

「どんな話だ」

かすかな苛立ちを含んだ声で、グレンは応じた。

——厄介ごとなら他をあたってくれ。おまえがご機嫌をとった騎士がいるだろう。

口には出さないが、表情には出たのだろう。ゴードンはたじろいだ。しかし引き下がることはせず、抱えている竪琴を強く抱きしめながら、必死に言葉を絞りだす。

「あの……。魔物がいたという地下に、私を連れていってもらえませんか」

グレンは顔をしかめた。それだけならたいした手間ではないが、意図がわからない。断るべきか迷っていると、リューが横から口を挟んだ。

「いいんじゃないですか。私も見ておきたいですし」

彼女の考えはわかる。この城砦で一晩過ごすからには、多少なりとも間取りをつかんでおきたいのだろう。面倒だが、ここで断ればリューにあとで文句を言われるのは間違いない。

「魔物の死体はそのままだ。臭いし、見た目もひどいぞ」

それでもいいのかと念を押すと、ゴードンはうなずいた。意外に度胸があるのだろうか。

「わかった。ついてこい。ただし、くれぐれも俺より前に出るな」

グレンが先頭に立って歩く。リューとゴードンはその後ろに並んだ。

右手の廊下に入ると、肉の腐ったような異臭が三人の鼻をつく。

「こ、これは、魔物の死体の臭いですか……？」

「地下におりると、もっとひどくなる。やめておくか？」

おどかすようなグレンの言葉に、ゴードンは首を横に振った。「行きます」と答えて、歯を食いしばる。グレンは少しだけ彼に感心した。

階段の前についたところで、ランプの光がゴブリンの死体を照らしだす。ゴードンは短い悲鳴をあげたが、身体を恐怖に震わせても逃げようとはしなかった。グレンとリューはこうした光景に慣れているので、濃度を増した臭いに顔をしかめるぐらいだ。

三人は慎重に階段を下りていく。魔物の死体を踏みつけるか蹴りとばすかして、ゴードンが二度ほどかすれた声をあげた。

二つの部屋を確認し、つきあたりまで歩く。壁に書かれた一文を、リューが驚きも露わに見つめた。

「これはカルナンの教えのひとつであり、女神への祈りの言葉ですね」

「やはりそうか」

グレンはゴードンを振り返る。

「おまえ、何が目的でこんなところに来たがった？」

ゴードンはためらう様子を見せたが、ここで置いていかれたら困ると考えたのか、たどたどしい口調で話しはじめた。

「他のひとたちには黙っていてほしいのですが……。私が食堂で詠った黒獅子（くろじし）伯（はく）には、もうひとつ話があるんです。彼の遺した宝物が、この城砦のどこかにあると。なんでも『手つなぎの妖石』と呼ばれるものなんですが」

「……もしかして、おまえはそのためにこの城砦に？」

ためらいがちにグレンが聞くと、ゴードンは真剣な表情でうなずいた。

――朽ち果てた城に隠された財宝が、というのはよくある話だが……。

この小さな城砦に、そんなものがあるだろうか。もしあったとしても、その子孫たちがとうに見つけだしているだろう。

「おまえ、いままでにそういう宝探しをしたことは？」

「これがはじめてです」

グレンとリューは顔を見合わせる。そんな噂にすがらないといけないほど追い詰められているということだろうか。たしかに彼の服は薄汚れてぼろぼろだが。

「さすがに文字通りの財宝を見つけられるとは思いませんが」

ゴードンの口元に微笑が浮かぶ。

「何か、何でもいい、まだ知られてないことを見つけられればと思っているんです。仕事の糧にもなりますし……。それに、その、姉にいいところを見せたくて」

その言葉に、少しだけだがグレンは安堵し、ゴードンを見直した。向こう見ずという評価は変わらないが、まったく現実を見ていないというわけでもないらしい。

「姉がいるのか」

「ええ。吟遊詩人になりたいという私の夢を、姉だけが応援してくれたんです」

ゴードンはそれ以上語らなかったが、彼が姉を想っていることは強く伝わってきた。

「まあ、がんばれ。このことは誰にも言わずにおいてやる」

「ありがとうございます。それにしても、思っていた以上に何もありませんね……」

ゴードンは失望のため息をつく。今度はリューが聞いた。

「どうして地下を調べようと思ったんですか？」

「こういった宝物の類は、地下に隠してあるものと思って……。ただ、もしかしたら魔物が隠れているかもしれないと考えたら怖くて……。夜が明けたら、もう一度調べてみます」

グレンとリュー、ゴードンの三人は地下をあとにして一階へと戻り、広間に出る。

そこで、何かを思いだしたように、ゴードンはグレンを見上げた。

「あの、ドゥカークさんの奥さん……。あなたたちがこの城砦に入ってきたとき、いっしょにいたじゃないですか。あのひと、城砦の外で何をやっていたんでしょうか」

「落としものをさがしていたそうだ。少なくとも宝探しではなさそうだったな」

「い、いいえ、そういうつもりで聞いたわけでは……」

グレンがからかうと、ゴードンは表情を隠すように帽子を深くかぶる。

「俺たちは空いている部屋で休む。じゃあな」

「私もそうします。あと、すいません。ランプの火をいただけませんか」

　ゴードンはまとっている外套の内側に手を入れると、蝋燭と、小皿のような燭台を取りだした。グレンは苦笑を浮かべてランプのふたを取る。ゴードンの蝋燭に火を移した。


　二階への階段をのぼったところで、グレンたちとゴードンはわかれた。

　窓を見れば、雨は依然として降り続いている。風の唸り声も絶えなかった。

「朝にはやんでくれるでしょうか」

　急ぐ旅ではない。だが、足止めされるのは二人とも好きではなかった。

「カルナンにでも祈ってみたら……ああ、そういえば地下にあったあの一文、気になることでもあったのか？　ずいぶん熱心に見ていたが」

　軽口を叩きかけて、グレンは質問に切り替える。リューは首を横に振った。

「ぱっと見たとき、何か違和感を覚えたんです。まあ落書きですし、気にすることでもないでしょう。グレン、あなたが決めた部屋に連れていってください」

　二人は廊下を歩いていく。とある部屋の前でグレンは足を止め、扉を開けた。見回りをしたときに目をつけておいたのだ。

　ランプをぐるりと回して、グレンはあらためて室内を観察した。窓はなく、天井には蜘蛛の巣があり、床には埃が積もっていた。置いてある家具は粗末な造りのベッドがひとつだけだ。

広いとはいえないが、二人で夜を明かすだけなら充分だろう。

「このベッド、使えるんですか」

「それはこれから試すところだ」

グレンは背負っていた荷袋を、乱暴にベッドへと下ろす。埃が舞いあがり、ベッドは抗議するように軋んだ音をたてたが、壊れるようなことはなかった。

「埃と虫のねぐらでも、地面や床に寝転がるよりはましというところですね」

二人はベッドの上に外套を重ねて敷いた。

グレンは自分の荷袋を扉の前に置く。鍵の代わりにはならないが、不意に扉を開けられるような事態はいくらか防げるだろう。それを確認して、リューが杖を振りあげる。

「――太陽のかけら、月の落涙、星々の瞬き、指先に灯る一滴の残滓」

彼女が呪文を紡ぐと、杖の先端に光が灯った。この城砦まで歩いてくるときに使ったものとは異なり、光は小さいながら熱を帯びている。この熱で外套をあたため、ついでにベッドに潜む虫を焼こうというのだ。

グレンは甲冑を外す。身軽になると、おもわずため息が漏れた。

リューが大きく伸びをして、ベッドに腰を下ろす。グレンも靴を脱いで、その隣に座った。

床に置かれたランプの明かりが、二人を下から照らす。

「やっと一息つけましたね」

「この城砦に入ってからも、いろいろあったからな……。俺がヒューバース卿たちと食堂の外に出ていたとき、タングレー卿たちは何か話してたか？」

「どこから来たとか、どこへ行くとか、そういう話でした。タングレー卿とゴードン、ミリアムは、はじめて会ったみたいですから。ああ、ゴードンは、ドゥカークさんやシュザンナさんをちらちら見ていましたね。借金の申しこみでもする気なのかもしれません」

「それですんだらいいな……」

ひとの荷物を物色していたときのゴードンの姿を思いだしながら、グレンはそう言った。嫌いにはなれない男だったので、できれば道を踏み外さないでほしいと思う。

「タングレー卿は、領主のもとへ戻る途中だそうです。何でも町を視察していたとか。荷物を整理しているところを見ましたが、たしかに書簡らしいものがありましたね。こう、羊皮紙を丸めたもので……」

「ドゥカークたちはどうだった？」

「話はほとんど聞こえませんでしたが、彼らはイルミンの町から来たらしいので、私たちと同じ道にはならないと思いますよ」

「なるほど……」

グレンは、見回りの途中にヒューバースたちから聞いたことや、ドゥカークと話したことについて語った。こうした情報の共有は、二人の間ではごく当たり前のものになっている。そうしなかったことで大変な目にあったという経験を何度も経た結果だった。

「ここを出るとき連れ合いになりそうなのは、ミリアムぐらいか」

何の気なしにそう言うと、リューがからかうように笑った。

「そういえば、スープを飲みながら彼女の胸元をちらちら見ていたでしょう。彼女も気づいていたと思いますよ。あれは露骨すぎます。まったく、みっともないやら恥ずかしいやら」

「おまえな……」

グレンは反論しようとして、言葉の続きを呑みこむ。リューが立ちあがり、こちらに背中を向けて、自分の上着に手をかけたからだ。

もどかしささえ感じるゆっくりとした動きで、リューは帯を緩め、上着をはだけさせる。グレンを誘うように。体内で急速に情欲が高まるのを感じながら、グレンは彼女の華奢な肩を食い入るように見つめた。

リューはわずかに首を傾け、グレンの反応を見て、満足そうな笑みを浮かべた。ときどきではあるが、彼女には相棒を焦らして楽しむところがある。

衣擦れの音をたてて、上着が床に落ちる。短衣に包まれながらも艶めかしさを感じさせる背中と、見事な曲線を描いている尻、薄地の布に包まれた細い腕、すらりとした脚がランプの明かりに照らされた。

彼女は、短衣をすぐに脱ごうとはしない。手を腰へと伸ばし、裾をわずかにめくって白い下着の端を覗かせる。その光景は、グレンを突き動かすには充分だった。

ベッドから立ちあがると、グレンは無造作に両手を伸ばして背後からリューを抱き寄せる。

驚いた彼女が声をあげるよりも早く、自分の唇を押しつけた。

鼻をくすぐる甘い匂いと、弾力のある唇、抱きしめた身体のやわらかな感触とぬくもり、それらすべてがグレンを強く刺激する。舌を伸ばして、彼女の生暖かい舌に絡めた。

唇を離すと、リューは大きく息を吐いてグレンを睨みつける。

「グレン！　あなた、いきなり――」

「おまえ、楽しんでただろう」

もう一度、グレンは唇で唇をふさぐ。リューの身体を抱えこんで、ベッドに腰を下ろした。

短衣の裾から伸びている太腿を、無骨な手でゆっくりと撫でる。黒髪を揺らして、リューはびくりと肩を震わせた。

手は休めずに、グレンは唇を離してリューの耳元にささやく。

「大声を出したら、誰かが見に来るかもしれないだろう。それとも見られながら――」

言い終わらないうちに、グレンは唇を引っ張られた。リューは頬を紅潮させている。だが、彼女の口から出てきた罵倒は、乱暴な行動を責めるものではなかった。

「下手くそ」

グレンは顔をしかめた。口づけをすると、かなりの確率で彼女はこう言ってくる。

「何度も私を抱いているのに、どうして口づけひとつ満足にできないんですか」

「減らず口を叩いていられるのもいまのうちだ」

「そういう台詞は、もう少しましな口づけができてから言うものですよ。雰囲気というものをまるで考えていませんし、唇は荒れているし、舌を入れてくるから息が苦しくなるし……」

リューは呆れた顔で苦情を述べたが、グレンを引き剥がそうとはしなかった。

短衣を内側から押しあげている形のよい胸を撫でまわしたあと、グレンは短衣の中に手を入れて、じかに乳房に触れる。あたたかく、指が沈みこむほどやわらかく、それでいて指を押し返してくるこの感触が、好きだった。リューは切なげな吐息をこぼす。

「いつですか……？」

「雨に打たれていたときだ。あと、おまえが大討伐のことを話したときも、今夜中に絶対抱くと決めた」

「あれは、グレンがこんなに強い騎士だと説明して他のひとを牽制するための戦略ですよ」

「おまえが失敗したっていう顔をしたの、見逃してないからな」

二人は唇を重ねる。リューも気持ちが高まってきたのか、彼女は両手をグレンの首に回し、ほんの少し首を傾けることで、おたがいの唇を強く密着させた。その内側では二つの舌が妖しくうごめいて、つつきあい、絡みあう。いつもより情熱的な口づけだった。

どちらからともなく唇を離す。リューの唇は唾液で濡れ、瞳は潤んで、より深い行為を求めていた。グレンは彼女の太腿に置いていた左手を、内側へ滑りこませようとする。

扉が外から叩かれたのは、そのときだった。二人はおもわず身体を硬直させ、呼吸まで止めて扉を凝視する。

三つ数えるほどの時間が過ぎたが、扉の向こうにいる何者かが立ち去る気配はない。グレンはリューをベッドに座らせると、床に置いていた剣を手に取った。慎重な足取りで扉へと歩いていき「誰だ」と呼びかける。

「ああ、その声はグレンスタード卿か。タングレーじゃ」

聞こえてきたのは老騎士の声だ。グレンは眉をひそめる。

「どうした?」

「いや、この部屋にいるのが誰なのか、ちと気になってな。わしは、城主の寝室の手前にある部屋で休む」

そういうことかとグレンは納得した。

城主の寝室の手前にあったのは、護衛が待機するための部屋だ。あまり広くないが、窓はなく、扉もしっかりしていた。そして、この部屋からそれほど遠くはない。タングレーにしてみれば、ここに誰がいるのかは気になっただろう。

「落とし穴があることは、ヒューバース卿から聞いたか?」

「うむ。言われて、わしも思いだした。邪魔してすまなんだな。――おやすみ」

足音が遠ざかっていく。グレンは小さく息を吐いて、リューに向き直った。

彼女の長い黒髪は乱れたままだったが、その表情はさすがに冷静さを取り戻している。恥ずかしそうであり、また気まずそうでもあった。

「その、続けますか……？」

グレンは答える代わりに、彼女に歩み寄る。剣を床に置くと、ベッドに膝をつきながら、リューを強く抱きしめた。ぎしりとベッドが軋む。すでに身体中の血と熱がたぎっているのだ。タングレーと少し話したていどで萎（な）えるはずがない。

もっとも、いくらか気持ちを高める必要はある。グレンは左手でリューの背中を優しく撫でながら、右手で彼女の肉付きのいい尻を揉みしだいた。

リューが身じろぎをして声を詰まらせる。彼女はしがみつくようにして、グレンの頬に自分の頬をすり寄せ、首筋に息を吹きかけた。グレンが動きを止めたところで、首筋をゆっくりと舐めあげ、軽く歯を立てる。

グレンは欲望のにじんだ笑みを浮かべた。おたがいの唇をむさぼりあうような長い口づけをかわしたあと、リューの顔に自分の唇を押しつける。頬に、鼻に、瞼（まぶた）に、額（ひたい）に、彼女の顔中に、唇の跡を残していく。リューは恍惚（こうこつ）とした表情でそれを受けいれた。

それから、グレンはさきほど彼女にしてもらったことを、そのままお返しする。リューの首筋に舌を這わせ、痛くしないように気をつけながら歯を立てた。自分の舌が動くたびに、彼女は黒髪を揺らして身体をくねらせ、何かに耐えるような短い息を断続的に吐く。そうしている間も、グレンの手はリューの背中と尻を責めたてる。

愛撫の手を休めず、グレンは少しずつズボンを脱いでいく。慣れなかったころは、おたがいに服を脱ぐだけでも手間取ってしまい、気まずい沈黙を何度か生んだものだ。

リューが喘ぐように、グレンの名を呼んだ。グレンは抱擁を解いて、彼女の短衣に手を伸ばす。すると、リューは立ちあがって、グレンに背を向けた。

「やり直しです。さっきはあなたに邪魔されましたから」

肩越しにこちらを振り返って、リューはいたずらっぽく笑う。彼女は、さきほどのように時間をかけることはしなかった。

短衣が二人の間に落ちる。次いで、リューは下着の紐をそっとほどく。形のよい尻が、小さく震えた。最後に、黒い肌着を彼女は脱いでいく。このときだけは、やや焦らした。

背中が、脇腹が、華奢な肩が、グレンの眼前に露わとなる。汗の粒が、ランプの明かりを受けて輝いた。黒髪をまばらに散らした白い背中と、優美な曲線を描いて丸みを帯びた尻へと続く細い腰は、この上なく淫靡な雰囲気をまとっていた。

いままでに何度も見てきたが、ここにランプと魔術の光しかないのがもったいないと思うほど、彼女の身体は美しかった。

つまんでいた肌着を床に落とし、リューはこちらを振り返る。汗ばんでいる双丘も、それぞれの中心にある薄紅色の突起も隠そうとせず、妖艶な笑みを浮かべて男を見つめた。

グレンもすでに一糸まとわぬ姿となっている。一瞬、扉に視線を向けたのは、今度こそ邪魔が入らないようにと警戒してのことだった。

グレンは彼女に覆いかぶさり、ベッドに押し倒す。リューが脚を開いて、わずかに腰を浮かせた。猛々しいものを突き入れる。すでに熱く潤っていた秘部は、これまでもそうだったようにグレンを受け入れ、強く締めつけた。

身体を重ねている間、グレンはリューに溺れきっている。細い腕と脚を絡めて身体を密着させてくる彼女を抱きしめながら、じっくりと腰を動かす。乳房を揉みしだき、吸いつき、舌先で転がす。嬌声が漏れる。快楽に瞳を潤ませ、接吻をねだるリューの唇をむさぼり、舌を突きいれ、唾液を流しこむ。リューの白い喉が動いて、飲みこんでいるのがわかる。

二人の影は獣のように絡みあう。どちらも、すぐに終わらせようとはしなかった。


夢を見ている。

そのことをグレンが自覚するまでには、いくばくかの時間が必要だった。

夢の中のグレンは、薄暗い廃墟の中でリューを抱いていたからだ。

眠ってしまう前の行為の続きだと、しばらくの間思いこんでいた。

——これは、リューとはじめて会ったときの……。

二人が出会ったのは町中の酒場でもなければ、街道を外れた草原でもない。山賊の一団に占領された、小さな城砦だ。この黒獅子城よりもさらに小さかった。

山賊たちは、もともとは十数人の小さな集団だった。それが、いくつかの村を襲う間にならず者や他の野盗を従えて数を増やし、勢いに乗って城砦を攻め、勝利した。山賊たちは村人に扮して近づき、城砦を守る兵士たちはそれに気づかず、奇襲を許してしまったのだ。

城砦を取り戻すべく、その地の領主は軍を編制し、グレンは遊歴の騎士として雇われた。路銀稼ぎと、妹の情報を得るためだった。

グレンは、指揮官から城砦に潜入するよう命じられた。ひとつ試してみようという使い捨てに近い扱いだが、遊歴の騎士としては珍しいことではなかった。

山賊を装って、グレンは見事に潜りこんだ。短い時間で急激に数を増やした山賊たちは、グレンを新入りだと思いこんで、さほど怪しまなかった。

山賊のふりをして城砦の中を歩きまわっていたグレンは、城門を内側から開けたところで、リューと遭遇した。後でわかったことだが、彼女は、自分の仇の情報を求めて、城砦に忍びこんでいたのだ。城門に火を放とうとしていた彼女を、グレンは仕方なく捕らえた。

城砦の中には、十人近い数の女がいた。さらわれてきた者たちだ。彼女たちは文字通り四六時中、山賊たちの慰み者になっていた。手の空いていた山賊たちが、欲望に満ちた視線をリューに向けてきたのは、当然のことだった。

「こいつを見つけた俺が最初に楽しませてもらう」と、グレンは言って、ひとけのない場所へリューを連れていき、実際に抱いた。万が一、山賊たちが現れたときのことを考えると、何もしないでいるのは不自然だったからだ。

初めてだったにもかかわらず、リューはせいぜい苦痛に顔をしかめたのみで、泣きわめくような真似はしなかった。彼女を抱きしめながら、グレンは簡単に事情を説明した。

幸い、行為の最中に領主の軍が攻めこんできた。グレンが開けておいた城門からなだれこんできたのだ。

混乱の中で、グレンとリューはすばやく服装を整え、戦闘に加わった。決着はすぐにつき、領主の軍の勝利に終わった。山賊たちはひとり残らず首をはねられ、あるいは吊された。城砦を奪われたという不名誉を払拭するために、降伏を許さなかったのだ。

戦いが終わって、グレンは報酬をもらい、リューとともにそこから離れた。

そこでは二人とも、望んでいた情報を得ることはできなかった。

だが、収穫はあった。戦いの中で、二人はおたがいの能力を目にしたのだ。グレンの剣の技量はリューにはなく、リューの魔術の力はグレンにはなかった。そして、ちょうどこのころ、二人は一人旅の限界を感じとっていた。

ひとりで旅をすれば、他人にわずらわされずにすむ。自分の考えだけで、すべての行動を決められる。意見を衝突させて腹を立てることもない。

だが、緊張を強いられる時間が続く。村や町に立ち寄り、宿をとっても絶対の安心は得られない。宿の主人が真夜中になると盗人に変貌するなどという目には、何度もあっていた。リューは夜這(よば)いをかけられたこともある。もちろん相手を魔術で叩きのめしたが。

問題は相手を信頼できるかどうかだが、この点において、少なくともグレンは割り切った。

先に旅の目的を告げたのはグレンだ。自分は妹をさがしている。見つけるのを手伝ってくれるなら、おまえの旅の目的に協力する。リューは答えた。自分は仇をさがしていると。

リューは十一歳のとき、生まれ育った村を焼かれて、家族も何もかも失った。普段は野盗に焼かれたと説明しているが、実は旅の騎士の一団に焼かれたのだそうだ。

その後、彼女は生きるために各地を転々とし、魔女に弟子入りして魔術を身につけた。そして一年前に、仇をさがす旅に出たのだという。

彼女の旅の目的は、自分のそれに劣らず途方もないものだった。グレンは言った。おたがいの目的を果たすまで協力しよう。リューも承諾した。「ただし」と、彼女はつけ加えた。

「あなたはどうしようもなく下手くそだということを、自覚してください」

それが、行為のことだと理解するのに、しばし時間が必要だった。

――あれから一年か。

夢の中で抱いているリューの瞳に、自分の顔が映っている。ひどくすさんだ顔だ。

生まれ育ったル＝ドンを離れてからリューに会うまでの二年間は、まさしく世間から思われている遊歴の騎士らしい、ほとんど野盗と変わらない生活だったと思う。

——あのときは、たしかに魔術の力を求めたはずだったんだがな。

リューと会ってから、昔のように軽口を叩くことができた。強張(こわば)っていた身体と心が、徐々にほぐれていった。

いまのグレンは、リューそのものを強く求めている。おたがいに目的を遂げたあとも、ともにいたいと考えている。

この考えをリューに話したことは、まだない。何しろ自分の旅の目的すら果たせていないのだ。それこそ宝探し以上に馬鹿馬鹿しすぎて、話せるはずがなかった。

目を開けると、あたりは真っ暗だった。

グレンはベッドから身体を起こし、ぼんやりと目の前の闇を見つめる。行為を終えたあと、リューと抱きあうように横になり、眠ってしまったのだ。毛布代わりの外套を何気(なにげ)なく引き寄せたとき、そばにリューがいないことにグレンは気づいた。

「リュー……？」

闇に向かって、グレンは彼女の名を呼ぶ。返事はない。

「用でも足しに行ったのか」

明かりがないのは、リューがランプを持って部屋の外へ出たということだろうか。

グレンはベッドから出ると、手探りで自分の剣をつかんだ。騎士だったころからの習慣で、武器が手元にないと落ち着かない。

——俺はどれぐらい眠っていた。

空気は冷たい。まだ意識の奥底に眠気がある。夜が明けていないのは間違いないだろう。長くても一刻というところではないか。

ふと、グレンは腹に手をあてる。空腹を覚えた。ミリアムのスープはうまかったし、チーズもかじったが、腹がふくれる類の食事ではない。だが、このあと寝直すことを考えると、パンや燻製肉(くんせいにく)をかじる気にはなれなかった。

——とりあえず水でも飲むか。

自分の荷袋は扉の近くにあるはずだ。歩きだそうとしたとき、扉が開いた。明かりとともにリューが姿を見せる。手にはランプを持っていた。

彼女は短衣の上に外套を羽織った姿で、黒髪はやや乱れている。さきほどまでの情事を思いだして、グレンは再び体内に昂(たか)ぶりを覚えた。身体はまだ満足していなかったらしい。

「起きていたんですか」

意外そうな顔で言ったあと、リューは何気なくグレンの腰に視線を向け、渋面(じゅうめん)をつくった。

「いきなり何を見せるんですか、あなたは……」

グレンは素っ裸の自分を見下ろす。たしかに隠すべきかもしれないと思ったが、言われたからそうするというのも決まりが悪い。開き直って、堂々とした態度でリューに言った。

「続きをやろうぜ。夜は、はじまったばかりだ」

「あなたときたらそればかり」

リューは呆れた表情になり、これ見よがしにため息をつく。

「寝直したらどうですか。眠れないのなら、たまには真面目に人生について考えるとか」

「人生？」

いきなり何を言いだすのかと、グレンは訝しげな目を彼女に向けた。しかし、リューはそれ以上のことを言う気はないようで、男に背を向けてベッドの端に腰を下ろす。

グレンは彼女を抱き寄せようかと思ったが、リューの背中から明確な拒絶の意志が感じられたので、手出しを控えた。まじわるのがいやなのではなく、考えごとをしたいのだ。こういうことは、これまでにも何度かあった。

――寝直すか。

そう思いかけたとき、扉が外から強く叩かれる。リューを守るように立ちあがり、剣を握り直したグレンの耳に、落ち着いた男の声が聞こえてきた。

「私はヒューバースだ。この部屋にいるのは誰だ？」

　グレンとリューは顔を見合わせる。いったい何の用だろうか。

　そこから動かないようリューに目配せをすると、グレンはベッドに広げていた外套をまとった。剣を手に、扉のそばまで歩いていく。

「ヒューバース卿か？　グレンスタードだ。リューディアもいる」

「あなたがたか。とんでもないことが起きた」

　グレンは扉をわずかに開けた。顔を強張らせたヒューバースが、そこに立っている。鈍色の甲冑をまとい、右手に松明を持っていた。剣は抜いていない。グレンは聞いた。

「何があった」

「タングレー卿が死んでいる……」

　グレンは目を丸くし、栗色の髪の騎士を呆然と見つめる。ひとの死に慣れてはいたが、それでも彼の言葉を理解するのに、いくばくかの時間が必要だった。

　城砦の外では、雨がその勢いを衰えさせることなく降り続いている。


　現場を見せてほしいと頼むと、ヒューバースは「もっともだ」と承諾した。

　グレンにしてみれば、ほんの少し前、扉越しに言葉をかわした相手だ。その男が死んだといわれても、他の感情より戸惑いがまさった。

グレンとリューはすばやく服装を調える。グレンはリューに手伝ってもらって、甲冑を身につけた。まだ詳しい事情は聞いていないが、ひとが死ぬという事件が起こったのだ。いつでも戦える態勢にしておくべきだった。

ヒューバースとともに、二人はタングレーが休んでいた部屋に向かう。彼と、そしてグレンの二人がそれぞれ松明を持った。松明にしたのは、何かあったときに落としても、火がすぐには消えないからだ。

暗く冷たい廊下に、三人の足音が響く。グレンの胸中にはいくつかの疑問が湧きあがっていたが、タングレーの状態を確認することが先決だと考え、黙っていた。そっとリューの様子をうかがう。死体を調べに行くからだろうか、いまの彼女に軽口を叩く気配はない。

角を曲がり、まっすぐ延びた廊下の前に立つ。タングレーが休んでいた部屋はこの先だ。

「そこに落とし穴があるから気をつけろ」

リューに言って、グレンは落とし穴を避けて歩く。三人は目的の部屋にたどりついた。ヒューバースが扉を開けて、グレンたちを促す。

部屋に入ったグレンたちは血の臭いに顔をしかめたが、それも束の間、視界に飛びこんできた凄絶な光景に息を呑んだ。

タングレーが壁に寄りかかるようにして床に座り、両足を前に投げだした格好でうつむいている。顔と服、ズボンは赤く染まり、尻のまわりに血溜まりができていた。

「タングレー卿……」

老騎士の前に膝をつき、その顔を覗きこんで、二人は驚きと嫌悪に顔を歪める。松明の炎に照らされたタングレーの顔からは、右目が失われていたのだ。

「ひでえことをしやがるな」

吐き捨てるようにつぶやきながら、今朝、宿屋で遭遇した殺人事件を、グレンは思いださずにはいられなかった。あのときも、殺された女性の右目がえぐられていた。

ふと、グレンは眉をひそめる。タングレーの右目は義眼だったはずだ。

――義眼をえぐった……？

グレンは胃のあたりを手でおさえる。血で赤黒く汚れた虚ろな眼窩に、むごたらしさよりも薄気味悪さを感じた。

「――女神カルナンよ、彼の者の魂を安らかなる地へ導きたまえ」

一足早く冷静さを取り戻したリューが、祈りの言葉を紡いだ。戸口に立っているヒューバースを気にしてのことだろうが、おかげでグレンも落ち着きを取り戻す。

「剣の神ドゥルゲンよ、勇敢なる戦士の魂に休息を与えんことを」

そうして騎士としての礼儀をすませたところで、ヒューバースがこちらへ歩いてきた。

「タングレー卿の魂の安寧を祈ってくれたこと、感謝する」

二人に礼を言うと、彼はタングレーの亡骸に視線を移す。

「左胸を二度、刺されたようだ。傷の大きさからして短剣だろう」

グレンは血で染まっているタングレーの服を慎重に引っ張ってはだけさせた。まだ血は乾いていない。ヒューバースの言った通り、左胸の下に二つの刺し傷がある。

——ひとつは心臓の位置だな。もうひとつはそれより指一本分ほど下か……。

他に目立つ外傷は、右目ぐらいだ。この胸の傷こそがタングレーの命を奪ったのだろう。

タングレーのそばには、彼の剣と手斧が並べてあった。剣は鞘に収められていたが、手を伸ばせばすぐ届く位置だ。他に、鎧や帽子、荷袋などもまとめて置かれている。グレンはヒューバースに尋ねた。

「タングレー卿が死んでいるのを最初に発見したのは、誰だ？」

「デルミオだ。四半刻ほど前か、眠る前にタングレー卿に挨拶をしようとして、この部屋に来たと言っていた。扉の外から呼びかけても返事がなく、不審に思って扉を開けたそうだ」

無残な姿のタングレーを目にしたデルミオは、動転して食堂に駆け戻り、ヒューバースに報告した。ヒューバースは、この城砦にいる者たちをひとまず一ヵ所に集めようと考え、グレンたちを呼びに来たということだった。

「タングレー卿がこの部屋に移ってから、少なくとも一刻半は過ぎているだろう。寝ていると思わなかったのか？」

顔をしかめるグレンに、ヒューバースは困った顔をして、ため息まじりに答えた。

「デルミオはタングレー卿を慕っていた。甘えていたといってもいいだろう。彼が騎士見習いだったころに剣を教えたのも、騎士になれるようクルト様に推薦したのも、タングレー卿だったからな。あの方も、デルミオに目をかけていた」

「そうか」と相槌を打ちながら、グレンは心の中で皮肉めいたつぶやきを漏らす。

――デルミオはあんたを避けて、タングレーの部屋に逃げこもうとしていたわけか。

小うるさい上司と同じ部屋で過ごすよりは、気を許せる老騎士といっしょの方がいい。デルミオはそう考えたのだろう。

「デルミオがこの部屋に来なかったら、私たちがタングレー卿の死に気づくのは、もっと遅かっただろう。夜が明けたころだったかもしれない。まったく、どうしてこんなことに……」

深々とため息をついたヒューバースに、グレンは重大な質問を投げかけた。

「犯人に心当たりは？」

「いまのところ、この城砦にいる者全員ということになるな。これから話を聞かねばならないが、胸を刺すだけなら、誰でもできただろう」

ヒューバースの声がかすかな冷気を含んでいることに、グレンは気づいた。彼にしてみれば当然の言葉だったのだろうが、疑われればやはり不愉快だった。

――いや、ちょっと待て。

いまのヒューバースの台詞に引っかかりを覚えて、グレンはおもわず聞いていた。

「全員といったが、食堂には何人残っていたんだ？」

グレンとリュー、ドゥカーク親子、タングレーは食堂にいなかった。ゴードンもだ。

それでも、四人は食堂に残ったはずではないか。

ヒューバースの返答は、予想外のものだった。

「私も含めて、ずうっと食堂にいた者はいないな」

ミリアムは、タングレーが食堂から去ったあとに、ほどなく別の部屋に移ったという。自分以外が騎士だけになったのだから、気持ちはわからないでもない。

ヒューバースは城砦内の見回りをしていたとのことで、デルミオやエダルドも退屈をまぎらわすためにどこかに行っていたらしい。

呆然とするグレンの隣で、思いつめたような顔のリューが口を開く。

「あの、いまのうちに言っておきたいことがあるのですが……」

そう言ってから、リューはためらうようにうつむいたが、意を決して言葉を続けた。

「半刻と少し前に、私はタングレー卿に会いました」

「な、何だと……!?」

冷静な態度を崩さなかったヒューバースが、目を瞠る。グレンも驚愕を顔にはりつけた。つかみかかりかねない勢いで、年配の騎士はリューに詰め寄る。

「詳しく話してもらいたい」

　リューはたじろいで、姿勢を崩した。彼女の背中をとっさに支えながら、グレンがヒューバースをたしなめる。

「俺の連れをおどかさないでくれ」

「……ああ、いや、失礼」

　ヒューバースはすぐに気を取り直して、二、三歩下がった。非礼を詫びるように会釈する。

　リューもまた小さく頭を下げ、顔にかかった黒髪を払いながら口を開いた。

「私はグレンとあの部屋で休んでいたのですが、グレンが先に眠ってしまって、ぼんやりと考えごとをしていたんです。そのとき、遊歴の騎士として各地を旅していたというタングレー卿なら、私の求めているものを知っているかもしれないと思って」

「求めているもの……？　どのようなものかな、それは」

　不思議そうな顔でヒューバースが聞くと、リューは口を横に結んでうつむいた。

「少し待ってくれ。こいつは答えたくないわけじゃない。ただ、時間がいるんだ」

　グレンが横からとりなすと、ヒューバースは納得したように、黙って待つ。

　十を数えるほどの時間が過ぎたころ、リューは顔をあげた。

「私は仇をさがしています。生まれ育った村を焼いた、野盗たちを」

　リューの話を聞いたヒューバースは、哀れむような目で黒髪の娘を見つめた。

「そういうことか。それで、タングレー卿の部屋を訪ねたと」

「はい。タングレー卿がどの部屋で休んでいるのかは、聞いていましたから。もう寝ているかもしれないとは思いましたが、明日になって、タングレー卿が私たちより早くここを発ってしまったら、話をする機会がなくなってしまうので……」

「さきほど、半刻と少し前と言ったが、タングレー卿は起きておられたのか?」

ヒューバースの質問に、リューはうなずいた。

「聞きたいことがあると私が言うと、タングレー卿は部屋の中に入れてくれました。あのときも、タングレー卿はこんなふうに壁によりかかり、座って休んでいました」

「話していた時間はどれぐらいだったのかな」

「そうですね……」

リューはタングレーの亡骸から視線を外し、ぼんやりと天井を見上げる。

「本当に、ほんの少しの間でしたから、四半刻の半分も過ぎていなかったと思います。お休みのところを邪魔して悪かったとも思っていましたし、何より、私のさがしている仇については、わからないということだったので。役に立てずにすまないと、謝らせてしまいました」

「そうか。いや、ありがとう。おおいに助かった」

緊張に顔を引き締めて、ヒューバースは言葉を続けた。

「ほぼ半刻前までは、タングレー卿は生きていたということだ。あとで、また詳しい話を聞かせてもらうことになると思うが、そのときはよろしく頼む」

「わかりました」と、リューは静かな声で答えた。

――面倒なことになったな。

グレンは内心でため息をこぼす。いまの話によって、リューへの疑いは深まったと見るべきだろう。もっとも、ここで言わなかったら、より深刻な事態になっていたことは想像に難くない。このあとでタングレーに会っていたことを言えば、「なぜ、いままで黙っていたのか」と問い詰められることは明白だからだ。

――何より、俺たちはよそ者だ。

ヒューバースたちは、この地の領主であるクルトに仕えている。ドゥカークもタングレーと顔見知りだったことや、ヒューバースの過去を知っていたあたり、この地を拠点にしているのだろう。ミリアムはアディントンで生まれ育ったと言っていた。ゴードンも、黒獅子伯イェルガーについてあれだけ巧みに詠ったのだから、似たようなものだと思える。

自分たちだけが違う。ゆえに、疑われやすい。誰かが無事に犯人を見つけてくれるなどと、楽観的にかまえるべきではない。

「タングレー卿は、どうして食堂ではなく、この部屋で休むことにしたんだ。年寄りなんだから、俺たち以上に寒さがこたえるだろう」

「ひとりで考えごとをしたいと言われてな。風邪をひくだろうと私は止めたが、タングレー卿は考えを変えられなかった。何かあったときのために、どこで休むのかだけは聞いたが……。

タングレー卿なら、たいていのことはだいじょうぶだろうと思っていた」

　両眼に深い後悔をにじませて大きく息を吐くと、ヒューバースはタングレーのうつろな右目を見つめて、半ば独白のように問いかけてきた。

「なぜ、犯人はタングレー卿の目をえぐったのだと思う？　それも義眼をだ」

「……俺には見当もつかないが、思いあたることがあるのか？」

　わずかな間のあと、グレンはそう言葉を返す。見当もつかないというのは、嘘だ。だが、リューのことを考えると、宿屋での事件や、魔術師のことには触れたくなかった。

「悪さをすると、魔術師に目玉をくりぬかれる……。タングレー卿が話していただろう。この地には、そうした話がある。この城砦にいる者の中に、魔術師が潜んでいる。そう思わせることが犯人の狙いだと、私は考えている。魔術師など、そうそういるものではないからな」

「そうだな……」

　グレンは内心の緊張を悟られぬよう、平静を装って応じた。ヒューバースの判断に感謝すべきかどうか、迷う。もしもリューが魔術師だと知られたら、やはり犯人だと断定されてしまう気がするからだ。

　リュー以外に、魔術師がいるかもしれない。魔術師がいないとすれば、このような残虐な行為を平気で行える者が、この城砦のどこかにいるということになる。

――どちらにせよ、厄介な話だな。

リューが自分の両腕を抱きしめる。寒さに震えるように。あるいは、忍びよる戦慄に耐えるかのように。

それからグレンたちは、タングレーの荷物を調べた。ヒューバースもデルミオも、まだ調べていなかったという。犯人を探しあてる手がかりでも見つかればと思ったのだが、あったのは食糧や水袋、火口箱や継ぎ当て用の布きれ、銅貨や銀貨の入った袋などで、旅人の持ちものとしてはありふれたものばかりだった。

「――ないな」

ところが、荷袋の中身をすべて確認したヒューバースが、硬い表情でつぶやいた。怪訝（けげん）そうな顔を向けるグレンたちに、彼は手で大きさを示しながら説明する。

「タングレー卿は、黄金造りの鞘におさまった短剣を持っていた。あなたたちがこの城砦に現れる前に、見せてもらったのだ。それが見当たらない」

グレンは思いだした。ゴードンが他の者の荷物を物色していたときに、タングレーの荷袋から見えたものだ。

「それから書簡もない。羊皮紙を丸めて、蝋で封をしたものでな。クルト様に命じられた視察の結果をまとめたものということだったが……」

「タングレー卿を殺したやつの目当ては、それらだったということか？」

「なくなっているということは……いや、攪乱（かくらん）を狙って持ち去った可能性もある」

ヒューバースは呻いた。なるほどとグレンは苛立ちに奥歯を噛みしめる。誰がタングレーを殺したのかはわからないが、攪乱(かくらん)はいまのところ上手くいっているようだ。

——それにしても。

グレンは釈然としない気分でタングレーの死体を見つめていた。

タングレーは、なぜ食堂からこの部屋に移ったのか。

——ひとりで考えごとね……。

グレンとリューが食堂を離れたのは、他の者たちを警戒してのことだった。タングレーはどうだったのだろうか。自分たちと同じなのか。

ヒューバースが立ちあがった。

「そろそろ食堂に戻ろうか。他の者たちから話を聞かなければならない」

「タングレー卿の亡骸はこのままにしておくのか？」

グレンが聞くと、栗色の髪の騎士はうなずいた。

「雨に打たせたくない。あと四刻から四刻半も過ぎれば、夜が明ける。夜が明けるか、雨が止むか、どちらかを待ってからにしたい」

4　容疑者たち

グレンたちが食堂に入ると、ほとんどの者が集まっていた。

暖炉の前には痩せぎすの騎士デルミオと、丸顔の騎士エダルドが立っている。ミリアムは誰からも距離をとるように、壁際に座っていた。苛立ちを隠そうともせず、鼻の上にあるそばかすをかきながら、険しい顔で床を見つめている。

商人のドゥカークは不機嫌そうな顔で、椅子に座ってテーブルを指で叩いていた。彼とテーブルを囲んでいるのは妻のシュザンナと、パレンだ。シュザンナはうつむいてテーブルに視線を落とし、パレンは半分眠りかけて、小さな頭が揺れていた。子供にとっては起きているのがつらい時間だ。

数刻前までは、雨に降られた者同士という奇妙な仲間意識があり、どこか和やかな雰囲気さえ漂っていたのだが、いまはそのような空気など微塵（みじん）も感じられない。

城砦の外では、雨も風も、雷もまったく衰えていなかった。窓をふさいでいる棚は、風を受けてがたがたと揺れている。

「あの吟遊詩人の若者はどうした？」

ヒューバースがゴードンについて尋ねると、デルミオはエダルドを見る。

「いくつか部屋を覗いてみたんですが見当たらなかったので、もうこっちに来ているものとばかり……」

当惑した牛のような表情をするエダルドの言葉に、グレンたちは顔を見合わせた。デルミオが腰の剣に手をかける。

「まさか、あんなひょろりとした野郎がタングレー卿を……？」

「もう一度、部屋を確認しよう」

ヒューバースが冷静に言った。

「私と、そうだな……グレンスタード卿、来ていただけるかな。デルミオたちはここにいろ」

グレンはわずかに眉をひそめる。ゴードンの行方は気になるが、なぜ、自分に同行を求めてきたのか。やはり、よそ者である自分を疑っているのか。

「あなたは強い。いっしょに来てくれれば心強い」

動かないグレンを、ためらっていると解釈したのか、ヒューバースはそうつけ加える。

「……わかった。行こう」

グレンはうなずいた。釈然としない気持ちはあるが、ゴードンの行方が気になるのもたしかだ。松明を持って、グレンとヒューバースは食堂を出る。広間までくると、大声でゴードンの名を呼んだ。しかし、返事はない。

「二階へあがってみよう」

ヒューバースが階段をのぼる。彼に少し遅れて、グレンはついていった。

ゴードンの名を呼びながら、暗い廊下を歩く。ふと、グレンは足を止めた。手をあげて、ヒューバースに声を出さないよう視線で訴える。

耳をすませると、かすかに声らしきものが聞こえた。二人は足音を殺して廊下を歩く。少しずつではあるが、声が大きくなってきた。

声を追って、ひとつの部屋に入る。古びた棚がたたずんでいる以外、何もない部屋だ。

ヒューバースは松明を掲げたが、ゴードンの姿はない。だが、声はさきほどまでよりもしっかりと聞こえた。

「助けて……！　助けてください……！」

二人は視線をかわすと、手当たり次第に壁を叩きながらゴードンへと呼びかける。

「ここです……！　ここです……！」

グレンは目を細めた。壁から返ってくる音が、ある部分からあきらかに変わったのだ。てのひらで、石材のひとつひとつを押していく。その中のひとつが、奥へと入りこんだ。

石同士を擦りあわせるような音が、壁の奥から聞こえた。ヒューバースがグレンの隣に立って、松明を壁に近づける。

「ここに切れ目があるな」

慎重な手つきで壁を押すと、壁の一部がずれた。ぽっかりと四角い穴が開いて、壁の中にいた者がこちらへ倒れこんできた。明かりに照らされたその若者は、ゴードンだ。

「どうしてこんなところに……」

驚きも露わに、ヒューバースが尋ねる。怯えきった顔のゴードンは顎をがくがく震わせて、すぐには声も出せないようだったが、しばらくして落ち着きを取り戻した。

「その……城砦の中がどうなっているのか気になって、歩きまわっているうちに、この隠し部屋を発見したんです。でも、中に足を踏みいれると、壁が勝手に閉まって……。中からは開けることができなくて」

「落とし穴だけでなく、隠し部屋まであるとはな」

ヒューバースが隠し部屋を覗きこんで、松明をかざす。彼と、彼の肩越しに中を覗きこんだグレンは小さく声をあげ、ゴードンは悲鳴をあげた。

部屋の中には、白骨化した死体があったのだ。床に座りこんだ格好で、ぼろきれと化した服を身につけ、粗末な鎧をまとっている。死体のまわりの床が奇妙に黒ずんでいるのは、かつて腐り落ちた肉がたまっていたのだろう。

かすかに、ねずみのものらしい鳴き声がした。この部屋のどこかに、ねずみが通れるほどの小さな穴があるのに違いなかった。もしもゴードンを見つけるのが遅かったら、彼もねずみたちにかじられていたかもしれない。この死体のように。

「どうしてこんなところに兵士の死体が……？」

「捕虜にして閉じこめた敵兵かもしれないな。この城砦を放置するときに、捨て置かれたのだろう。哀れな話だ」

そう言ったヒューバースの脇を抜けて、グレンは隠し部屋の中に足を踏みいれる。兵士の死体に触れると、頭蓋骨が落ちて、床に転がった。砕けなかったのは奇跡といっていい。

――こいつはうかつに触れないな。

グレンはそっと頭蓋骨を持ちあげる。ヒューバースが不思議そうに尋ねた。

「その頭蓋骨がどうかしたのか？」

「夜が明けたら、こいつだけでも埋葬してやろうと思ってな」

すぐそばの棚の中に頭蓋骨を置いて、グレンは答える。

この死体に、遊歴の騎士である自分が重なったのだ。仕える主を持たない遊歴の騎士は、荒野の隅で、灌木の陰で、人知れず息絶えることが少なくない。

「ほう。さすが遊歴の騎士殿だ」

ヒューバースの声には、微量の嘲笑が含まれていた。グレンは反射的に怒りを覚える。二人の間にゴードンが立っていなかったら、ヒューバースを睨みつけていたかもしれない。

――落ち着け。俺の考えを読みとったわけじゃないだろう。

だいたい客観的に見ても、自分の行動は感傷的で、笑われやすいだろう。

隠し部屋の壁を元に戻す。ゴードンに肩を貸して、グレンは歩けるかどうかを尋ねた。彼がうなずいたので、グレンたちは食堂へ戻ることにする。

歩きがてら、タングレーが死んだことをゴードンに話すと、彼は驚きの声をあげた。

「……ここにいる誰かが、あの騎士さまを殺したというんですか」

「その可能性は高いな」

グレンはそれだけを言うに留めた。


グレンたちが食堂に戻ると、ほとんどの者は落ち着かない様子で、誰とも目を合わせないようにしながら、それでいて他人の顔を盗み見るようにちらちらと観察していた。

ゴードンはうつむきがちに歩いて、壁によりかかる。ことさらドゥカークたち親子から距離をとったように見えるのは、グレンの思い過ごしだろうか。

グレンとリューは、空いているテーブルに向かいあうように座った。

「部屋に帰りたくなりますね」

ぼそりと、リューがささやく。「まったくだ」とグレンは小声で返した。

グレンとて、タングレーに同情していないわけではない。だが、今日知りあったばかりの間柄だ。ましてこのような事態になると、勘弁してくれという気分の方が強かった。

ヒューバースはデルミオ、エダルドらとともに暖炉の前に立つ。それを待っていたかのようにデルミオが拳を振りあげ、大声を張りあげた。

「答えろ！　誰が……誰がタングレー卿をやった！」

「やかましい。しつけの悪い犬みたいに吠えずとも充分に聞こえるわ」

ドゥカークが毒づいた。その隣では、シュザンナが目を覚ましかけたパレンを抱きしめている。デルミオは怒りに顔を赤くして、腰の剣に手を伸ばした。

「そうか、おまえがタングレー卿をやったんだろう」

「何だと？」

ドゥカークが気色ばんで勢いよく立ちあがる。

「馬鹿なことを言うな。なぜ、わしがあいつを殺さねばならん」

「決まっている。おまえにとって、タングレー卿が邪魔だったからだ」

昂ぶった感情を吐きだすように、デルミオは勢いよくまくしたてた。

「おまえがランバルトに肩入れしているのは、クルト様じゃなく、あいつにこの地の主になってもらいたいと思っているからだろう。そのために、クルト様の信頼が厚いタングレー卿を殺したんだ！　間違いない！」

「やめろ、デルミオ！」

いまにもドゥカークに斬りかかりかねないデルミオをおさえたのは、ヒューバースだった。

彼は部下の頬を強くひっぱたく。一瞬、デルミオの目から怒りが消えた。彼は愕然とした顔でヒューバースを見上げる。

「取り乱してどうする！　我々こそが冷静にならなければ、タングレー卿の死を弔うことなどとうていかなわんぞ」

デルミオの右手が、剣の柄から離れた。「はい」と、呻くような声を発して、痩せぎすの騎士はのろのろと後ろへ下がる。

落ち着いた態度で、ヒューバースは一同をぐるりと見回した。

「デルミオやエダルドから聞いているだろうが、あらためて説明しよう。だいたい半刻前、タングレー卿が何者かに殺害された。彼が休んでいた部屋で、胸を刃物で刺されてだ」

「右目もえぐられていた。やったのはとんでもない野郎だ」

デルミオが近くの壁を乱暴に叩く。その音に、何人かがぎょっとした顔になった。

「ちょっと――」

ミリアムが苛立ちを含んだ声をあげる。

「あのお爺ちゃん、たくましかったし、騎士なんでしょう。あたしに殺せると思うの？　冗談じゃないわよ」

「タングレー卿は壁に背中を預けて、座ったまま死んでいた。見たところ、争った形跡はなかった。寝込みを襲われた可能性が高い」

ヒューバースの説明に、ミリアムは口をとがらせて黙りこむ。だが、今度はドゥカークが憎々しげに吐き捨てた。

「誰にでもできたと言いたいようだが、もちろんおまえたちも勘定に入っておるのだろうな。争った形跡がないということは、顔見知りの仕業とも考えられるわけだからな」

この言葉にはデルミオだけでなく、エダルドも顔色を変える。激情で丸顔をふくらませ、大きな身体を揺すって、エダルドは反論した。

「私たちがタングレー卿を殺すはずはないだろう！　理由がない」

「あたしにだって、今日会ったばかりのお爺ちゃんを殺す理由なんてないわよ」

ミリアムが鼻息も荒く言い立てる。エダルドは、ばつが悪そうに口をつぐんだ。デルミオが聞こえよがしに舌打ちをして、同僚を睨みつける。

「考えてみれば、おまえは理由がないわけじゃなかったな、エダルド」

「いきなり何を言いだすんだ、デルミオ」

驚きと当惑の入り混じった顔で、エダルドは痩せぎすの騎士を見つめた。デルミオは酷薄な笑みを浮かべた。

「おまえ、タングレー卿に何度も盗み食いの現場を見つかって、叱責されていたじゃないか。あと、そうだ、ランバルトに飯をご馳走になったと言っていたことがあったな」

エダルドは顔を耳まで赤くして、怒りを帯びた視線をデルミオに叩きつけた。

「そのていどのことが理由になるなら、おまえだってあるだろう。いつだったか、山賊に成りさがったおまえの友人を、タングレー卿が斬ったことがあったな。あのことを、おまえはずいぶんと愚痴っていたじゃないか」

今度はデルミオが絶句する番だった。二人の騎士は、もはや相手しか見えていないかのように睨みあい、敵意をぶつけあう。

両者が腰の剣へ手を伸ばしたとき、ヒューバースがため息まじりに割って入った。若い騎士たちの頭を、彼は強くはたく。

「いい加減にしないか！　タングレー卿の魂に申し訳がたたないばかりか、クルト様にまで恥をかかせて、どう言い訳をするつもりだ。デルミオは扉のそばに立て。エダルドは窓のそばだ。私がいいというまで、そこから動くな」

しぶしぶという態度で、デルミオが歩きだす。わずかに遅れて、エダルドはとぼとぼと窓のそばまで歩いていった。「まったく、何だって私がこんな……」というヒューバースの小さな愚痴が、グレンの耳にかすかに聞こえた。

「――話の続きをさせてもらう」

ひとつ咳払いをすると、ヒューバースは白けた雰囲気に包まれたグレンたちを見回した。

「タングレー卿の荷物から、なくなっていたものがある。一振りの短剣と、クルト様に提出する予定だった報告書だ。羊皮紙を丸めて蝋で封をしてある。クルト様に仕える騎士として、私は己の務めを果たさなければならない。タングレー卿を殺害した者を……犯人を見つけだし、捕らえ、なくなったものをさがしだすことだ。ここにいる皆にも協力してもらいたい」

「つまり、尋問と荷物検査をするということか」

意地の悪い口調で言うドゥカークに、ヒューバースは生真面目な表情で応じる。

「事情聴取と言ってほしい。繰り返すが、私にはここで起きた事件を解決する義務がある。あなたがたも、騎士殺しと疑われるのは本意ではないだろう」

騎士殺しという単語に、グレンは顔をしかめた。領主に仕えている騎士を殺害することは、大罪だ。その騎士が何らかの罪を犯している場合を除いては。

「その……」と、ゴードンが顔をあげて、おそるおそるというふうに発言する。

「本当に、この中に犯人がいるのでしょうか」

「どういう意味かな」

「たとえば、魔物の生き残りがいたとか。あと、魔術師の霊とか。右目が、って……」

いくつかの冷淡な視線に気づいて、ゴードンの声は半ばから小さくなっていく。なぐさめるように、ヒューバースは答えた。

「右目については、そうやって魔術師の仕業だと思わせようとしているのだと、私は考えている。それに、魔物の仕業とも考えにくい。私たちがゴブリンたちを掃討したあと、魔物らしき影を見た者、それらしき声を聞いた者はいるかね。皆、城砦内に散らばったはずだが」

グレンは首を横に振る。他の者たちは無言だった。

ふと思いついたことを、グレンはリューに小声で尋ねる。

「前にも聞いたことがある気がするが、おまえ、嘘を暴くこととかできないのか」

もちろん魔術でだ。リューは小馬鹿にするような笑みを浮かべて、やはり小声で答えた。

「そんな便利なことができたら、とっくにやってますよ、あなたに」

「……いやなことを言うな、おまえ」

「じゃあ、もしもあなたがそういうことをできたとしたら、まず誰を狙いますか？」

「おまえだな」

リューは微笑を浮かべて、「そうでしょう」と、得意げに胸を張る。ちなみに、二人だけにしか聞こえないようなこの会話を、ヒューバースがとがめることはなかった。邪魔にならなければそのていどはかまわないと、割り切っているのかもしれない。

「ところで、グレン」

何か考えたらしく、リューがもの言いたげな顔をして身を乗りだした。グレンは仕方ないというふうに身体を傾ける。

思いもよらないことを言われて、グレンは愕然とした顔で彼女を見つめた。

――この件に首を突っこむ気か。

たしかに、よそ者である自分たちの立場は危険だ。だが、ありがたいことにというべきか、ここにいる全員が疑われている。下手に動きまわって、リューが魔術師であると知られたら、目もあてられない。もう少しなりゆきを見守っていてもいいのではないか。自分たちが無実であるという証拠はないのだから。

——だが、リューは、タングレーが死ぬ少し前に会っている。

その一点でもって、ここにいる者たちの敵意のすべてがリューに向けられたら。

いまのところ、ヒューバースは他の者たちに文句を言わせつつも場を仕切っているが、この先どうなるかはわからない。デルミオなどはドゥカークが犯人だと決めつけているが、違うという証拠が出たとき、彼はどうするだろうか。自分たちに矛先を変えるのではないか。

こちらから積極的に動くのも、ひとつの手だ。

——ついてない一日だ。

タングレーとはじめて会ったときの言葉を思いだして、グレンは内心で嘆息した。

「——ちょっといいか」

手を挙げる。相棒の代理を務めるのは、いまにはじまったことではない。

「俺とリューは、犯人さがしに協力してもいい。ただし、ひとつ条件がある」

パレンを除く全員の視線を浴びながら、グレンは言った。

「ヒューバース卿、デルミオ卿、エダルド卿。あんたたちに話を聞くのは、俺にやらせてほしい。タングレー卿が殺されたころ、どこで何をやっていたのか。荷物も見せてもらう」

「それはかまわないが……。理由があれば、聞かせてもらえるかな」

ヒューバースが顔をしかめる。グレンは堂々とした態度を崩さず答えた。

「この地で生まれ育った人間にとっては、クルト殿が主だ。あんたに従う義務もあるだろう。だが、俺とリューは違う。主を持たないときの遊歴の騎士は、自分自身が主だ。俺には、俺と連れを守る義務がある」

どちらかといえばこれは、騎士としての論法に沿うものだ。自分はおまえと対等だと、はっきり言っておく必要があった。

わずかな間を置いて、ヒューバースはグレンの主張を認める。

「いいだろう。私たちから話を聞く役目は、あなたにお任せしよう」

張り詰めていた室内の空気が緩むのを、多くの者は感じとった。

ゴードンやミリアム、シュザンナでは、騎士に質問をぶつけるのは難しい。ドゥカークでは揉めごとになりかねない。よそ者であるグレンたちが、この場合はむしろ適任だった。ヒューバースもそれを悟って、受け入れたのだ。エダルドはほっとした顔になる。デルミオは対照的に苛立たしげな顔をつくったが、反対はしなかった。

「あんたたちはどうだ？」

グレンはミリアムとゴードン、ドゥカークたちを見る。

「まず、俺とリューが順番に取り調べを受ける。あんたたちからの質問にも答える」

「……いいわ」

腰に手をあてて、ミリアムはうなずいた。その顔から怒りは消えていなかったが、このまま睨みあっていても埒があかないと思ったのだろう。

「わしは、尋問の様子を見てから決めさせてもらう」

ドゥカークは憮然として応じた。不安そうな顔をしているシュザンナの肩を、軽く叩く。竪琴を抱えたゴードンは、「かまいません」と、消え入りそうな声で答えた。

グレンとヒューバースは、空いているテーブルを挟んで向かいあうように座った。

暖炉の火と、テーブルに置かれたランプの明かりが二人の顔を照らす。どうなるのかと、皆が固唾(かたず)を呑んで見守った。

外で雷が鳴った。パレンがびくりと肩を震わせて、目を開ける。緊迫した空気を感じとったのだろう、自分を抱きしめているシュザンナに、パレンは強くしがみついた。

「お母さん……」

「だいじょうぶよ。だいじょうぶ」

シュザンナはパレンの黒髪を何度も撫でて、優しく言い聞かせる。その様子を横目で見て、騒ぐことはないと判断したのだろう、ヒューバースは口を開いた。

「グレンスタード卿。あなたとリューディア殿がこの食堂を出てからの行動について、詳しく話してもらえるかな」

　グレンはうなずくと、ゴードンの頼みを聞いて地下へ行ったこと、そのあと彼とわかれ、二階の空いている部屋に入ったことを説明した。

「部屋に入って、そのあとは？」

「少し休んでいたら、タングレー卿が扉越しに声をかけてきた。部屋の中に誰がいるのか知りたかったと言ってな。自分は城主の寝室の手前で寝ると」

「つまり、タングレー卿がどこで休まれるのか知ったわけだな。そのあとは？」

　グレンは視線だけを動かして、パレンを見る。ドゥカークとシュザンナに心の中で詫びた。

「こいつを抱いていた」

　隣に立つリューを見て、グレンは真面目くさった表情で答える。

　リューは顔を真っ赤にしてうつむき、ヒューバースはさすがに気まずい顔になった。ミリアムとドゥカークは吹きだし、シュザンナは露骨にいやそうな表情をつくり、ゴードンは目を丸くする。そうした外野の反応にかまわず、グレンは続けた。

「そのあとは疲れて寝てしまってな。目が覚めたところで、あんたが来たというわけだ」

「なに、あんた、もしかしてその子を抱くために空き部屋に移ったの？」

　笑いを堪えながら、ミリアムが聞いてくる。グレンは「ああ」と正直に答えた。ようやく落ち着きを取り戻したヒューバースが、新たな質問を投げかけてくる。

「他人に見られながら女を抱く趣味はないからな。決闘沙汰を起こしたくはないから、リューの身体を調べさせろなんてことは言わないでくれ」

ヒューバースは大きなため息をついた。

「そのような真似をするつもりはないが……。グレンスタード卿、あなたの身の潔白を証明するものは、何もないのか」

「タングレー卿を殺害したのかと問われれば、己の剣と、ドゥルゲン神にかけて、やっていないと答えるしかない。俺がタングレー卿と会ったのは今日がはじめてで、殺意を抱く理由は何ひとつなかった」

ヒューバースの青銅色の瞳をまっすぐ見つめて、グレンは言いきった。心にやましいところはない。あれこれ考えてひるむようなことがあれば、かえって疑惑を招く。そのことをグレンは知っていた。

「わかった。ひとまず、あなたへの聴取はここまでにしよう。――リューディア殿」

リューはうなずいたものの、硬い表情でその場に立ちつくしている。グレンは手近な椅子を乱暴に引き寄せると、そこに相棒を座らせてから、ヒューバースに向き直った。

「俺がこいつの言葉を伝える。それでいいだろう」

デルミオとドゥカーク、ミリアムは顔をしかめたものの、ヒューバースは承諾する。事情聴取がはじまった。

リューの話は、ほとんどグレンと同じものだ。

だが、タングレーと会ったという話が出てきたときは、当然ながらどよめきが起こった。疑いに満ちた視線が、いくつも彼女に突き刺さる。平然としているのは、先に話を聞いていたグレンとヒューバースぐらいだ。

「仇ねえ……。どこまで信じられるのかしら、それ」

ミリアムが愛敬のかけらもない険しい顔を、グレンとリューに向けた。

「本当は、あなたがお爺ちゃんを殺したんじゃない？　寝込みを襲ったんじゃなくて、油断させてさ。神官で、女で、その上、仇討ちが……って話をすれば、不意打ちはできそうよね」

「どんな理由で？」

グレンがミリアムに問いかける。答えたのはミリアムではなく、ドゥカークだった。

「本当に仇だった、ということはないか。話して、仇だとわかって殺したが、この段階で見つかってしまったから知らぬふりを決めこんでいるというわけだ」

リューが、ぼそぼそとグレンに耳打ちをする。グレンは肩をすくめた。

「もしも仇だったら、その場は引き返して俺に教える、だとさ」

「加勢を頼むということか」

「いや、こいつの代わりに、俺がタングレー卿に決闘を申しこむ。俺たちはそういう約束をかわして、旅をしているからな。あんたには、俺の旅の目的を教えただろう」

グレンの言葉に、ドゥカークは鼻を鳴らす。今度はデルミオがリューに聞いた。

「おまえの話を聞いたタングレー卿は、別れ際に何と言った」

再び、リューが耳打ちをする。グレンはデルミオに答えた。

「死者の霊たちが、おまえさんの行く先で微笑むことを願う、だそうだ」

その瞬間、デルミオは棒立ちになり、目を大きく見開いてリューを見つめる。肩を落とし、深いため息をついた。

「そうだな……。たぶん、たぶんだが、おまえはタングレー卿を殺していないんだろう」

デルミオの反応から、彼の言葉の意味を、グレンは漠然と察した。ヒューバースを見ると、彼は沈痛な面持ちでうなずいた。

「タングレー卿は、ひとを送りだすときなどに、よくそういう言い方をしたのだ。死者の霊たちが……とな」

なるほどと、グレンはうなずく。タングレーを慕っていたデルミオならではの問いかけだったというわけだ。

緊張と安堵に包まれながら、グレンは胸を撫で下ろす。リューと別れるときに、タングレーが気まぐれを起こさずにいてよかったと思った。デルミオも知らないような言いまわしを老騎士が使っていたら、リューの立場は非常に危ういものになっていただろう。

デルミオとのやりとりを見て、ミリアムとドゥカークは追及の手を止める。そうしてリューへの事情聴取は終わり、荷物検査に移った。

食堂へ来るときに、荷袋は持ってきている。二人はテーブルの上に荷物を並べた。

グレンの荷物で目を引いたのは食料ぐらいだ。大討伐で褒美としてもらったイザベラ姫の髪は、色が赤であることも手伝って、幸いなことに目を引かなかった。

しかし、リューの方はグレンのようにはいかなかった。何種類もの薬草が、革紐で無造作に束ねられ、あるいはすり潰して皮袋に詰められていたからだ。それらについて、グレンはひとつひとつ説明しなければならなかった。

「これは熱冷まし、これは腹痛をやわらげるやつ、これは鼻詰まりを止めるやつ……」

ヒューバースと、そしてドゥカークが理解を示してくれたので、とくに疑われることもなくすんだ。これらの薬草のいくつかには、魔術の触媒として使えるものもあるのだが、二人はそこまで気づかなかったようだ。

「あなたがたへの聴取は、ここまでとしよう。他の者への聴取を行ったあとで、また話を聞かせてもらうことがあるかもしれないが」

「ああ、わかった」

そうしてグレンが立ちあがろうとしたとき、リューが服の袖を軽く引っ張った。怪訝な顔をするグレンの耳に口を寄せて、彼女は何ごとかをささやく。

面倒くさそうに黒髪をかきまわすと、グレンはヒューバースに言った。

「俺とリューは、席を外していいか」

「理由を聞かせてもらえるだろうか」

ヒューバースの声が、かすかな緊張を帯びる。暖炉の中で薪代わりの木片が弾けて、火がゆらめいた。それによって、ヒューバースの顔をよぎる陰影もささやかな波を起こす。

彼の声の変化に気づかないふりをして、グレンは親指でリューを示した。

「いまの荷物検査で気づいたらしいんだが、こいつが髪留めを落としたそうだ。心当たりがあるから、そこをさがしたいと言っている」

「それは、いまでないと駄目なのか？　夜が明けてからの方がいいと思うが」

ヒューバースの言うことはもっともだ。グレンも同感だが、食い下がった。

「この風で飛ばされるかもしれないから、すぐにでもさがしたいとさ。そこで見つからなかったら、諦めて夜明けを待つそうだ」

「……心当たりのある場所というのは、どこだ？」

仕方ないというふうに、ヒューバースは尋ねる。グレンは扉を見ながら答えた。

「俺たちが入ってきた右手の通用口だ。何だったら、誰かいっしょに来てくれてもいい」

その言葉にヒューバースは考えこむ仕草を見せたが、長くはかからなかった。

「エダルド。グレンスタード卿たちに同行しろ」

「右手の通用口なら、まっすぐ歩くだけだからな。いくらおまえでも迷わねえだろう」

デルミオが笑う。からかうような口調だったが、いくらか不健康な笑みだった。エダルドは憤然として同僚を見たが、彼には何も言わず、「わかりました」とヒューバースに答える。

グレンとリュー、エダルドは、外套(がいとう)をまとって食堂を出た。

ランプを持ったリューが大きく息を吐く。彼女はエダルドに小さく頭を下げた。

「無理を言ってすみません、エダルド卿」

「なに、正直な気持ちをいえば助かった。ああいう空気は好きになれなくてな。しかし、どうしてまた髪留めなどを落としたのだ？」

「この城砦に来る途中、転んでしまったのです」

ややうつむいて、いかにも恥ずかしいというふうにリューは答えた。

「それで、髪留めが泥だらけになって……。あとで綺麗にしようと、服の袖の中に入れておいたのですが」

「そういうことか。たしかにぬかるみだらけで歩きにくかっただろうな」

エダルドは疑うことなく、リューの言葉を信じている。グレンとしては、彼女がどこかでぼろを出さないように願うばかりだった。

リューは、髪留めを落としてなどいないのだから。

　円形の広間に出たところで、エダルドは薄ら寒いという表情をつくった。

「どうも、この広間は好かんな」

「好かないって、何がだ？」

　隣を歩くエダルドに、グレンが尋ねる。丸顔を盛大にしかめて、太り気味の騎士は答えた。

「何というか、誰かに見られているような気がする。ここを通るたびに、というわけではないが、何度かそう感じた」

　グレンは言葉を返さなかった。彼自身も、視線を感じたことがあったからだ。この広間にわだかまる暗がりには、奇妙な重苦しさがある。リューやエダルドがいっしょでなければ、もう少し早足になっていただろう。

　エダルドの目が、階段のそばにたたずむ黒獅子像（くろじしぞう）へと向けられる。

「隊長やデルミオには言えないことだが、あれも少し怖い」

「真夜中に動きだしでもするのか」

　冗談めかしてグレンが聞くと、エダルドはわずかに表情を緩めた。

「タングレー卿が言っていた。この城砦に勤めていた者で、黒獅子像が動いたところを見なかった者はいないとな。実際には、あの像は青銅か何かで台座に固定してあるらしいが」

　あまりにありふれていて、笑い話にすらならないということらしい。

「ところで、おまえは道を間違えやすいのか」

食堂を出る直前のデルミオの台詞を思いだして、グレンは尋ねた。半ばは、広間の薄気味悪さから目をそらすためだったが、エダルドは渋い顔をしてうなずく。

「昔から、建物の間取りを覚えるのは苦手でな。仕方なく白墨を持ち歩いている」

迷わぬよう、白墨で目印をつけているということか。グレンもリューも驚きを禁じ得なかった。エダルドの方向音痴は、そうとう深刻なものらしい。

広間を抜け、廊下を歩いて通用口の扉を開ける。

その途端、激しい雨と風が襲いかかってきた。外套が瞬く間に濡れそぼる。

「やれやれ。相変わらずひどい雨だ」

外套の襟を合わせながら、エダルドがぼやいた。

ランプで前を照らしながら、リューが慎重な足取りで歩きだす。グレンとエダルドは彼女の左右に並んだ。風で外套が脱げてしまわないよう、手でおさえなければならなかった。

静かにたたずむ石像の前で、リューは足を止める。グレンは眉をひそめた。シュザンナにはじめて会ったとき、彼女がその足下にうずくまっていた石像だ。

リューはグレンにランプを渡すと、その場にしゃがみこむ。草と土をかきわけるように両手を動かしていたかと思うと、その体勢のまま、石像のまわりをぐるりと回りはじめた。

「あった、ありました」

ちょうど一周したところで、嬉しそうな声をあげて立ちあがる。彼女はてのひらに髪留めをのせて、グレンとエダルドに見せた。木片を葉の形に彫って、中央に水色をした小さな宝石をはめこんだものだ。

「見つかったか、よかったな。なるほど、これなら風で飛んでしまったかもしれん」

「ええ。そうならずにすんで何よりです」

喜ぶエダルドに微笑で応じて、リューは大切そうにその髪留めを両手で包みこむ。それから彼女は何気（なにげ）ない口調で丸顔の騎士に聞いた。

「ところで、この石像は、いったい何なのでしょうか。エダルド卿はご存じですか？」

「いや、私は知らん。この城砦に入ったのは、はじめてでな。隊長なら、もしかしたら知っているかもしれないが」

エダルドは太い首を左右に振った。

「そうですか。ちょっと気になったものですから……。それでは戻りましょうか」

さして石像への執着は見せず、リューは言った。エダルドはうなずき、城砦へと歩きだす。グレンはさりげなくリューの隣に立つと、彼女に顔を寄せた。

「どういうつもりだ？」

多少の声なら雨がかき消すだろうが、グレンは念のために声をおさえる。リューが「見つけた」と言った髪留めは、彼女の荷袋の中に入っていたもののはずだ。

リューは髪留めを袖の中にしまうと、二本のひとさしゆびを口元で交差させた。いまは黙っていろということらしい。

――犯人を見つけだすのに、役に立つことなのか。

グレンにはさっぱりわからない。小さく息を吐くと、雑念を払うように首を横に振った。こういうときは、リューを信じるしかない。これまでに何度もそうしてきたように。

城砦に入ったところで、リューは外套の水滴を払うエダルドに、何気ない口調で聞いた。

「そういえば、デルミオ様が言っていたランバルトというのは、どなたのことでしょうか」

「ああ、ランバルト様か」

デルミオとのやりとりを思いだしたのか、エダルドは不愉快そうな顔になる。

「ランバルト様は、クルト様の叔父にあたる方だ。先代の領主であるルヴァーユ様、そしてクルト様の補佐を務めておられたのだが、四年前にイルミンの町の郊外へと移られた」

「聞かれたくないのなら答えなくていいが」

そう前置きをしてから、今度はグレンが聞いた。

「クルト殿とランバルト殿は、仲が悪いのか」

「気になるのか？」

不思議そうな顔をするエダルドに、グレンは真剣な表情でうなずいた。

「遊歴の騎士としてはな、その地を離れるまで、不用意に敵をつくりたくないんだ」

「なるほど」と、エダルドは苦笑を浮かべる。

「そうだな、デルミオがあれだけ言ってしまっては、ごまかすこともできないだろう」

大きな肩を、エダルドはすくめる。太くて短い首が一瞬だけ埋もれた。

「他言無用のこととして、聞いてくれ。いまは、お二人の仲は非常に険悪だ。だが、昔はそうでもなかったようで、隊長も、タングレー卿も、それからあのドゥカークも、ランバルト様にずいぶんとお世話になったそうだ。ドゥカークは、いまでもランバルト様のところへ手土産を持って挨拶にうかがっていると聞いている」

「そうした行動が、ランバルト様に肩入れしていると、あなたがたには見えたわけですか」

リューの言葉に、エダルドは困ったような顔になる。

「私は、商人ならそうするのも仕方がないだろうと思っている。ただ、隊長やタングレー卿の立場もわかる。二人とも、クルト様の信頼が厚いからな。ランバルト様と親しくしようものなら、あらぬ噂がたちかねない。クルト様の不興を買う恐れもある」

グレンはおもわず何度かうなずいてしまった。かつて騎士だった身には、よくわかる話だ。

「それに、ドゥカークとクルト様の間柄も、短いものでも、浅いものでもない」

真面目な顔で、エダルドは続けた。

「行商人(ナーヴィ)だったドゥカークを御用商人にして、己の店を持てるまで援助したのはクルト様だ。シュザンナだって、以前はクルト様の屋敷で働く侍女だった。隠居していたルヴァーユ様にもよく声をかけられていたはずだ。クルト様が仲を取り持って、あの二人は夫婦となった。それを思えば、クルト様により忠誠を尽くすべきだと考えるのは当然だろう」

「なるほど。そういう事情ならな」

口に出しては同意を示しつつ、内心ではいくらか下世話な想像を、グレンは働かせた。

二人の仲を取り持ってというが、手をつけた侍女を、領主が近しい商人に払い下げたということではないのだろうか。そういった話は珍しいことではない。クルトのおかげで店を持てたということについても、ドゥカークには異なる意見があるのではないか。

まだエダルドが続けたそうな表情だったので、グレンは新たな質問をぶつけた。

「ランバルトは、どのような人物だ？」

この質問に対しては、考えこまずにすんだのだろう。エダルドはすぐに答えた。

「立派な方だ。平民の言葉にも耳を傾けてくださるし、身近な者だからといって特別扱いすることもない。公平に、かつ公正にものごとを見てくださる。武勇にも優れ、赤い髪と日に焼けた厳つい顔から『赤獅子』と呼ばれたこともあったそうだ。だが、欠点もある方でな」

丸顔の騎士は、まずい草を食んだ牛のような笑みを浮かべる。敵意はないが、あまり好意的でもない。どこか呆れているような笑みだ。

「大の酒好きで、酔っ払うと、素っ裸になる。そして、誰彼かまわず頬ずりをする。私も食事をごちそうになったとき、そうされたことがあった」

予想外の返答に、グレンとリューは顔を歪めて何とも言い難い表情をつくる。いい年をした厳つい顔の男が全裸で迫ってきて頬をすり寄せてくるというのは、恐怖を伴う想像だった。二人の反応に、エダルドは小刻みに肩を揺らして笑った。

「言っておくが、口外しない方がいい。ランバルト様は立派な方だ。その欠点を知りながら慕っている者は多いからな」

「……わかった。気をつけよう」

そうして三人は食堂に戻った。

食堂の扉をくぐると、ヒューバースとデルミオの呆れたような視線が突き刺さった。

グレンにではない。その次に入ってきたエダルドにだ。

ヒューバースと向かいあって座っているのは、ミリアムだ。グレンたちが外へ出ている間に事情聴取は進んでいたらしい。丸顔の騎士を見て、ミリアムは楽しげな微笑を浮かべた。

「ごめんね、エダルド様。ぜんぶ喋っちゃった」

明るい声音でそう言われた途端、エダルドはすべてを悟ったらしい。呻き声をもらし、血の気の引いた顔を両手でおさえて、その場に崩れ落ちた。

事態が呑みこめないまま、グレンとリューはヒューバースのところへ歩いていく。栗色の髪の騎士は、いくらか疲労のにじんだ顔で聞いてきた。

「落としものは見つかったかね？」

「ああ。通用口を出たところにある石像の足下に落ちていた」

　グレンがそう答えると、ヒューバースは首をかしげた。

「石像などあったかな……？　まあいい。見つかったのなら何よりだ」

　うなずきを返しながら、グレンはそっとシュザンナの様子をうかがう。石像という言葉を口にしたとき、彼女がびくりと肩を震わせたのを、グレンは見逃さなかった。

　――後回しでいいか。あれが何なのか、リューにもまだ聞いていないしな。

　シュザンナが、あれを石像だと正確に認識していたことだけ、記憶に留めておけばいい。そう考えることにして、グレンは話題を変えた。

「ところで、ミリアムは何を言ったんだ？」

　その疑問に答えたのは、ふてくされたような顔のデルミオだった。

「寝てたんだとよ、エダルドのやつは。この娼婦とな」

「そういうこと」

　屈託（くったく）のない笑みを浮かべて、両足をぶらぶらさせながら、ミリアムはうなずいた。

「だから、あたしとエダルド様はともに無実というわけ」

「一応、確認するが、本当のことだな？」

頭痛をこらえるような顔で、ヒューバースはエダルドに聞いた。エダルドは太り気味の身体を縮めるようにしてうなだれながら、正直に答える。

「はい。私は彼女に誘われたんです。自分は二階の空いている部屋で休むから、金を払う気があるなら来てくれと……」

「それで、デルミオがタングレー卿の死に気づく直前まで、その部屋にいたのだな。やることをやったあと、葡萄酒を飲んだら眠ったと、ミリアムから聞いているが」

ヒューバースの表情も口調も、徹底して事務的だった。エダルドはいまにも消え入りそうな声で「はい」と答える。グレンはエダルドに、いくらか申し訳なさを感じた。話さなければならないことではあっただろうが、せめて覚悟を固める時間はほしかったに違いない。

頬のあたりに、隣に立っているリューの視線を感じたものの、グレンは努めて無視した。

「おまえ、やはり娼婦だったのか」

ドゥカークがしかめっ面でミリアムを見る。ミリアムは開き直ったように胸を張った。

「そうよ。あんたみたいなのがいる前では、おおっぴらにしないんだけどね」

「まったく、どいつもこいつも……」

苦虫を噛み潰したような顔で、ドゥカークはパレンを見る。息子に悪い影響が及ばないか心配なのだろう。そのパレンは母親に抱かれながら、食堂内にいる者たちを興味深そうにきょろきょろと見ていた。

気を取り直して、グレンはヒューバースに尋ねる。

「ミリアムの荷物検査も終わったのか?」

「ああ。とくにこれといったものはなかった。短剣はあったが、それだけではな……」

女の一人旅で、護身用の武器を持たない方がおかしい。

「アディントンで娼婦が殺されたという話も出てきたが、ミリアムと関係があるのかはわからない。仮に、その娼婦を殺したのが彼女だとして、だから今回も怪しいとはいえない」

そこまで言って、ヒューバースは大きく息を吐いた。壁際に座りこんでいるゴードンへと視線を移す。

「彼への事情聴取と、荷物検査も終わっている。宝をさがして城砦内を歩きまわり、私とあなたが見つけたあの隠し部屋に入りこんでしまった、ということだ。荷物にも目立ったものはない。だが——」

話している間に落ち着きを取り戻してきたらしく、ヒューバースは真剣な表情になった。

「彼は、タングレー卿に会ったそうだ」

その言葉に、グレンとリューはおもわずゴードンを振り返る。吟遊詩人の青年は、自分が呼ばれたものと思ったらしく、緊張に顔を強張(こわば)らせてこちらへ歩いてきた。

ゴードンの話は、次のようなものだった。

地下を調べても何も見つからず、グレンたちとわかれて空いている部屋に入ったあと、ゴードンは床に寝転がって、まだ見ぬ財宝のことを考えていた。そして、もう少しだけ探してみようと決めた。

ひとつには、この捨てられた城砦に多くの人間がいることが心強かったからだ。たとえ何かが現れたとしても、その場から逃げられれば、助けを求めることができる。

そうなった場合、財宝を見つけることができたとして、独り占めできなくなるという問題点はあるが、まず見つけないことには話にならない。

床を這うようにして、ゴードンは部屋を出た。蝋燭の火は消してしまっていたので、新たに灯さなければならない。そのためには食堂へ行く必要があった。

ところが、ゴードンは思いがけないところで明かりを手に入れることができた。廊下を歩いていて、シュザンナと出会ったのだ。そのとき、彼女のそばには夫も子供もいなかった。話を聞くと、祈りの間に行くところだという。

おもいきって頼んでみると、シュザンナはこころよくランプの火をゴードンの蝋燭に移してくれた。礼を言って、ゴードンは彼女と別れた。

そうして階段を下りて一階にたどりついたとき、小さな光が広間を横切っていこうとするのをゴードンは見た。それは、タングレーが持っているランプの灯りだった。

タングレーに呼びかけるべきか、ゴードンは迷った。事情を説明すれば、グレンたちのように地下までつきあってくれるかもしれない。イェルガーの物語を詠ったことで、嫌われてはいないだろうとも思った。

「——そこにいるのは誰じゃ」

だが、先にタングレーの方が、ゴードンに声をかけてきた。暗がりにたたずむ気配と蝋燭の火に、老騎士が気づかないはずはない。ゴードンはわけを話して、地下へ行きたい旨を伝えたが、タングレーの反応は堅苦しさに満ちたものだった。

「財宝が見つかったとしよう。それはすべて、黒獅子伯の子孫であるクルト様のものだ。わしはクルト様に仕える騎士として、一部始終を報告しなければならん。おぬしは功労者として褒美をいただけるかもしれんが、それだけだぞ」

無謀な若者を諭すようなもの言いではあったが、タングレーの態度にはいささかの揺らぎもなく、ゴードンは懇願しても無駄だと悟らざるを得なかった。

ゴードンは悄然（しょうぜん）として老騎士を見送ったのだが、ランプの灯りは右手の廊下の奥まで行き、不意に消えた。タングレーは地下へ行ったのだ。

老騎士を追ってみたくはあったが、もし見つかれば、次は諭されるだけではすまないかもしれない。ゴードンは気持ちを切り替えて、二階の探索をすることにしたのである……。

話を聞き終えたグレンは、顔をしかめてヒューバースに聞いた。

「……タングレー卿が地下に行ったということがわかっただけか？」

「その通りだが、疑問がある。どうしてタングレー卿は地下へ行ったのか」

ヒューバースは師から難問を出された弟子のように、渋面をつくって続けた。

「あの地下には何らかの仕掛けがあり、タングレー卿はそこに何かを隠したというのが考えられる。ちょうど、書簡と短剣がなくなっていることだしな。魔物の死体がそのままだというのに、懐かしさから覗きにいく場所でもあるまい」

栗色の髭を揺らして、ヒューバースがそこまで言ったときだった。

雷鳴にも似た轟音が、何の前触れもなく、食堂内に響きわたった。

その場にいる誰もが目を瞠る。ゴードンは身体を硬直させ、ミリアムは両手で身体を抱きしめた。まず驚き、次いで怯えはじめたパレンを、シュザンナは懸命に抱きしめた。そんな母子に寄り添いながら、ドゥカークは厳しい顔で扉を睨みつけている。

「な、何……？」

「雷鳴ではないな」

いち早く気を取り直したヒューバースが、毅然とした態度で立ちあがった。

「様子を見てくる。デルミオ、おまえも来い」

有無を言わさぬ口調であり、デルミオはすばやく外套をまとって、剣と盾を持つ。正体不明の轟音に対する驚きもあったのだろう。

ヒューバースが松明を持ち、二人は食堂から出ていった。

食堂内に不気味な静寂が漂う。誰もが驚きと不安とに二分された顔を見合わせていた。グレンにとってさえ、いまの音は完全な不意打ちだった。緊張で身体が強張っている。

隣に立つリューが、グレンの服の袖を引っ張る。青ざめた顔で彼女は言った。

「お腹がすきました」


テーブルの上に、蝋燭と水の入った皮袋と陶杯を置く。

カラスムギのパンと、山羊の燻製肉(くんせいにく)の塊も用意する。できれば他の者がいる前で出したくはなかったのだが、やむを得ない。

「まさかとは思うが……」

留守を任されたエダルドが、どこか間の抜けた顔でグレンたちに尋ねる。彼だけではない、ゴードンも、ミリアムも、ドゥカークも、シュザンナまでもが唖然(あぜん)としていた。

「これから食事をするつもりなのか？」

「そうだ」と、グレンはうなずく。

「思った以上の長丁場になりそうだからな。いまのうちに食べておく」

リューの返事は、彼女の腹の音だった。

「いや、しかしだな、タングレー卿が死んだというときに……」

なおもエダルドは言葉を並べたが、その声音は弱々しい。グレンは傲然と言い返した。

「おまえの腹は、おまえの都合に合わせてくれるのか？　どんなときだろうが、減るものは減る。大討伐のとき、怪我人と死人に囲まれた状態で飯を食ったことだってあったぞ」

「賛成、賛成」

ミリアムがおおげさに肩をすくめて笑みをつくる。わずかに引きつっていた。

「あたしも食事にするわ。五人も取り調べが終わっているのに、先が見えないものね」

そうして、グレンとリューは食事をはじめた。

パンも、燻製肉も、長持ちさせることを第一に考えているため、歯が痛くなるほど固く、塩辛い。そのままかじりつくなど無理な話で、短剣などで小さく削って口に運ぶことになる。

グレンが燻製肉を削っていると、リューが不満そうに顔をしかめた。

「葡萄酒は出さないのですか、グレン。こういうときこそ景気づけが必要でしょう」

「酔っ払っておまえがいい加減なことを口走ったら、俺まで巻きこまれるんだぞ。水にしておけ。いまなら足りなくなってもすぐ手に入る」

俺だって飲みたいのを我慢しているんだ、とは言わなかった。

山羊の燻製肉は独特の臭いがある。固さや塩辛さも合わせて考えると、スープやシチューがほしいところだが、この状況では望むべくもない。

グレンが陶杯に水を注ぐと、リューはさすがに諦めたようで、自分の荷袋から小さなナイフを取りだす。パンを親指の爪の大きさほど削りとって、口に運んだ。懸命に咀嚼する。

「そういえば、城砦の外にあった石像のことですが……」

声を潜めて、リューは続けた。

「あれはアラドスの像です。顔が半分ほど欠けていましたが、間違いありません」

聞いたことのない名前だ。グレンは首をひねることで、説明を促した。

「魔術の神です。神としてはそれほどたいした存在ではなく、妖精などと同列に扱われることもあるのですが、魔術師にとってはなじみの深い神ですね。素養のある者に魔術を授け、素養のない者には呪いの力を与えるといわれています」

グレンは顔をしかめてリューを見た。

「シュザンナが魔術師だっていうのか……？」

にわかに信じられることではなかった。慎重な口調で、リューは答える。

「そうとは言い切れません。それに、ヒューバース卿も言っていたでしょう。犯人は魔術師ではなく、そう思わせるための行動かもしれないと」

「そうだったな……」

グレンはうなずいたが、魔術師かもしれない者がこの城砦にいると思うと、気が重くなるのは避けられなかった。

二人でそっと視線を転じれば、シュザンナは、パレンに水を飲ませている。ドゥカークが自分たちを恨めしげに見ているので、おそらくねだられたのだろう。そんなパレンにミリアムが近づいて、干し葡萄をあげようとしていた。意外に子供が好きなのかもしれない。

「ねえ、この子の首の付け根にある痣、なに？　ぶつけたものには見えないけど」

気さくな調子で尋ねるミリアムに、シュザンナは微笑を浮かべて答えた。

「これは、生まれつきこの子にあるものです。いつかは消えるかと……」

「ふうん。髪を伸ばして隠してあげたら？　子供ってそういうの気にするんだから」

「そういうものでしょうか？　いままでそういう話はあまり……」

首をかしげるシュザンナに、ミリアムは「そうよ」と断言する。

「それにしても、そんなにずうっと抱きしめていて疲れないの？　あなたも、子供もさ」

「目を離すと、この子はすぐにどこかへ行ってしまうもので……」

「こんなに暗い建物の中で？」

「暗いのは平気なんです。お化けとか、そういうのを怖がるだけで。もう七歳なのに」

なるほど。グレンはこの城砦に入ったときのドゥカークとシュザンナの会話を思いだし、納得してうなずいた。自分がパレンぐらいのときも、同年代にそういう子供はいた。洞窟や廃屋で、よく迷子になっていたものだ。

そして、彼女たちのそばでは、エダルドとドゥカークが何やら話していた。

「白墨……？」

訝しむような顔をするドゥカークに、エダルドは大きくうなずいた。

「うむ。もしあるなら、売ってもらえないか。隊長やデルミオには内緒にしてほしい」

「口外しないのはいいが……。いまは朱墨しかないぞ。赤いやつだ」

「それでかまわない。もうわずかしか残っていないことを忘れていてな、すぐ必要なんだ」

二人のそんなやりとりを眺めていると、ヒューバースとデルミオが戻ってきた。エダルドは慌ててドゥカークから離れ、ゴードンやミリアムはほっとした顔で二人の騎士を迎える。

ヒューバースは、食事をしているグレンたちに呆れた目を向けてきた。

「いまのうちに腹に何か入れておこうと思った」と説明すると、彼は一応納得したものの、疲れたといいたげに、大きく息を吐いて壁によりかかる。

「あの音は、いったい何だったの？」

ミリアムが聞くと、ヒューバースは「落とし格子だ」と、答えた。

「正面玄関にあった。長く放っておかれた城砦だからな。がたがきていたんだろう」

「誰かが玄関にいるときに落ちてこなくて、何よりでしたね」

エダルドが胸を撫で下ろす。そんな同僚を、デルミオが険しい顔つきで睨みつけた。

「ところが、それだけじゃなくてな。——広間から、呻き声のようなものが聞こえた」

その言葉に、誰もがデルミオか、あるいはヒューバースを見つめる。グレンとリューも食事の手を止めた。複数の視線を浴びながら、ヒューバースは栗色の髪を乱暴にかきまわす。

「正確には、聞こえた気がしたというべきかもしれない。広間を隅々まで見てまわったが、人間はもちろん、ねずみや蝙蝠さえ見つからなかった。恐れは枯れ木を魔物に変えるというが、自分がそうなるとは思わなかった……」

「あの」と、ゴードンが立ちあがって、遠慮がちに言った。

「やはり、この城砦には、霊ではないとしても、魔術師か何かが潜んでいるのではないでしょうか。それなら、その呻き声だって……」

「不安にさせるようなことを言ってしまったが」

ヒューバースは首を左右に振って、ゴードンに笑いかける。

「もしも魔術師がいるのならば、私たちの前に姿を見せているはずだ。それに、魔術師がタングレー卿の荷物をあさって、ものを盗むとは思えない」

ゴードンも疲れているのか、それ以上何かを言い立てることはなく、引き下がった。

城砦の外で雨と風は絶えず、ときどき棚が大きく揺れる。雷鳴は少なくなってきたように思えるが、途絶えたわけではない。暖炉の火にくべる木片も、少なくなってきた。まだ夜は長い。いささか心もとない思いを抱くのも、無理はないだろう。

「……少し休憩しよう。そうしたら事情聴取と荷物検査を再開して、地下へ向かう」

ヒューバースの言葉に異論を唱えた者は、いなかった。

5　カルナンの教え

暗闇に包まれた城砦の中で、食堂だけが光の支配下にある。

だが、そこに集まっている者たちの顔からは、明るさが失われつつあった。

グレンとリューは、食事を続けている。

短剣でパンの角を切りとり、陶杯の中の水にパンをつけて、やわらかくする。そうしてかじりながら、グレンは周囲に視線を巡らせた。

言葉をかわしているのは、ドゥカークとシュザンナぐらいだ。ミリアムも、パレンに干し葡萄をあげたあとは、誰にも話しかけずに壁際で座っている。

デルミオの言葉は、ここにいる者たちに新たな緊張感を吹きこんだ。

この城砦に、何かが潜んでいるかもしれない。その何かがタングレーを殺害した者なら、まだいい。それを敵として団結できる。だが、その保証はない。

この場をまとめているはずのヒューバースでさえ、デルミオとエダルドと固まりつつ、他の者たちから等しく距離をとっている。グレンはそのことに気づいていたが、指摘する気はなかった。この状況でそのようなことを言っても、諍い(いさか)を招くだけだ。

水を一口飲むと、グレンはささやくような声でリューに聞いた。

「おまえはどう思う？　デルミオが言った、呻き声の正体について」

「考える材料が不足していますね。それこそ狂言の可能性だってありますよ」

燻製肉をかじるというより舐めながら、リューは答えた。

「この中に犯人がいるとして、ですが。ヒューバース卿とデルミオ卿が、犯人を怖がらせるために仕組んだということです。怖がって何かぼろを出してくれれば成功ということで」

「ありそうな話だな……」

グレンがげんなりした顔になる。そのとき、エダルドがこちらへ歩いてきた。

「グレンスタード卿、もしよかったら、燻製肉を少しわけてもらえないか」

「金をとるぞ」

「あいにく、あまり手持ちはないのだが」

エダルドはごまかすように笑って頭をかく。朱墨がそれほど高価なものとは思えないので、ミリアムに気前よく払ったということだろう。

「それならミリアムにねだったらどうだ？」

「ちょっと」

グレンの台詞を聞きとがめて、ミリアムが怒ったような声をかけてきた。

「たしかにあたしはエダルド様と寝たわよ。でも、それは商売としての話。いっしょに寝たから何かをわけてあげる、なんて甘い話があるわけないでしょ。常連さんならともかく」

「しかし、けっこう高い値を出したと思うぞ」

「その分はしっかり動いてあげたでしょ？　あなただって満足して眠ったじゃない」

胸を張るミリアムに、エダルドは丸顔を真っ赤にして「わかった、わかった」と手を振る。

少し可哀想に思えてきたので、グレンは燻製肉を小指の先ほど切り分けてやった。

「エダルド卿。あんたは犯人の見当がついてるか？」

「いや、さっぱりだ。だが、強いていえば――」

エダルドはわずかに首を動かしてドゥカークを一瞥し、声を潜めた。

「疑いたくはない。だが、他の者には理由がない」

「おまえは盗み食いを叱られて、デルミオは友人を殺されたんじゃなかったか」

グレンも、彼にだけ聞こえるような声で返す。エダルドは額を手で覆った。

「あれは失言だった。デルミオがタングレー卿を慕っているのはよく知っている。私の罪については、むしろタングレー卿に感謝しているぐらいだ。大目に見てやってほしいとクルト様に取りなしてくださったおかげで、厩舎の掃除などの軽い処罰ですんだのだからな」

なるほど。グレンは内心でうなずいた。タングレーはエダルドにも甘かったらしい。

――俺の故郷で騎士が盗み食いなんてしたら、一日飯抜き、厩舎の掃除、騎士十人分の鎧磨きと、食いものを何か手に入れてくること、ってところだな。

エダルドが燻製肉を呑みこんだころ、ヒューバースが口を開いた。

「ドゥカーク殿、事情聴取をはじめようか」

ちょうどパレンを寝かしつけたドゥカークは、硬い表情でうなずいた。


それまで通り、ヒューバースとドゥカークがテーブルを挟んで座った。

グレンとリューは、ドゥカークのそばに立つ。ヒューバースたちと対等な立場であるグレンに立ち会ってほしいと、頼まれたのだ。

普段の落ち着きを取り戻したヒューバースが、静かな口調で尋ねる。

「ドゥカーク殿、この食堂を出てから、あなたがたがどうしていたのかを話してほしい」

「私とシュザンナ、パレンは二階へ行き、空いている部屋で休んだ。シュザンナは祈りの間へ行った。ダイラズの神に祈りを捧げるためだ。家内が敬虔(けいけん)な信徒であることは、おまえたちもよく知っているだろう」

ダイラズは大陸東部で知られている、暖炉とかまどの神だ。灰と炭を好むため、焼け焦げてしまった料理は「ダイラズに持っていかれた」といわれる。

ドゥカークの言葉に、デルミオが小馬鹿にするような笑みを浮かべた。だが、それに気づいた者はグレンしかいなかった。ヒューバースからは死角になっていたし、他の者たちはドゥカークとシュザンナ、彼女に抱きかかえられているパレンを見ていたからだ。

「シュザンナがいない間、わしは眠っているパレンの様子を見ながら、星盤(レランガ)をひとりでやったり、書物をめくったりしていた。ああ、そういえば星盤用の駒がひとつ見当たらなくてな。見つけたら教えてくれ。それで……しばらくしてからヒューバース、おまえがやってきた。わしとおまえは、部屋の外で四半刻近く世間話をした」

「そうだな。四半刻ぐらいだった」

ヒューバースはうなずいた。ドゥカークは続ける。

「おまえと別れたわしは、部屋で葡萄酒を少し飲んだ。シュザンナが戻ってきたので、わしらは眠りについた。おまえたちに起こされさえしなければ、朝まで眠っていただろう」

「ひとつ、いいか」

グレンが横から口を挟んだ。

「あんたたちがしていた世間話というのは、何だ?」

この二人は、気軽に談笑をするような間柄ではないはずだ。ドゥカークはあっさり答えた。

「この男はな、わしがよからぬたくらみを抱いているのではないかと思いこんで、釘を刺しにきたのだ。厨房に置いてある荷車に何を積んでいるのか、細かく聞いてきた」

グレンはヒューバースに視線で確認する。栗色の髪の騎士はうなずいた。

――よからぬたくらみというのは、クルトとランバルトにかかわることだろうな。

そのとき、リューがグレンの服の袖を引っ張った。身体を傾けて耳を貸すグレンに、彼女はそっと耳打ちする。グレンはドゥカークに聞いた。

「もうひとつ聞かせてくれ。あんたはタングレー卿をどう思っていたのか」

ドゥカークは鼻を鳴らし、四つか五つ数えるほどの間、黙りこむ。

「そうだな。いやなやつだった」

デルミオが肩をいからせて前へ踏みだそうとした。「デルミオ卿」と、グレンは彼の名を呼んで牽制する。自分に立ち会いを頼んだドゥカークの判断は正しかったと思った。

痩せぎすの騎士を警戒しながら、グレンは中年の商人に尋ねる。

「具体的には？」

「身内贔屓（みうちびいき）が強い。そして、身内以外の者を雑に扱いすぎる」

「身内贔屓ぐらい、誰にでもあることではないかな」

ヒューバースが穏やかに反論すると、ドゥカークは冷笑を浮かべる。

「あの男にとっての身内とは、騎士や兵士ぐらいだったろう。クルト様のお屋敷で働く従者たちへの態度は、おまえから見ても褒められたものではなかったはずだ。あの男のお目こぼしのせいで、どれだけの騎士や兵士が増長したか。わしもさんざん迷惑をかけられたわ」

そういうことか。グレンは態度にこそ出さなかったが、内心でうなずいていた。

グレンの生まれ育ったル＝ドンでも、そうしたことはあった。戦士の強い国、武勇を尊ぶ地域では珍しくない風潮だ。タングレーは部下たちの悪事や失態をかばい、彼らをつけあがらせると同時に、しわ寄せを被害者に押しつけてしまったのだろう。

これまでの話を聞くかぎり、タングレーはクルトに信頼されている。実績もある。彼に面と向かって意見を言える者は少なかったに違いない。

ふと、グレンは視線を転じた。ミリアムが憮然とした顔で、ヒューバースとドゥカークを見つめている。そういえば、彼女が生まれ育ったという町で、タングレーは敵と戦ったことがあったと言っていた。あまりよくない思い出があるのだろう。

「まだ話を聞きたいかね」

ドゥカークに聞かれて、グレンは首を横に振る。

「いや、充分だ。ありがとう」

礼を述べながら、グレンは彼の豪胆さに感心していた。こちらから聞いたこととはいえ、タングレーを殺害した動機として受けとられかねないようなことを、よく話したものだ。

ドゥカークはヒューバースに向き直った。

「それで、わしをタングレー殺しの犯人だと思うか？」

「あなたなら、やってもおかしくないということはわかった。また何かわかったら話を聞かせてもらうとして、いまはここまでとしよう」

やや事務的な声音で、ヒューバースは言った。ドゥカークは鼻を鳴らして立ちあがる。

「ところで、そろそろ、おまえたちの中の誰かが尋問を受けるべきだと思うが」

ヒューバースはうなずき、グレンを見上げた。

「いいだろう。では、お願いする」

グレンは椅子に座る。正直なところ、聞いたことを整理するだけでも大変で、いいかげん肩が凝ってきたのだが、彼らの話をリューに聞かせなければならない。解決するために。

「俺たちがこの食堂を出たとき、あんたは見張りをしていたな。それから？」

「四半刻ほどでデルミオと交替し、ドゥカークがさきほど言っていたように、彼と世間話をした。それからどうしても気になって、もう一度ひとりで城砦の中を歩きまわった」

「どうしてデルミオ卿もエダルド卿も連れていかなかったんだ」

疑問を、グレンは率直にぶつける。

「一度、三人でまわったからな。あくまで念のためのつもりだった。地下には行っていない」

「どれぐらいの時間、歩きまわっていたんだ？」

グレンの質問に、ヒューバースは腕組みをして少し考える。

「半刻ぐらいではないかと思う。罠もさがしたが、あの落とし穴以外は見つからなかった。もっとも、ゴードンが閉じこめられた隠し部屋を見つけられなかったからな……」

あてにならないということか。グレンはかすかに失望したが、仕方ないと考え直す。グレン自身、そうした仕掛けを見抜くのは得意ではない。

「見回りを終えて、私は食堂に戻った。デルミオもエダルドもいなかったので、私は外套にくるまって、暖炉の火にあたりながら休んでいた。二人ともどこへ行ったのか気にはなったが、タングレー卿を巻きこんで賭けごとでもやっているのだろうと思った。そうしたら、デルミオが駆けこむように戻ってきて、タングレー卿の死を知らされたというわけだ」

すべてを話し終えたというふうに、ヒューバースは口を閉じる。わかったのは、彼にも、他の者たちと同じようにタングレーを殺害する時間はあったということだ。

――どう思っていたのかと聞いて、ドゥカークのような答えが来ることはないだろうな。

グレンは考えを巡らせる。リューが何も言ってこないので、自分で考えざるを得ない。

「この中じゃ、あんたがいちばんタングレー卿とつきあいが長いんだろう。タングレー卿は、ひとの恨みを買うような人間だったのか？　殺されるほどの」

「断じてそんなことはない。そう言いたいところだが……」

ヒューバースは薄暗い天井を見上げ、それからテーブルへと視線を転じた。

「騎士は、ときにひとの恨みを買うこともある、だが、それを恐れてはならぬ。タングレー卿は常々そう言っていた。実際に騎士として覚悟を決め、非道な行いに手を染めたこともあるとも。詳しく聞いたことはないがな」

これには、リューが意外だという顔でヒューバースを見た。タングレーにとって不利になりそうなことは隠すと思っていたのだろう。グレンも同感であり、おもわず聞いていた。

「いいのか？　そんなことを言って」

「私が黙っていても、誰かが言うかもしれないからな。それに、タングレー卿は続けてこうも言っていた。いつか、それらの報いが自分の前に現れるかもしれない、そのときはやはり騎士として受け入れなければならぬと」

「……あんたもそう思っているのか？」

グレンの言葉に、ヒューバースはかすかに顔をしかめて、髭を震わせた。

「私はもっと身勝手な考えの持ち主だ。あと二十年近く生きて、タングレー卿と同じぐらいの年になるか、あるいは遊歴の騎士にでもなったら考えも変わるかもしれないが……。あなたはどうだ？　遊歴の騎士という共通点があるだろう」

「俺はそこまで殊勝な人間じゃない」

グレンは首を横に振った。旅の中で、大きな声では言えないようなことをいくつもやっている。だが、それらの報いをいま受けろといわれたら、グレンは持てる力のすべてを振りしぼってでも拒むだろう。妹をさがしだし、リューの目的も果たされたあとならばわからないが。

――これで切りあげるか。

グレンは、少し離れたところに立っているデルミオに視線を向けた。

「エダルド卿が何をしていたのかは、もうわかっている。このまま、おまえの取り調べもやってしまおう。ヒューバース卿と見張りを交替したあと、おまえはどこで何をやっていた？」

痩せぎすの騎士は言いにくそうに表情を歪めたあと、短い金髪をかきまわしながら答える。

「見張りの仕事はてきとうに切りあげた。エダルドはちょっと城砦の中を見てまわってくるなんて言って、どこかに行っちまったし、誰もいない食堂の前に立っていても意味がないと思ったんだ。あとは、空いた部屋をさがして葡萄酒を飲んでいた」

「おまえというやつは……」

ヒューバースは呆れた顔で部下を見た。

「まあいい。だが、どうしてわざわざ空き部屋で葡萄酒を飲んでいたんだ？」

「それはですね、ヒューバース隊長。こいつの――」

エダルドを顎先で示して、デルミオは皮肉まじりの苦笑を浮かべた。

「こいつの前で酒を飲むと、賭けごとを持ちかけてくるからですよ。やつは金、俺は酒という具合に。そして、こいつは強いときはやたらと強いんです。俺としては、いつエダルドが戻ってくるかわからなかったので、のんびり飲むために暖炉のぬくもりを捨てたわけです」

「……まあ、私の前で飲んでいたら、たしかに賭けを提案したでしょうね」

怒りで顔を紅潮させつつも、エダルドはデルミオの言葉を認めた。

そのときデルミオの視線が動いて、シュザンナを一瞥する。しかし、彼はすぐにヒューバースへと視線を戻して、報告を続けた。

「酒を飲んでいたのは、半刻と少しぐらいでした。さすがに冷えてきたんで、タングレー卿に挨拶をして食堂に戻ろうと思ったんですが……」

「そこでタングレー卿が死んでいるのを発見したというわけか」

ヒューバースは大きく息を吐いた。

「おまえは不快だろうが、無実を証明できていないぞ」

「かまいませんよ」

表情を険しいものにして、デルミオは答える。

「俺はタングレー卿を殺害などしていない。そのことは誰よりも俺がわかっています。犯人は必ず見つけだしますから。タングレー卿の魂の安寧のためにも」

開き直りにも見えるが、彼なりの決意なのだろう。

「デルミオ卿、ひとつ聞きたいことがある」

グレンが横から口を挟んだ。

「タングレー卿がどうして食堂からあの部屋へ移ったのか、何か知らないか？　ヒューバース卿からは、ひとりになりたいと言っていた、と聞いているが」

そのとき、デルミオは困惑したように視線を泳がせた。ほんの一瞬のことだったが、グレンは見逃さなかった。

──何かを隠しているのか。

たったいま、強い決意を見せたデルミオが、言葉を濁した。そこが引っかかる。

「どんな些細なことでもいい。つまらない喧嘩をして一晩だけ距離を置いたという話でもかまわないんだ。俺が騎士だったころにも、そういうことはあった」

デルミオは、ためらう様子を見せた。その反応だけで、グレンには充分だった。つまり、そのような出来事があったということなのだから。

「仕方ない。私から話そう」

ヒューバースがため息混じりに言った。

「私たちがいくつかの村や町の視察をすませた帰りだったというのは、話した通りだ。だが、視察には、クルト様の叔父であるランバルト様を訪ねるという目的もあった」

ランバルトがどのような人間なのか、ヒューバースは簡単に説明する。おおむねエダルドが話してくれたことと同じだった。もっとも、ヒューバースは騎士としての礼節を保ってか、ランバルトの悪癖については触れなかった。

「最近、ランバルト様とクルト様の間が険悪なものになりつつある。そこで、我々がランバルト様から詳しい話を聞いて、こじれる前に解決しようとしたのだ」

「だから、騎士が三人も連れだって行動していたわけか」

グレンはようやく納得した。主の親族で、しかも先代のころから実績をあげていた人物に会いに行くのだ。騎士ひとりでは、軽んじていると思われるだろう。若手の騎士がいても、三人で挨拶に行ったとなれば、礼を尽くした形になる。

「そうだ。ただ、タングレー卿はランバルト様のことをよく思われていなくてな。より強い態度に出てもよいのではないかと言った。そこで、喧嘩というほどではないが、一晩だけ距離を置こうとタングレー卿に考えさせてしまったのだと思う」

「簡単に話せることではないのはわかるが……。それでも、あんたへの取り調べの際に話してほしかったな」

「申し訳ない。だが、これはクルト様の名誉にかかわってくることだ。滅多なことではな」

グレンは理解を示すというふうにうなずいてみせたが、内心ではヒューバースに対する不審を抱きはじめていた。タングレーと揉めたことがわかったからではない。

――いま、デルミオを黙らせたんじゃないか、こいつ。

ヒューバースの立場を考えれば、彼が説明するのは当然のことだ。話していいことかどうかの判断も、彼ならつけられるだろう。

だが、グレンにはそれだけとは思えなかった。デルミオは、もしかしたら違うことを言おうとしていたのかもしれない。それを、ヒューバースが封じたのではないか。だが、彼がいるところでそれをたしかめるのは難しいだろう。

「ヒューバース隊長、これで事情聴取は一通り終わりましたね？」

待ちかねたというふうに、熱を帯びた声でデルミオが言った。

「地下へ行ってみましょう。タングレー卿が何か残していてくれれば……」

「その前に、あんたたちの荷物をあらためさせてくれ」

グレンが口を挟む。デルミオは眉をつりあげて反発した。

「いまは地下を調べる方が重要だろう」

「地下は逃げない。それとも、見られたくないものでもあるのか」

グレンは引き下がらなかった。ヒューバースが穏やかな声で同意する。

「そうだな。私たちの荷物はそれほど多くない。すぐにすむだろう」

その台詞にデルミオは顔を引きつらせたが、ヒューバースに逆らうことはしなかった。

ヒューバースたちの荷袋は、食堂の隅に置かれている。

まず、デルミオがテーブルに荷物を並べていった。そのときの彼の表情は落ち着いており、グレンはそのことにむしろ不審を抱いた。荷袋を取りにいくときは、ずいぶんと苦しそうだったのだが。ただ、彼の荷物に、とくに目立つものはなかった。

次はヒューバースだ。だが、彼は自分の荷袋を開けた瞬間に目を瞠（みは）った。呆然とその場に立ちつくし、慌てた様子で中身を次々にテーブルに並べ、顔を青ざめさせる。

「どうした？」

さすがに訝しんでグレンが聞くと、ヒューバースは呻くような声で答えた。鼻の下の髭が、萎れた花のように弱々しい曲線を描いている。

「書簡がない……」

その言葉にエダルドが驚きの表情をつくり、グレンたちは顔を見合わせた。

「視察した町や村についてまとめた報告書だ。タングレー卿のものと同じく、羊皮紙を丸めて蝋で封をしてある……」

うつろな顔で、ヒューバースが説明する。その声をかき消すように雷鳴が轟いた。

食堂に立ちこめる深刻な空気は、その濃さを一段と増している。


厨房でドゥカークの積み荷も調べてみたが、彼が犯人だと考えられそうなものはなかった。シュザンナにも事情聴取をしてみたが、ひとりで祈りの間にいたこと、その証拠となるものがないことから、タングレーを殺した可能性を否定できないというのが得られた結果だった。

ヒューバースにとっては計算違いもはなはだしい。全員から話を聞き、荷物を調べれば、犯人を特定とまではいかずとも、あるていど絞りこめると考えていたからだ。実際には、犯人を絞りこむことはできず、問題は増えたというありさまだ。

「——地下に行こう」

そう言ったヒューバースの目は、焦りと苛立ちとで奇妙な輝きを放っている。グレンは彼の態度に不安を感じながらも、自分とリューが同行することを提案した。

「地下に何かあるとしたら、あの壁の一文以外に手がかりはないと、俺は思う」

リューがカルナン女神に仕える神官というのはむろん偽りだが、知識はある。それだけでも活かせないかと思ったのだ。ヒューバースは承諾した。

「わかった。では、私とエダルド、デルミオ、グレンスタード卿とリューディア殿で向かうとしよう。そのあとで広間と二階も見てまわりたいが、お二人にはそれも手伝ってほしい」

グレンはうなずいた。呻き声とやらが気になるのは、グレンとリューも同じだ。

「尋問を終えたら、もうわしらはどうなってもいいというわけか？」

ドゥカークが皮肉たっぷりに口を挟む。グレンを含む四人の騎士がすべて食堂の外へ出てしまうと、残った者たちを守る者がいなくなる。

ヒューバースは厳しい表情で言葉を返した。

「それでは我々とともに来るか？　数が多ければ見回りも早くすむからな」

この言葉には、ドゥカークだけでなくミリアムも鼻白んだ。ゴードンも不満と不審の入り混じった目を年配の騎士に向ける。言い過ぎたことに気づいて、ヒューバースは苛立ちをおさえるように鼻の下の髭を撫でる。穏やかな声音で言い直した。

「この事件を一刻も早く解決することが、あなたがたを守ることになる。私はそう思う」

ドゥカークが食堂内を見回して、悔しそうに唸る。同行を考えたに違いないが、そうなればここに残るのはミリアムとゴードン、そしてシュザンナとパレンだ。

彼にしてみれば、ミリアムには信じきれないところがあり、ゴードンは頼りない。妻子を任せることはできなかった。

「わかったわよ。――なるべく早く帰ってきてちょうだいね」

ミリアムが言った。台詞の後半は、エダルドに向けたものだ。丸顔の騎士は頬をゆるめてうなずき、それを見たデルミオが聞こえよがしに舌打ちをした。

グレンたちは食堂を出る。ヒューバースが先頭に立ち、デルミオとエダルドが彼らの隊長に続く。グレンとリューはいちばん後ろだ。ヒューバースとエダルドがそれぞれ松明を持ったので、五人の周囲はかなり明るい。見回りに備えて、松明は予備も用意してあった。

広間に入ったところで、グレンは顔をしかめる。何度か感じた薄気味悪い雰囲気がまとわりついてきたのだ。隣を見れば、リューも暗い表情でうつむいている。

「妙に息苦しい感じがしますね」

エダルドが緊張を帯びた声でつぶやいた。

「あの吟遊詩人が、魔術師の霊だの言うのも納得できるような……」

「そんなのは思い過ごしだ」

デルミオが笑った。同僚同士の気安い笑いというよりは、嘲笑に近い。

「おまえは留守番ばかりだったからな。暗さと冷たさに慣れてないんだろう」

「二人とも、無駄口は控えろ」

ヒューバースが二人を黙らせる。そんな三人の後ろ姿に、リューがグレンを見上げる。その目は「だいじょうぶですか」と言っているように見えたので、グレンは肩をすくめた。

不意に、蝙蝠の鳴き声と羽ばたきが聞こえた。五人はそれぞれ驚きに肩を震わせたが、ヒューバースたちはすばやく盾をかざし、松明を振って蝙蝠たちを追い散らす。仲間を斬ってしまう危険性があるので、誰も剣は振るわなかった。何匹か床に落ちた蝙蝠を、デルミオが乱暴に踏みつける。足下で短い悲鳴が響いた。

「蝙蝠だけみたいだな」

グレンの言葉に、ヒューバースが松明で周囲を照らしながらうなずく。

雷が鳴った。この城砦に落ちたらしく、建物全体が震えているのが肌に伝わってくる。

「まったく、早く雨が止むか、夜が明けてくれないものかな」

ヒューバースがぼやく。同意を示すように、エダルドがしきりにうなずいた。

「屋根のどこかが崩れたりしないだろうな……」

天井に穴が空いていた城主の寝室を思いだして、グレンは小さく息を吐いた。

広間を抜けて、五人は右手の廊下に入る。

階段を下りるとき、エダルドが小さく悲鳴をあげて鼻をおさえた。

「みんな、よくこんなところを下りたり上ったりしたものだな……」

「足下に気をつけろ。滑ったら大変なことになるぞ」

ヒューバースがたしなめる。しかし、その体型にもかかわらず、エダルドの足運びはデルミオよりもよほど丁寧だった。

地下にたどりつく。奥のつきあたりにある壁に、五人はまっすぐ歩いていった。

壁の前に立つと、リューはカルナン女神への祈りの言葉を見つめる。

『寝室を出よ、そして新たな泉を求めよ。すり切れることなき翼ある外套を持て、すり減ることなき虹色の革靴を持て』

リューの顔に微笑が浮かんだ。それに気づいたヒューバースが、勢いこんで尋ねる。

「何かわかったのかね」

リューはもったいをつけることをせず、首を縦に振った。その先はグレンが伝える。

「はじめて見たときから、ちょっと引っかかってはいたんだそうだ。それがわかったと」

リューはグレンを振り返り、手にしている杖の先端で、壁を軽く叩く。

「グレン。この部分と、それからこの部分を取りだしてみてください」

「そこだけ外せるようになっているってことか？」

グレンは壁に歩み寄った。腰のベルトに差していた短剣を抜く。ヒューバースたちは、緊張の面持ちで見守った。

石と石の隙間に刃を差しこんでみると、何の抵抗もなく刃が奥まで入った。この部分はそのように造ってあるということだ。

二つの石を、グレンは壁から抜く。どちらの石材にも、ちょうどひとつの言葉だけが書かれていた。『外套』と『革靴』だ。

「その二つを入れ替えてください」

リューの言葉で、グレンは壁の仕掛けを理解した。

「最初に見たとき、すぐに思いだすべきだったんです。私も神官としてまだまだですね」

そりゃあ、おまえは偽物の神官だからな。グレンは心の中でそう言ってやった。

石――文字を入れ替えると、『寝室を出よ、そして新たな泉を求めよ。すり切れることなき翼ある革靴を持て、すり減ることなき虹色の外套を持て』となる。

「さっきの文章と何が違うんだ……？」

首をひねるグレンに、リューが情けないものを見るような目を向けた。

「あなたは私といっしょに、カルナン女神の神殿を何度も訪れているでしょう。女神がどのような姿をしているのか、思いだせませんか？」

「いや、この城砦の祈りの間でも見たから、それはわかるが……」

顔をしかめるグレンを、弟子をとがめる師のような表情で見て、リューは説明した。

「カルナンの履いている靴には、必ず翼を模した飾りがついています。外套には七つのひだがあるはずです。カルナンの逸話では、このひだは虹の色――複数の色をしているのですよ。地域ごとにひだの数が違うという話もありますが」

「おまえの蘊蓄は立派だがな」と、グレンは壁に視線を向ける。

「何も起こらないぞ……？」

そう言ったのはヒューバースだ。エダルドとデルミオも拍子抜けした顔をしている。

リューは何度か瞬きをして、グレンと並んで壁を見つめた。壁は無言でたたずんでいる。

「放っておかれたことで、仕掛けそのものが機能しなくなったのでは？」

エダルドが意見を述べた。デルミオがうなずく。

「二階の落とし穴も、底がぼろぼろだったからな。……いや、だからよかったんだが」

後半の台詞は慌ててつけたしたものだ。ヒューバースは憮然とした顔をしたが、口に出していったのは別のことだった。

「エダルドの考えは正しいかもしれないな。私が引っかかった落とし穴も、本来なら非常の時にしか働かないもののはずだ。それが、いまは常に働いている」

「じゃあ、タングレー卿はこの壁にある何らかの仕掛けを使おうとしてここまで来たものの、仕掛けが働かないことに落胆して、引き返したと……？」

デルミオが唖然（あぜん）とする。ヒューバースは難しい顔でうなずいた。

「ありえない話ではないだろう」

二人の若い騎士が肩を落とす。そこへ、グレンが彼らに呼びかけた。

「ちょっと待ってくれ。連れが、もうひとつ試してみたいことがあるそうだ」

騎士たちが不思議そうな顔をグレンたちに向ける。グレンはリューの指示に従って、壁に書かれた一文の最後のくだり、『外套を持て』の右隣にある石材の隙間に、短剣を差しいれた。

はたして、この隙間にも短剣は奥まで入りこんだ。

　石材を取りだしてみると、裏側に文字が書かれている。表面の汚れを慎重に拭うと、『帽子を』とあった。隣に立ったリューが石材を見つめて、安堵(あんど)の笑みを浮かべる。

「やはり、ですね。カルナンの服装は、帽子と外套と革靴でひと揃いなんです」

「落とし穴や隠し部屋といい、こいつといい、黒獅子伯(くろじしはく)はそうとうな変人だったんだな」

　ヒューバースたちに聞こえないように、グレンは彼女にささやいた。もっとも、この感想については騎士たちも同意を示してくれるかもしれない。

　これだけでは言葉になっていないので、グレンはさらに右隣の石材も取りだしてみる。予想通りあっさり外れた石材の裏側には『忘れずに』とあった。

　こちらへ歩いてきたヒューバースたちが、驚きの目でグレンたちと石材を交互に見る。

「念の入ったことだな。カルナンの神官でなければわからなかっただろう」

　エダルドが唸り、デルミオは盛大に顔をしかめる。二人とは対照的に、ヒューバースは晴れ晴れとした顔でグレンを見つめた。「やってくれ」と、表情で訴える。

　文字が書かれている方を表にして、グレンは石材をはめ直した。

　すると、壁の一文を構成する石材のひとつが、内側から押されるようにせり出す。『寝室』と書かれたそれを、ヒューバースは壊れものを扱うような手つきで引っ張りだした。そうしてできた空間を覗きこむ。

「小さな穴になっているな。隠し部屋ならぬ、隠し収納というところか」

松明をかざして、ヒューバースは慎重に穴の中を観察した。だが、四角い空洞の中には何も見当たらない。彼は何度か瞬きをし、信じられないというふうに首を横に振って、懸命に目を凝らす。二十を数えるほどの間、彼は壁にはりついて離れなかった。

「何もない……」

ため息をついて、ヒューバースは壁から離れる。栗色の髪と髭は、すっかり乱れていた。

「そんな……。タングレー卿は、いったい何をしにここへ来たというのだ」

エダルドとデルミオ、それにグレンたちも順番に隠し収納を覗きこんでみたが、当然何もない。デルミオが穴の中へ手を入れてみたが、さらなる仕掛けがあるようでもなかった。

エダルドとデルミオは上司にかける言葉が見つからず、何ともいえない顔で立ちつくしている。グレンとリューも困った顔で視線をかわした。

タングレーがこの仕掛けを忘れていたとは思えない。では、なぜ使わなかったのか。気まぐれなのか。それとも理由があったのか。


円形の広間まで戻ってきたとき、それを発見したのはグレンだった。黒獅子像から何となく視線をそらしたときに、視界に飛びこんできたのだ。

裏手に続く扉の閂が外されて、横木が転がっている。扉がわずかに開きかけていた。

「おい！」とグレンが大声をあげて、扉を指し示す。五人は急いで扉に駆け寄った。

外で風が逆巻き、扉が半ばまで開かれる。先頭にいたヒューバースが風雨をまともにくらって、頭から腰のあたりまでずぶ濡れになった。それでも彼はひるまず、デルミオとともに扉を閉める。グレンとエダルドが横木を差しこんだ。

「落とし格子が落ちたのを確認したとき、こいつはどうなっていた？」

グレンがヒューバースを振り返る。冷たい夜気の中にいるにもかかわらず、額に汗がにじんでいた。髪と髭の水気を乱暴に払い落としながら、ヒューバースは苦い表情で答える。

「外れてはいなかった……。しっかり見てまわったから間違いない」

重苦しい空気が男たちの間に満ちた。エダルドが深刻なため息を吐きだす。

「私たち以外に、誰かがこの城砦にいるということか」

「そういうことになるな。人間か、魔物か、それとも魔術師の霊かはわからないが」

ヒューバースの目に戦意が宿った。敵の存在を認識したことで、活力を取り戻したらしい。

――こいつが嘘をついているという可能性もあるが……。

ヒューバースを見ながらグレンはそう思ったが、口には出さなかった。

第一に、証拠がない。第二に、本当に何ものかが城砦の中に忍びこんでいるとしたら、ヒューバースに疑いをかけて、仲間割れを起こしている場合ではない。

床に放っていた松明を拾って、ヒューバースは言った。

「地下では空振りだったが、予定通り二階を見てまわろう。とはいえ、食堂にいる者たちのこともある。四手にわかれて、すばやく調べたい。グレンスタード卿とリューディア殿にはいっしょに行動してもらうとして、それでいいだろうか」

グレンに異存はない。何ものかがいるのならば、早いうちに見つけだすべきだった。

リューの意見を聞いておこうかと考えて、グレンは傍らの相棒を振り返る。ところが、彼女はいつのまにか少し離れたところに立って、天井と壁を見上げていた。

呼びかけると、リューは我に返ったようにこちらを振り返り、早足で歩いてくる。ヒューバースの提案について説明すると、こくりとうなずいた。

階段をのぼり、通路がわかれたところで松明をわけあう。ヒューバースたちの後ろ姿をそれぞれ見送ってから、グレンとリューは廊下を歩きだした。

右手に剣を、左手に松明を持って、グレンは気配をさぐりながら、暗がりに包まれた廊下を歩く。リューは何やら考えごとをしていて、斜め後ろにいた。グレンが剣を振るったときに、刃の届かない位置だ。旅の中でおたがいが自然と身につけた距離だった。

彼女が不意打ちをくらうと、グレンは思っていない。思考の海に沈んでいるように見えて、自分に迫る敵意には、リューは敏感に反応する。グレンは彼女を置いていかず、また己の剣の間合いに彼女を巻きこまないよう、歩調にだけ気をつければよかった。

——このあたりは何も感じないな。

暗闇特有の気味悪さはあるが、その先に何ものかが潜んでいそうな気配はない。自分たちの受け持ったところは外れだったということか。

つきあたりに来たところで、暗がりを警戒しながらグレンはリューに聞いた。

「おまえ、どう思う？」

「何がですか？」

グレンを見ずに、リューは言葉を返す。

「……何もかもだ」

面倒くさくなって、グレンはそう言った。

「タングレー卿を殺したのは誰か。犯人は俺たちの中にいるのか、いないのか。タングレー卿の書簡と短剣はどこにいったのか。広間の門を外したやつは何ものなのか。ああ、それとヒューバース卿の書簡もだな。それ以外にも数えあげればきりがない……」

「そんなにあれこれ考えていたら犯人の思うつぼですよ。まして、あなたていどの頭で」

「後半は余計だ」

グレンは鼻を鳴らす。とはいえ、彼女の言う通り、考えるのが得意ではないのはたしかだ。

「それじゃあ聞くが、おまえは何を考えている？　広間にいたときからだろう」

広間にある扉をグレンたちが急いで閉めたとき、リューは何もしていない。それはいい。大の男が四人も扉にとりついたのだ。彼女の立つ隙間すらなかった。だが、そのあとリューは天井や壁を眺めており、話しあいはグレンに任せきりだった。この見回りもそうだ。

「地下の隠し収納のことを考えていました。あれが、どうして空っぽだったのか」

「わかったのか？」

グレンは身体ごと彼女に向き直る。暗く、寒く、静まりかえった廊下で、松明の炎が二人の顔をぼんやりと照らした。リューは小首をかしげてグレンを見上げる。

「それについて話す前に、ちょっとあなたの考えを聞かせてください、グレン。タングレー卿というひとを、どう思いますか？」

唐突な質問に、グレンは何度か瞬きをした。

「どう思うかって、ずいぶん曖昧だな」

「これぐらいの方が、あなたも答えやすいでしょう。言っておきますが、正確さや鋭さを求めているわけではありません。ただ、あなたがあのひとに抱いた印象を聞きたいんです」

「印象ね……」

何とはなしに、グレンは暗がりへ目を向ける。印象と言われても、彼に会ってから半日すら過ぎていない。しばらく考えて、グレンは口を開いた。

「タングレー卿が話した武勇伝があっただろう。あれだけで語るなら、俺は、あの爺さんをあまり好きになれそうにないと思ったな。ああいう戦い方は、好きじゃない」

リューは小さくうなずいて、「ありがとうございます」と言った。

「では、私の考えをお話しします。タングレー卿は、ずいぶん用心深いひとだと思います。落とし穴が近くにある部屋で、ひとりで休み、武器も手元に置き、座った姿勢で眠る。そんなタングレー卿から見て、地下の仕掛けは簡単すぎるように思えたのでしょう。このあたりでは、カルナンは広く信仰されていますし、雨宿り客の中にもその神官がいたわけですから」

「おまえが何らかの理由で地下におりて、あの文章に疑問を持って、仕掛けを発見する。タングレー卿はそう思ったっていうのか……?」

さすがに考えすぎではないか。顔をしかめるグレンに、当然だというふうに彼女は答えた。

「実際、私たちはゴードンに頼まれて地下におりたでしょう。タングレー卿の書簡を狙っていた誰かが、あの一文を紙片に書きつけて、私に尋ねるかもしれない、ぐらいのことは想像したと思いますよ。これがどういうことか、わかりますか?」

「おまえ、わからないと思って聞いているだろう」

「そんなことはありません。私はいつもあなたを信頼していますよ」

からかうような笑みを、リューは浮かべた。両手がふさがっていなければ、軽くこづいているところだ。グレンは仏頂面(ぶっちょうづら)をつくって、視線で続きを促す。

「タングレー卿を殺したのは誰か。さきほどあなたが並べた疑問のひとつですが、犯人はこの城砦の中にいる誰かです。魔術師の霊などではなく。タングレー卿には、その人物が、自分を殺してでも書簡を奪いにくるという確信があったのだと思います。だからこそ、そこまで警戒したんです」

「おまえ、書簡と決めつけているみたいだが、短剣の可能性はないのか？」

グレンの質問に、リューは首を横に振った。

「まず、ないと思います。グレン、あなたはイザベラ姫がくれた髪を、どうやって荷袋にしまっていますか？」

「そりゃあ裁縫道具といっしょに……」

そこまで言って、グレンは納得したようにうなずく。隠すほど大事な短剣なら、黄金造りの鞘が目立たないように、布にくるむていどのことはするはずだ。

「短剣が見つからないのは、たぶん犯人が持ち去ったんでしょう。あとで誰かの荷袋から出てくると思いますよ」

「なるほど……。それで、書簡はどこにあるんだ？」

グレンが聞くと、リューはおおげさに肩をすくめた。

「いま考えているところです。タングレー卿にしかわからないようなところには、隠さなかったと思うんですね。ああいうひとは、たとえ自分が死んでも、目当てのひとにそれが渡るようにするはずですから」

自分にはまったく思いつかないので、リューが答えを出すまで待つしかないようだ。そう判断すると、グレンは新たな疑問を彼女にぶつけた。

「タングレー卿の右目がえぐられて、義眼が持ち去られていたことはどう説明をつける？　ヒューバース卿が言っていたように、俺たちを混乱させるためか？」

「それもあるとは思いますが……」

リューは眉をひそめる。首を右に振り、左に振って、小さく唸った。場違いなこととわかっているが、その仕草は妙に可愛らしい。

「あれについては、別の意味があると思います。たとえばですが、警告を兼ねたものなのかもしれません。犯人さがしをしようとすれば、こうなるというような……。いえ、もっと、犯人にしかわからないようなものかも……」

リューはうつむいて、考えに沈みこむ。グレンは二十を数えるほどの間、待ったあと、彼女の背中を軽く叩いた。

「悪いが、考えながら歩いてくれ。さっさとすませないといけないからな」

そうして受け持った廊下と部屋を見てまわったものの、目を引くような発見はなかった。魔物の影も見なければ、不気味な声とやらも聞こえてこない。

起こったことといえば、窓のある部屋に入ったとき、急に雨風が吹きこんできて、グレンがびしょ濡れになったことぐらいだろうか。松明の火まで消えてしまったので、リューの魔術で急いで松明を乾燥させ、火をつけ直さなければならなかった。

「何も見当たらなかったな……」

最後の部屋を確認し終えて、グレンは不満そうに唸る。

「見つからなかったということは、何もいないということなんですよ」

リューはそう言ったが、グレンはそこまで楽観的になれなかった。とはいえ、もう一度見てまわるのは時間がかかりすぎる。四手にわかれた意味がない。

とりあえず戻るか。そう相棒に言いかけたときだった。

遠くから叫び声らしきものが聞こえて、グレンの顔に緊張が走る。耳をすませると、それはどうやら誰かの名を呼んでいるものらしいとわかった。

リューと視線をかわし、二人は急ぎ足で来た道を戻る。ヒューバースらとわかれたところにたどりついたグレンとリューは、視界に飛びこんできた光景に目を瞠った。

床に血が広がっており、その中にエダルドが倒れている。顔の右半分と首、腹部が赤黒く染めあげられていた。強烈な血の臭いが、グレンたちの鼻をつく。

エダルドのそばには、松明を持ったヒューバースとデルミオが立っていた。炎に照らされた二人の顔は、汗とも雨ともつかないものにまみれ、ひどく青ざめている。外套もずぶ濡れで、水滴が床に垂れて小さな水たまりをつくっていた。

グレンとリューはとっさに言葉が出てこない。すでに光を失ったエダルドの左目が、静かに天井を見上げていた。

エダルドは、タングレーと同じく短剣によって殺害されたようだった。右目をえぐられている点も、老騎士と共通している。

ただし、彼は胸ではなく、腹部と首を一ヵ所ずつ刺されていた。触れてみると、かすかにぬくもりが残っている。

さすがにグレンも、この事態を受け入れるのにわずかながら時間を必要とした。タングレーの死を知ったときより、衝撃は大きい。言葉をかわした時間でいえば、タングレーとそう変わらないはずだが、彼の人柄により親しみを感じていたからだろうか。

グレンとリューが神々に祈るのを待って、ヒューバースが苦痛にあえぐような顔で言った。

「殺した者は、見ていない。戻ってきたら、エダルドがここで死んでいたのだ。おそらく、広間の扉を開けていた者だろう」

もの言わぬ骸となったエダルドを見下ろす彼は、一気にやつれたように見えた。自分の決めた行動で、部下を死なせてしまったのだ。やりきれなさに打ちのめされているようだった。

「ヒューバース隊長、本当にそう考えてるんですか?」

デルミオが、敵意に満ちた眼光をグレンたちに叩きつけている。

「俺は、こいつがやった可能性を捨てちゃいませんよ。神官殿は、まだ擁護の余地がある。だが、こいつはよそ者で、遊歴の騎士だ。いや、もしかしたら魔術師でもあるかも——」

「ずいぶんと決めつけてくれるな」

そこまで言われては、グレンも反論せざるを得ない。デルミオを睨み返した。

「それでは聞くが、やったのがおまえじゃないという証拠はあるのか？」

「俺がこいつを殺す理由があるわけないだろう！」

歯をむき出しにして、デルミオが怒鳴る。彼はグレンに詰め寄った。胸ぐらをつかもうとしてきたその手を、グレンはすばやくつかむ。睨みあいが続いた。

「やめろ、デルミオ。いまのはおまえが悪い」

ヒューバースが声を絞りだす。デルミオの手の力が弱まったので、グレンは離した。彼から視線を外して、エダルドの死体を見下ろす。

——エダルドがここへ戻ってくるのを、近くに隠れて待ち受けていたのか？

そう考えてから、違和感に首をひねる。気分の悪さと同時に、疑問がこみあげてきた。

自分たちは、何ものかの存在を認識したばかりだ。エダルドの剣の技量は知らないが、充分に警戒していたはずだ。それがこうも簡単に懐に飛びこまれ、殺されるものだろうか。

考えても結論が出なかったので、グレンはできることをやることにした。

「どうする？　エダルドをこのままにしておくのか」

問いかけられたヒューバースの反応は鈍い。まるで考えていなかったとでもいうふうだ。

「そうだな……。食堂に運ぶわけにもいくまい」

その点は同感だが、このまま放っておくのも気分がよくない。近くの部屋に横たえておこうとグレンは提案し、デルミオも加わって、三人がかりでエダルドを運んだ。三人でなければとうてい持ちあげられないほど、丸顔の騎士は重かった。太った牛というリューの評を、いまさらながらにグレンは思いだした。

どうにか部屋の中に運びこんだあと、思いだしたようにヒューバースが聞いてきた。

「ところで、何か気になるようなことはあったか」

グレンとリューはそろって首を横に振る。デルミオは無言だった。

四人は食堂へと戻る。その足取りは重い。

何も得られなかったばかりか、エダルドが死んだという事実は、グレンたちを暗くさせずにはおかなかった。


エダルドの死を知らされて、食堂には陰鬱な空気がたゆたっていた。

デルミオは落ち着きなく視線をさまよわせ、口を開きかけては何も言わずに閉じるという行動を繰り返している。ミリアムは落ち着かない顔で、椅子の上で頻繁に脚を組み替えたり、姿勢を変えたりした。

ドゥカークは不安を隠せない顔で、妻と息子を見つめている。パレンがまた眠ってしまったのは、彼にとってもシュザンナにとっても幸いだったろう。ゴードンは、もうかかわりたくないとでもいうかのように壁際に座りこみ、竪琴を抱え、帽子を深くかぶって動かない。

だが、彼らを何よりも深刻な気分にさせているのは、この中の誰かひとりは演技をしているだろうという想像だった。

むろん、ヒューバースは裏手に通じる扉の閂が外れていたことを説明し、知られざる何ものかの存在について言及したが、彼らの反応はよくいって半信半疑というところだ。ドゥカークなどは「そういうことにしたいのか？」などと嫌味を飛ばしたものである。

「……確認させてもらうが」

暖炉の前に立って、ヒューバースが一同を見回す。

「私たちが二階を見てまわっている間、食堂から出たのは、ドゥカーク殿とパレンで間違いないのだな」

パレンが用を足しに厠へ行くのに、父親が付き添ったのだ。また、広間を通り抜けたとき、ドゥカークは呻き声らしきものを聞いたという。

もっとも、これでドゥカークを疑うのは無理だろうとグレンは思う。この中年の商人が、息子から片時であっても離れるはずがない。

「わしからも確認させてもらおうか。――誰がやった？」

憎々しげな表情で、ドゥカークがグレンたちとヒューバース、デルミオを見る。

「……言っていいことと、そうでないことの区別までつかなくなったか」

デルミオが怒気をはらんだ目でドゥカークを睨みつけ、握り拳を震わせる。一触即発の雰囲気だが、すぐにそれを止めようとする者はいなかった。ヒューバースも、シュザンナも、どこか他人事のような顔で二人を見ている。

グレンはといえば、椅子に座って、誰がエダルドを殺害したのかを考えていた。ヒューバースは外から侵入した何ものか、だと思っているようだが、はたして本当にそうか。

――何ものか、でないとすれば……。

タングレーのときと同じ手口であることから、同一人物の可能性は高い。そして、タングレーとエダルドが死ぬことで誰が打撃を受けるかといえば、二人の主であるクルトだ。逆に、クルトと険悪な関係のランバルトは喜ぶかもしれない。

この城砦にいる者の中で、ドゥカークはランバルトと懇意にしている。しかし、タングレーはまだしも、エダルドを殺害する余裕は、ドゥカークにはなかった。

――だが、シュザンナはアラドスの像に何かを祈っていた。

ドゥカークがシュザンナに頼み、シュザンナがアラドスに祈り、アラドスが呪いによって二人の騎士を死に至らしめたとすれば、どうだろうか。短剣で刺されたような傷はともかく、右目をえぐられたというのは、いかにも呪いらしい。

これなら、シュザンナが常におびえるふうにおとなしくしていることも、ドゥカークが騎士たちに正面から喧嘩腰で接していることも納得できる。

ここでシュザンナを追及すべきだろうか。

だが、もしもグレンの指摘が的外れなものであった場合、今度はグレンと、そしてリューが疑われる。そして、エダルドの死に関して、グレンたちが犯人である疑惑は濃厚だ。ヒューバースやデルミオよりもはるかに。

――いや、待て。

自分の考えについて、グレンはある見落としに気づいて頭を抱えたくなった。

呪いで、義眼をえぐりとるものだろうか。

タングレーの左目は、悪くなっていたらしいとはいえ、見えていたというのに。

ため息をつく。追及しないでよかった。やはり自分にこういうのは向いていない。

そのとき、テーブルを挟んで座っているリューが、ささやくような声で言った。

「あなた、シュザンナがアラドスに祈ったもの、とか考えていませんでしたか?」

グレンは無視を決めこむことにした。

「――ねえ」

椅子の上で足をぶらぶらさせながら、ミリアムが気怠（けだる）そうな声で言った。

「あたし、犯人が見つかるまで、二階の部屋にいたいんだけど」

「……なぜだ？」

当惑した顔で訊くヒューバースに、ミリアムは怒りで頬を紅潮させた。

「当たり前でしょ⁉　この中に人殺しがいるのよ。そんなのと同じ部屋にいたら、あたしだっていつ殺されるかわかったものじゃないわ」

「だが、そうやって私たちがばらばらになるのを、相手は待っているのかもしれない。タングレー卿も、それにエダルドも、ひとりになったところを殺されたのだ」

ヒューバースの表情と声は、苦みを多分に含んでいる。

ミリアムがさらに反論しようとした、そのときだった。

城砦の外で雷鳴が響きわたり、ひときわ強い風が吹いた。

窓をふさいでいた棚が、縄をひきちぎって倒れる。破砕音と同時に風と雨が激しく吹きこんで、それに乗って数羽の蝙蝠が入りこんできた。複数の悲鳴があがる。

暖炉の中の炎が激しく躍り狂い、火勢が弱められて、食堂の中が薄暗くなった。蝙蝠たちは天井近くを旋回するように羽ばたきを繰り返す。

グレンはリューを後ろにかばって立ち上がりながら、自分が座っていた椅子を両手で持ちあげた。蝙蝠を打ち払いながら、隅の方へと移動する。他の者たちはうずくまったり、壁際へと逃げたりしていた。

蝙蝠がどこかへ飛んでいき、静かになったところで、グレンは薄闇に呼びかける。

「──グレンスタードとリューディアだ。みんな無事か」

いくつかの声が返ってきた。ひとまず全員無事のようだ。「暖炉に集まってくれ」というヒューバースの声が聞こえて、グレンとリューは暖炉へ近づく。一気に弱まってしまった火を守る意味でも、暖炉のそばに固まる必要があった。

小さな火が、グレンたちを下から照らす。どの顔も、薄気味悪い陰影をほどこされていた。疲労や恐怖もあるのだろうが、それ以上に他者への不審と敵意が顔に出ているのだ。ゴードンでさえ、誰とも目を合わせようとせず、負の感情をにじませて口元を歪めている。

デルミオとドゥカークの顔には、それぞれ痣があった。怒りをぶつけあったのではなく、飛び交う蝙蝠たちに混乱して、おたがいを殴りあってしまったのだ。突然の騒ぎで怒りが奇妙に削がれてしまい、二人は憤然とした顔を並べている。

ヒューバースが硬い表情で皆に告げた。

「いま確認したが、棚が完全に壊れている。あれで雨風を防ぐことは、もうできない」

「また、他の棚をどこかから持ってこなければ、ということか」

ドゥカークがうんざりした顔つきになる。ゴードンもふてくされたように言った。

「背板を縄でおさえつけて壁代わりにすることは、できませんか？」

「背板だけでは、いまのような風に耐えられないだろう」

ヒューバースは首を横に振る。痣を撫でながら、デルミオが音高く舌打ちをした。

「いっそ、別の部屋に移った方がいいんじゃない？　焚き火でも熾して」

ミリアムの言葉に、ヒューバースは髭を震わせて唸った。この状況を何とかしなければ、タングレーとエダルドを殺害した者をさがすどころではないと、さすがに思ったようだ。

「厨房に余裕はあるだろうか」

ヒューバースに聞かれて、ドゥカークは顎を撫でながら答えた。

「少々狭いだろうが、この人数なら座るていどの余裕はある。馬の臭いは我慢してもらうことになるがな」

栗色の髪の騎士は少し考え、質問を重ねた。

「厨房にはかまどがあったはずだが、あれは使えるのか」

「いや、すべて壊れていた」と、ドゥカークは首を横に振る。

「煙が外へ出るか、疑わしい。まだ勝手口のそばで火を熾した方がましだろう」

「それではこうしよう」

ヒューバースがあらためて提案する。

「私とデルミオ、グレンスタード卿、それからドゥカーク殿の四人で、棚を取りにいく。他の者には厨房で待っていてもらう。どうだろう」

「棚にこだわるのね」

ミリアムが皮肉の息を吹きかける。ヒューバースは暖炉に目を向けて答えた。

「こだわっているのは暖炉だ。夜明けまで、まだ長いからな」

「たしかに、これじゃあね」

　暖炉の中で震える小さな火をミリアムは見下ろし、それから周囲の闇を見回す。このていどの火では、食堂内を見渡すことさえできない。厨房で火を熾しても同じようなものだろうし、満足にあたたまることも望めないだろう。

「わかったわ。あたしは厨房で待っていればいいんだもの。そうね、このどちらかがお爺ちゃんを殺した犯人だとしても――」

　微笑を浮かべて、彼女はゴードンとシュザンナ、そしてパレンを順番に見た。

「あたしでも何とかなりそうだし、まさか子供の前で人殺しはしないでしょうしね」

　ゴードンは傷ついたような表情になり、シュザンナは何も言わずにパレンを抱きしめる。ミリアムはパレンの頬を軽くつつくと、リューに視線を移した。

「あんたの場合は――」

「ちょっと待ってくれ」

　ミリアムの台詞を遮る形で、グレンが手を挙げる。

「俺とリューは別行動をとらせてほしいんだが、駄目か」

「いきなり何を言いだすかと思えば」

　真っ先に反発したのは、デルミオだった。喋った拍子に顔の痣が痛んだらしく、手でおさえながら言葉を続ける。

「おまえ、疑われていることをわかってるのか？　何度でも言うが、エダルドを殺したのはおまえだと、俺は思っているからな」

デルミオが腰に吊している剣を、がしゃりと鳴らした。激昂寸前の獰猛な視線を、グレンは平然と受けとめる。両者の間に敵意が交錯して、見えざる火花が散った。

「何とでも言え。おまえが俺やリューを襲うようなら、迎え撃つ」

「デルミオ、下がれ」

痩せぎすの騎士を一歩後退させると、ヒューバースはグレンを見据える。

「理由を聞かせてくれ」

「タングレー卿の書簡をさがす」

簡潔に、グレンは答えた。自分の考えではない。ヒューバースとドゥカークが厨房について話しているとき、リューが服の袖を引っ張って、耳打ちしてきたのだ。

「書簡が見つかれば、タングレー卿を殺害した者の正体がわかると、俺は思っている」

6　導かれる者

夜も更けて、風が勢いを強めてきた。

夜気をかきまわし、雨を吹きこませて、あらゆる隙間から絶え間なく冷気を運んでくる。時折、獣の咆哮にも似たような音を響かせては、怯える者たちを嘲笑う。

城砦の一隅に集まっている者たちは、外套に身を包んでいても襲いくる寒気と、心をおびやかす風の音に、懸命に耐えなければならなかった。

タングレーの書簡をさがすというグレンの言葉は、本人が期待したほどの反応をもたらさなかった。疑いの目を向ける者の方が多い。

「どこにあるのか、わかったのか？」

訝しげな声をあげたのはドゥカークだ。窓からの風と雨を背中に浴びて、彼の外套は誰よりも濡れそぼっている。彼がかばっている妻と息子は、ほとんど雨に濡れていなかった。

「見当がついたというところだな。それをたしかめたい。だから、俺たちだけで行く」

控えめな口調でグレンは言った。何しろ具体的なことは聞いていないからだ。

「でたらめをふいているんじゃないだろうな」

デルミオが睨みつけてきた。

「本当に見当がついているなら、いまここで言ってみろ」

「だめだ」と、グレンは首を横に振る。

「おまえが俺を疑うように、俺たちもこの中に犯人がいると思っている。ここで教えて、先を越されるような事態になるのは避けたい」

不愉快そうに、デルミオが目を細める。口の端をつりあげて、グレンに笑いかけた。

「たとえば、おまえこそが犯人で、書簡をさがすために別行動をとるつもりなんじゃないか？　手に入れたあとは、見つからなかったと言えばいいんだからな」

「結局、おまえはリューも疑っているのか」

突き放すようにグレンが言うと、デルミオは口をつぐんだ。別れ際のタングレーの言葉を正確に話したことは、彼に対してよほど効果があったようだ。

「どうでもいいけど、厨房に移らない？」

険悪な会話にごく自然な調子で割りこんできたのは、ミリアムだ。いまの食堂は真夜中の風が雨をともなって吹きこむ状況なので、もっともな話だった。

グレンたちはそれぞれ荷袋を背負って、厨房へと移る。

厨房の扉をまっさきにくぐったのはヒューバースだったが、鼻をついた強烈な馬の臭いに、彼はおもいきり顔をしかめた。デルミオとミリアム、ゴードン、リューも同様だ。

平気な顔をしているのは、それがわかっているグレンとドゥカーク、シュザンナだけだ。パレンは穏やかな寝息をたてている。

馬と荷車を端に寄せたあと、食堂から持ってきた薪代わりの木片を使って、さっそくヒューバースは火を熾した。勝手口のそばに焚き火をつくる。

「ほとんどの薪が濡れてしまったので、大事に使わなければならんな」

そうして一息つくと、ヒューバースはグレンとリューに視線を向けた。

「時間はどれぐらいかかりそうだ」

グレンはリューを見る。彼女がぼそぼそと答えた数字を、栗色の髪の騎士に告げた。

「四半刻と少し、というところだな。半刻はかからない。もしもそれ以上時間がかかりそうだったら、一度戻ってくる」

「そうしてくれるとありがたい。もともと、あなたたちは対等な立場ということだからな」

そのような言い方をして、ヒューバースはグレンたちの別行動を承諾した。

「いいんですか、隊長」

デルミオが驚いた顔で上司を見る。そんな部下を諭すように、ヒューバースは言った。

「このまま書簡を紛失したとあっては、タングレー卿の魂はもちろん、クルト様にも合わせる顔がない。おまえも、リューディア殿なら信じていいと思っているのだろう」

渋面をつくってデルミオは答えなかったが、その表情こそが彼の答えだった。

こうして、グレンとリューはわずかながら時間を手に入れた。

　厨房を出たグレンとリューは、早足で廊下を抜けて、広間に入った。グレンが右手に剣を、左手に松明を持ち、リューは右手にスセリの杖だけを持っている。

「四半刻余りでかたづきそうか？」

「わかりませんね。失敗や勘違いが許されないのは間違いないですが」

　歩みは止めずに、リューはこれ見よがしにため息をついてみせた。文句を言っているのではなく、グレンをからかっているのが、口元に浮かんでいる微笑でわかる。半刻以上の時間を望んでいたら、ヒューバースでさえ首を縦に振ったかどうか。

　ふと、グレンは二階への階段のそばにある黒獅子像を見つめた。錯覚だろうが、見られているという気がしたのだ。むろん、黒獅子像は台座の上で微動だにせず、たたずんでいる。

「あれ、急に動きだしたりしないでしょうね……」

　不意に、リューがぼそりと言った。グレンはやめてくれというふうに首を横に振る。

　右手の廊下に入り、地下への階段の前で足を止める。まずは、ここからだ。

「ここに来るのも最後にしたいもんだな……」

　階段をおりながら、グレンはぼやいた。今日一日で、この階段をいったい何往復しただろうか。鼻が曲がりそうなこの異臭はともかく、魔物の死体は見慣れてしまった。

　地下におりたった二人は、脇目もふらずにまっすぐ進む。壁の前に立った。カルナン女神の教えを、グレンが松明で照らす。

「どうだ？」

「――ええ、予想がつきました」

　一呼吸分の間を置いて、リューは答えた。その早さにグレンは驚いたが、リューは誇るでもなく、何ごとかを考えている。やがて、彼女はグレンをまっすぐ見上げた。

「ひとつだけいいですか」

　グレンは視線で相棒を促した。リューはいつになく真剣な表情で、言葉を紡ぐ。

「タングレー卿の書簡を見つけたら、中身を見ますか？　それとも封をそのままに、彼の主であるクルト殿か、あるいはヒューバース卿に渡しますか？」

　グレンは顔をしかめたが、すぐに理解した。タングレーの書簡を見たら、この地の争いに巻きこまれる可能性が高い。彼女はそう言っているのだ。

「クルトだけでなく、たとえばランバルトとも敵対することになるかもしれません。そうなったら、最悪の場合、二度とこの地に足を踏みいれることができなくなります」

　翠玉の色をした瞳が、複数の感情に彩られてグレンを見つめる。それらは、いずれもグレンを案じるものだった。

「あなたの仇が、この地に逃げこんだとしても……」

もしそのようなことが起きたら、グレンの復讐の旅はきわめつけに過酷なものとなる。領地を持つ者と敵対するのは、その地に住むすべての者を敵にまわすということだからだ。

リューを抱きしめたい衝動にグレンは駆られたが、必死に自分をおさえこむ。彼女に毅然とした態度をとりたいと思ったわけではない。以前、甲冑をつけたままでリューを抱きしめたとき、痛い、苦しいとわめかれ、鎧をさんざんけなされたからだ。

「そうだな……」

考えるふりをしたが、グレンの内心は決まっている。リューの肩に、優しく手を置いた。

「この件に首を突っこむとおまえが言ったとき、俺は止めなかっただろう」

リューは、とうに覚悟を決めているのだ。魔術師だから。素性が知られてしまったら、この地の争いに関係なく追われてしまうから。

グレンは、もちろん彼女と同じ道を歩むつもりだった。

「――ちょっと格好つけすぎですよ」

「少しは騎士らしかったか」

二人はあたたかな笑みをかわす。リューは小さく息を吐くと、普段の表情に戻った。

「それでは、城主の寝室に向かいましょうか。タングレー卿の書簡はおそらく――」

リューが言葉を呑みこむ。背後から、重いものを引きずるような音が聞こえて、グレンは剣をかまえながらすばやく振り返った。

目を瞠る。松明の明かりに照らされて浮かびあがったのは、魔物の集団だった。いや、正確には、魔物たちの死体の集団というべきか。

グレンたちが斬り伏せたゴブリンとコボルドたちが、足を引きずるようにして、こちらへ向かってくる。傷口はそのままで、乾いた血が身体中にこびりついていた。ちぎれた腕をだらりとぶら下げたままのものもいる。

夜気に屍の臭いと瘴気が混じって、グレンたちは表情を歪めた。

「屍鬼（ゾンビ）ですね」

リューが緊張を帯びた声でつぶやく。魔術によって『力』を与えられ、動くようになった死体や、未踏地（ナルグタムス）で発生する瘴気によって魔物と成りはてた死体をそう呼ぶ。

グレンはリューを後ろにかばって、悠然と笑った。

「犯人か、それとも魔術師の仕業か知らねえが、わかりやすいのは嫌いじゃないぜ」

視線や声だけで圧迫してくるよりも、よほどいい。

徐々に距離を詰めてくる屍鬼（ゾンビ）たちとの間合いをはかっていたグレンは、ふと目を細めた。魔物の死体たちの奥に、さらに十を超える数の人影が見える。

それが何かわかったとき、グレンは小さく舌打ちをした。

それらは白骨化した死体だった。朽ち果てた鎧を身につけ、折れた剣や槍を持って、足を引きずりながらこちらへ向かってくる。城砦の内部では見た記憶がなかったので、城砦の外に埋葬された死体をここまで歩かせてきたか、あるいは落とし穴や隠し部屋のように、隠された地下墓所でもあったのか。

――こいつは、さっさとかたづけないとまずいかもしれないな。

この城砦には、わかっているだけで他に三つの死体がある。タングレーとエダルド、そして隠し部屋にあった白骨の死体だ。

「俺が時間を稼ぐ。誰も見てねえんだ。派手にやってやれ」

後ろのリューにそう告げたときには、グレンは床を蹴っていた。松明を床に投げ捨て、剣を両手で握りしめて、屍鬼（ゾンビ）たちへ斬りかかる。

ゆっくりとした動きで殴りかかってくる屍鬼（ゾンビ）の手が届くよりも早く、肩から腰にかけて、力強く叩き斬った。腐肉のちぎれる不快な音が響き、赤黒い血が飛散する。人間と異なり、屍鬼（ゾンビ）はばらばらになっても動くことがある。まず、動けないようにするべきだった。

上半身をほとんど失ったといっていい屍鬼（ゾンビ）を乱暴に蹴り倒すと、グレンは近くにいた別の屍鬼（ゾンビ）の首をはねる。生前はゴブリンだった血まみれの首が、鈍い音を放って床に転がった。むろん、屍鬼（ゾンビ）は動きを止めない。だが、グレンの第二撃の方が早かった。

下からすくいあげる一閃で、魔物の右脚を斬りとばす。屍鬼（ゾンビ）は無様に転倒した。

グレンはこちらに向かってくる元兵士の白骨死体を見据える。剣をかまえる間に、ドゥルゲンへの祈りをすませた。この兵士が、かつて何の神を信仰していたのかは知らないが。

距離を詰める。突きだした剣の切っ先で胸を砕き、勢いに乗せて斬りさげる。

その屍鬼(ゾンビ)は床に倒れた瞬間、粉々に砕け散った。

魔物の死体からなる屍鬼(ゾンビ)と、兵士の死体からなる屍鬼(ゾンビ)が、グレンを囲む。すばやく視線を巡らせると、リューの方へ向かっているものはいない。笑みを浮かべる。

右に左に剣を振りまわし、腐肉を吹き飛ばし、ひびだらけの骨を打ち砕く。

父の形見の剣の切れ味も、さすがに鈍くなっていた。腐肉は刃にこびりつくので、途中からは鉄の棒を振るっているのと何ら変わらない。

それでもグレンは手を休めず、屍鬼(ゾンビ)たちを斬り伏せ、両断し、薙ぎ払う。余裕があれば、確実にとどめをさす。屍鬼(ゾンビ)に対するとどめとは、動かなくなるまで打ち据えることだ。

そうして十を超える数の屍鬼(ゾンビ)を打ち倒し、同じだけの数の屍鬼(ゾンビ)に囲まれたときだった。

グレンの後方で、光があふれた。

視界の端にリューの姿を捉える。彼女は黒髪を揺らして、杖をかまえていた。

「――太陽のかけら、月の落涙(らくるい)、星々の瞬き、指先に灯る一瞬の滅光(めっこう)」

手の中でスセリの杖を回転させながら、リューは呪文を唱える。このときグレンが気にしたのは屍鬼(ゾンビ)たちではなく、奥の方だった。誰かが様子を見に下りてきたりしていないだろうか。

「汚れを祓い、風を浄め、あらざるものどもを退けよ」

リューの杖の先端に光が灯り、地下の澱んだ空気が静かにかき回される。光をまとった空気の対流はゆるやかに螺旋を描き、そして徐々に大きくなっていった。

死せる魔物たちを見据えて、黒髪の魔術師はまっすぐ杖を突きだす。

「万象を秘めたる八導の門よ、我が意を此処に現せ！」

刹那、リューの杖から放たれた光が放射状に広がって、屍鬼（ゾンビ）たちを残らず呑みこんだ。

かすかな熱を帯びた浄化の光の中で、屍鬼（ゾンビ）たちが動きを止める。砂の城が崩れるように、彼らの身体が音もなく溶け去っていく。あとには砂一粒ほどの塵も残らなかった。

三つ、四つ数えるほどで、光は消え去る。魔物たちをともなって。

あとには清涼な空気に包まれた空間と、静寂だけが残った。

「ご苦労さん」

「お疲れさまでした」

汗を腕で拭いながらねぎらいの言葉をかわす。グレンは外套の端で、剣の刀身を乱暴に拭った。少し擦ったていどでは、やはり腐肉はとれない。

——それにしても、屍鬼（ゾンビ）か……。

ヒューバースたちの顔を思い浮かべる。彼らの中に魔術師がいるのか。それとも、ゴードンの言っていた魔術師の霊とやらが、本当にいたのか。

「急ぎましょう、グレン。余計な時間をとられてしまいました」

リューがグレンの服の袖を引っ張る。松明を拾いあげながら、グレンは聞いた。

「だいじょうぶなのか？　新手が出てくるようなことは……」

「しばらくは出てきません。さきほどのは『力』を強引に断ち切るものですから」

リューが落ち着いているので、グレンはそれ以上は聞かなくていいかと判断する。魔術については、彼女に任せておけば失敗はほとんどない。


広間を抜け、二階へ上がり、そしてリューが向かったのは、城主の寝室だった。

途中でヒューバースたちに会うかもしれないと思ったが、そのようなことはなく、二人は寝室にたどりつく。タングレーの死体が置かれている部屋の前を通るとき、屍鬼（ゾンビ）となった彼が現れるのではないかとグレンはひそかに緊張したが、幸いそれもなかった。

松明の火に照らされた寝室の様子は、少し前に見たときよりもひどくなっている。穴の空いた天井からは、雨が変わらず滝のように流れ落ち、入り口付近に達するほどの長大な川を床に描いていた。そのせいもあってか、他の部屋よりも寒く感じる。

「ここに何かあるのか？」

「たぶん、タングレー卿の書簡はここにあります」

目を凝らして室内を見回しながら、リューは答えた。わずかに声が上（うわ）ずっている。グレンは彼女の隣に立って同じように周囲を見回し、首をひねった。どうしてここにあると彼女が思ったのか、さっぱりわからない。

「教えてくれ。どうしてこんなところにある？」

「地下の仕掛けについてですが、あれをつくったのは黒獅子伯か、でなければその血を引く歴代城主の誰かというところでしょう」

「それはまあ、そうだろうな」

「あの一文の冒頭の言葉、覚えていますか？」

グレンはうなずいた。この城砦に入ってから何度も見ているのだ。いやでも覚える。口に出そうとして、グレンはおもいきり顔をしかめた。

「ちょっと待て。だから、城主の寝室だっていうのか？」

冒頭の言葉は『寝室を出よ』だ。リューは翠玉の瞳に楽しげな輝きをにじませた。

「私がさきほど確認したのはそれです。あの面倒な仕掛けを解いたのに、何も出てこなかったとなれば、もう誰もあの一文には目もくれないでしょう。タングレー卿は、そう考えたのだと思います。『例の書簡は城砦のとある場所に隠しました。地下の隠し収納ではなく、壁の一文の冒頭にあたる場所です。もしも私が帰れなかったら……』と、こんな感じでしょうか」

「……なるほど。それに、もしもこの部屋に向かおうとすれば、タングレー卿の部屋の前を通ることになるから、すぐにわかるというわけか」

感心してグレンは唸った。よくそこまで考えたものだ。

「もうひとつ、ここだろうと思ったのは、呻き声ですね」

　室内を歩きまわり、壁と床を丹念に観察しながら、リューは続けた。

「広間から奇妙な呻き声が聞こえたと、ヒューバース卿やドゥカークさんが言っていたでしょう。どうして急に聞こえるようになったのか。最初は、広間のどこかに穴が開いて、風が入ってきているのではと思ったんです」

「ああ、それでか、おまえ」

　ようやくグレンは納得した。門の外されていた扉をグレンたちが懸命に閉めていたとき、リューが広間の天井や壁を見上げていたのはそういうわけだったのだ。

「あそこで、伝声管らしきものを見つけました」

　説明を求めてグレンが顔をしかめてみせると、リューは蔑むような目で相棒を見た。

「名前は知らなくとも、あなたもどこかで見たり、使ったりしたことはあると思いますよ。鉛などでつくった細い管を建物の中に通して、声や音を遠くに伝えるものです」

　言われてみると、どこかで見たことがある気もする。リューは続けた。

「ゴードンが詠っていた黒獅子伯の逸話に、寝室から広間まで声を届かせたというのがあったでしょう。黒獅子などと勇ましい二つ名で呼ばれるような戦士の逸話にしては、おかしいと思いませんでしたか？」

「おかしいというか、微笑ましいとは思ったな。戦士の声の大きさを讃える話はいくつか聞いたことがあるが、戦場での一喝で敵がひるんだとか、わかりやすいものが多いからな」

ここまで聞くと、グレンにもおおよそ呑みこめてきた。

リューが声をあげる。壁の隅から、青銅製らしき管が延びていた。そのまわりには、天井の一部が崩れたときに落ちてきたのだろう瓦礫がいくつも転がっていて、青銅製の管は目立たなくなっている。

「こいつが伝声管か」

流れ落ちてくる雨を避け、瓦礫につまずかないよう気をつけて、グレンとリューは伝声管に歩み寄った。伝声管の先端は、中心に穴の開いたすり鉢状になっている。そして、管には革紐が結ばれており、紐の先はすり鉢状の穴の中へと消えていた。

「グレン、この革紐を引っ張りあげてください。ゆっくりとですよ。へまをしないように」

リューに松明を持ってもらって、グレンは慎重な手つきで革紐をたぐる。穴の中から、革紐にくくりつけられた細長い皮袋が出てきた。手にとってみると、軽い。

中には丸められた羊皮紙があった。リューの考え通りなら、タングレーの書簡だろう。

「タングレー卿も、ずいぶん面倒なところに隠したもんだな」

「十年も放ったらかされている間に劣化して、その上こんなものを入れられたせいで、伝声管が呻き声のような音を出していたんでしょう」

リューのつぶやきを聞きながら、グレンは内心で首をひねった。では、広間で何度も感じたあの不気味な視線の正体は何なのだろうか。それとも、ただの気のせいなのか。

――いまは、こいつが先だ。

グレンは短剣を取りだして、羊皮紙の封をしている蝋を剥がす。騎士だったころに何度かやったことのある、慣れた作業だ。そうして羊皮紙を広げると、タングレーによる、クルトへの報告書だとわかった。

二人は黙って読み進めていく。

そして、どちらからともなくため息を吐きだした。


円形の広間まで戻ってきたグレンとリューは、しばらく階段のそばから動かずに、周囲の様子をうかがった。わだかまる闇は色濃く、奇妙な視線は変わらず感じるが、呻き声らしきものは聞こえてこない。

「やはり、呻き声の正体はあれでしたね」

「そうだな」

相槌（あいづち）を打つグレンの声には、苦々しさがある。

タングレーの書簡に目を通した二人は、これからどうするべきか、まだ結論を出すことができていなかった。考え、話しあいながら廊下を歩いているうちに、ここまで来たという具合だったのだ。途中でヒューバースたちに会わなかったことに、胸を撫で下ろしてもいた。

「タングレー卿の書簡は、証拠にならないんだな？」

「ええ。あれだけでは決め手に欠けます。もうひとつ、何かないと……」

目星はついた。だが、その背中に、あと一歩分だけ手が届かない。二人の心境はそのようなものだった。とにかく様子を見るしかないというのが歯がゆい。

気を取り直して、二人は厨房に向かって歩きだす。

だが、グレンたちはすぐに足を止めた。

二階への階段をのぼりきったところに、人影が現れたのだ。グレンは左手に持っていた松明をかかげて「誰だ」と、呼びかけた。返事がないので、慎重に階段の下まで歩いていく。

――ヒューバース卿たちなら、俺の声に気づいて返事をしそうなものだが。違うのか？

その人影は、よろめくような足取りで、階段を少しずつ下りてくる。グレンは剣をかまえかけたが、松明に照らされたその女性を見て、剣を下ろした。

暗がりの奥から現れたのは、シュザンナだった。

黒髪はひどく乱れ、整った顔には焦りが色濃く浮きでており、紫色の瞳は涙で潤んでいる。羽織（はお）っている外套も着崩していた。

階段を踏み外して、シュザンナが転倒しかける。グレンはとっさに彼女を抱きとめた。

「……だいじょうぶか？」

いったい彼女に何があったのだろうか。グレンはリューに松明を渡して、シュザンナの身体を支える。彼女は、いまにも消え入りそうな声で何ごとかをつぶやいた。よく聞きとれなかったので、グレンは彼女の口元に耳を寄せる。

「パレンを、見ませんでしたか……?」

途切れ途切れに、シュザンナはそう訊いてきた。グレンとリューは顔を見合わせる。

「……あなたたちですか。助かりました」

そのとき、上から声が降ってきた。見上げると、ゴードンが階段をおりてくる。グレンとリューがおもわず息を呑んだのは、彼の顔がひどく青ざめていたからだ。焦げ茶色の髪が汗で額に張りついており、あきらかに憔悴している。グレンに代わってシュザンナを支えると、ゴードンは焦りと疲れの浮かんだ顔で事情を説明した。

「ほんの少し前に、子供がいなくなってしまったんです……」

グレンたちがタングレーの書簡をさがしに行き、ヒューバースとデルミオ、ドゥカークもまた代わりの棚をさがしに行って、厨房にはゴードンとシュザンナ、パレン、ミリアムの四人がいた。勝手口の近くに熾した火で、かろうじて寒さからは逃れることができたので、それぞれ床に座り、雨音を聞きながら時間が過ぎるのを待っていた。

すでに真夜中といっていい頃合いだ。タングレーとエダルドの死による衝撃や、事情聴取や荷物検査などのために、誰の身体にも疲労がたまっていた。ゴードンも、シュザンナも、ミリアムも、いつのまにか眠ってしまったのだ。

三人を同時に起こしたのは、ひとの声ではなく雷鳴だった。そして、気づいたときには、シュザンナが抱きしめていたはずのパレンが姿を消していたのだ。

吟遊詩人の青年に支えられながら、シュザンナは両手を合わせて悲痛な声で懇願した。

「お願いします、あの子を、パレンをいっしょにさがしてください。あの子を……」

グレンは難しい顔になる。パレンは、暗いところでもかまわず歩いていける子供だということだった。いつごろ厨房を抜けだしたのかはわからないが、かなり危険なことは間違いない。

だが、さがすにしても、自分たちだけでは数が足りない。

「ヒューバース卿たちは？　まだ戻ってきていないのか？」

ゴードンに尋ねると、彼は納得したように「ああ」という声を漏らした。

「そうか、いま戻ってきたところだったんですね。実はそちらでも問題が起きて……。ドゥカークさんが脚を折りました」

「何があった？」

グレンは驚きに目を瞠る。リューも、無言ながら目を丸くした。

「なんでも棚を運ぼうとしたとき、その陰に置かれていた頭蓋骨が突然動きだして、襲いかかってきたとか……。その拍子に、棚がドゥカークさんに倒れてきたそうです」

説明するゴードンの表情は硬く、青ざめている。魔術師の霊の仕業だと、内心では思っているのかもしれない。

グレンはおもわず唸った。ヒューバースたちは、ゴードンが閉じこめられていた隠し部屋のあるところへ、棚を取りにいったのだ。たしかにあの棚は古びていたが、頑丈そうだった。

——あの頭蓋骨を棚の中に置いたのは俺だ……。

まさか屍鬼(ゾンビ)と化して動くなど想像もしていなかったからだが、そのせいでドゥカークが負傷したのはたしかだった。グレンは苛立たしげに髪をかきまわす。

ゴードンの話によると、ヒューバースが頭蓋骨を打ち砕いたものの、ドゥカークはひとりで歩くことができず、騎士たちの肩を借りて厨房まで戻ってきたということだった。

「私とシュザンナさんで手当てをして、いまはミリアムさんに見てもらっています。騎士様たちには子供の捜索を引き受けてもらって……」

「わかった。俺たちも手伝おう」

ほとんど迷わずに、グレンは承諾する。

「ありがとう……ありがとうございます」

シュザンナが涙を流して、何度も頭を下げる。グレンはあえて彼女を無視して、ゴードンに視線を向けた。子供を大切にする母親を見ると、自分の母親を思いだしてしまう。

「じっとしていられないのはわかるが、おまえはこの奥さんと休んだ方がいい。おまえたちまで迷子になったらどうする」

冷静なもの言いが気に障ったのか、ゴードンは憤然とした表情を浮かべ、反論しようとして口を開きかける。だが、すぐに思い直して首を横に振った。

「そうですね。申し訳ありませんが、少しだけ休ませてもらいます……」

シュザンナを支えて、ゴードンは暗がりの中へと歩いていく。

「あいつ、ずいぶん熱心だな」

感心したというよりも、むしろ疑問が湧いて、グレンはつぶやいた。シュザンナに手伝いを頼まれて断りきれなかったというふうではない。

「ああいう女性に弱いのか、それともお姉さんに似ているとかですかね。あなたも簡単に引き受けたように見えましたけど……騎士として、ですか？」

「これ以上、厄介ごとを増やしたくないだけだ」

そっけなく答えて、グレンは周囲を見回す。ヒユーバースたちがどのあたりをさがしているのか聞いておけばよかったと、後悔した。


パレンの名を呼びながら、グレンとリューは一階を歩きまわった。

グレンが空き部屋を調べる間、リューは廊下から目を離さないというふうに役割を分担してパレンをさがす。しかし、くまなくさがしまわっても一階では見つけられなかった。

「子供だからな……。暗がりの中で、壁と壁の隙間に挟まっていてもおかしくねえぞ」

「こういうとき、私の力が使えれば、少しは楽なんですけどね」

声を潜めて、リューがつぶやく。たとえば気を失っているなど、何らかの事情でパレンが声を出せず、動くこともできない場合を考えると、とにかく隅々まで松明で照らしてみるよりなく、思ったほど捜索ははかどらなかった。

地下にもおりてみる。さきほどの戦いによって、もう死体は残っていない。もっとも、階段や床には赤黒い血がこびりつき、細かな肉片が転がっているが。

しかし、パレンは地下にもおらず、グレンたちは焦燥感を抱えて一階へと戻った。

広間に出ると、ちょうどヒューバースとデルミオが階段をおりてくるところだった。

「グレンスタード卿ではないか。タングレー卿の書簡は見つかったのか」

意外そうな顔をしたあと、ヒューバースはもっとも気になっていただろうことを、まず聞いてきた。グレンは首を横に振る。

「手詰まりになったわけじゃないんだが、ちょっと一階に戻ってきたとき、ゴードンたちに会ってな。ひとまず、こちらを優先することにした」

これは、パレンの捜索をしながら、リューと話しあって決めたことだった。

「本当は見つけられなかったのをごまかしているんじゃないのか？」

憎々しげにデルミオが言い捨てる。ヒューバースも顔をしかめて、もの言いたげに髭（ひげ）を撫でた。口には出さないが、タングレーの書簡をさがすことを優先してほしいのだろう。

気づかないふりをして、グレンはヒューバースにどのあたりをまわったのかを尋ねた。

ヒューバースは手で空中に間取りを描きながら、簡潔に説明する。二階の半分以上、二人は捜索をすませていた。

「こちらは一階と……念のために、地下も見てまわった。どちらも空振りだ」

「いくら何でも六つ七つのガキが、あの薄汚れた階段を下りるわけないだろう」

デルミオが呆れた顔をする。

「念のために、というのは大切なことだ」

ヒューバースはそう言って部下をたしなめたが、彼も同じ思いを抱いているらしいことは伝わってきた。グレンは内心で考える。つまり、この二人は地下に行ってないのか。

——リューが魔術を使ったところは、誰にも見られなかったみたいだな。

そのことに安堵する。グレンたちは話しあって、二階のまだ捜索していないところに向かうことを決めた。

「ところで、ドゥカークが怪我をしたとゴードンから聞いたが」

階段をのぼりながらグレンが聞くと、ヒューバースは思いだしたようにうなずいた。

「ああ、グレンスタード卿ならわかるだろう。あの部屋の棚を、私とデルミオと彼で運びだそうとしたら、あの頭蓋骨が動きだしてな。まさか魔物だとは思っていなかったから、私も油断していた。剣もかまえていなかったからな……」

　せいぜい驚いた顔をつくってみせたあと、グレンは疑問をぶつけた。

「だが、俺たちがはじめて見たときは、まったく動く気配がなかっただろう。何か思いあたるようなことはないのか？」

　グレンとしても、地下に転がっていた魔物たちの死体が、なぜ屍鬼となったのか気になっている。何か聞けないかと思ったのだが、ヒューバースは首を横に振った。

「いや……。いま考えてもまったくわからない。あのあと、タングレー卿とエダルドの死体も確認したが、あれらが動きだす様子はなかった」

「動きだしたら、腹が減ったって言いだしますよ、あいつ」

　冗談のつもりだろう、横で話を聞いていたデルミオがわざとらしい笑いをたてた。

　グレンたちは二手にわかれて、まだ捜索していないところを歩きまわり、パレンの名を呼び続けた。古びたベッドや柱の陰にも明かりを向け、窓から落ちたのではないかと考えて窓のそばに立って呼びかけ、赤子ぐらいしか入れなさそうな隙間を覗きこんだ。

　しかし、捜索を終えて合流したとき、四人の顔はいずれも暗く、苦さを含んでいた。大人たちがこれだけ大声で呼びかけているというのに見つからないとは、いったいどこに迷いこんだのだろうか。最悪の場合も考えなければならなくなっている。

「窓から落ちて気絶している可能性を考えて、裏手に出てみるべきか……」

ヒューバースは腕組みをして考えこむ。デルミオが鼻を鳴らした。

「もしかして、城砦の外へ飛びだしちまったんじゃないですか」

「この雨でか？　いくら何でもありえないだろう」

「ですが、隅々までさがしましたよ。あのガキがすばしっこく駆けまわって、俺たちと行き違いになんてならないかぎり、見つかってるはずです」

グレンとリューは口を挟まず、二人のやりとりを眺めている。デルミオの言う通り、徹底的にさがしたのだ。なぜ、声すら聞こえてこないのだろう。何ものかにさらわれたのか。胸中で徐々にふくらんでいた焦りは、いまやかなりの大きさになっていた。

「そもそも、タングレー卿とエダルドを殺したやつをさがしださなきゃならないのに、何だってガキさがしなんてしなけりゃならないんだ」

デルミオが苛立ち混じりに吐き捨てる。はっとして、グレンはデルミオを見つめた。勢いこんで、彼に尋ねる。

「デルミオ卿、落とし穴の中は見たか？」

城主の寝室に通じる廊下のあたりは、デルミオがさがしていた。痩せぎすの騎士は目を丸くする。避けるものと認識していたせいだろう、彼はそこを確認していなかった。

「さまよってあそこにたどりつき、落ちた可能性がある」

リューに視線で合図を送ると、グレンは足早に歩きだした。

　落とし穴のそばに、星盤(レランガ)の駒がひとつ落ちているのを見つけたとき、グレンは自分の考えが正しかったことを知った。落とし穴のふたを剣で叩いて開ける。ランプの明かりで中を照らすと、パレンの姿があった。身体を丸めるようにして倒れている。気を失っているようだ。

「いたぞ……！」

　グレンは喜びの声をあげた。リューに松明で照らしてもらいながら、慎重に落とし穴の中へ飛び降りる。パレンの小さな身体を抱きあげた。

　ヒューバースのときもそうだったが、底に散らばっている木片の残骸が、落下による衝撃をいくらかやわらげたのだろう。パレンに外傷はなく、呼吸も安定していた。

「大物になるかもしれないな」

　落とし穴の縁に立っているヒューバースに、パレンを渡す。そのとき、視界の端に残骸以外のものが見えて、グレンはそちらに目を向ける。奇妙なものが転がっていた。

──羊皮紙？

　その場に屈(かが)んで、グレンはそれを拾いあげる。色といい、手触りといい、タングレーのものとまったく同じだ。蝋で封がしてあるところまで。おそらくヒューバースの書簡だろう。

──どうしてこんなところに？　いや、隠し場所としては有効だ。

落とし穴をわざわざ開けて、中を覗きこむ者などいないだろう。

――それにしても、タングレー卿のものにくらべて、ずいぶんと下手くそな封だな。封をするところを間違えたかのような蝋の染みが二ヵ所もあり、封それ自体も形が悪い。

――いや、盗んだやつが中身を見たのか。

すぐにそのことに思いあたる。しかし、律儀に封をし直すところが奇妙だった。

「グレンスタード卿、どうした？」

上からヒューバースの声が降ってきた。グレンは生返事をして、彼らの手を借りながら、落とし穴から出る。グレンが手にしているものを、ヒューバースとデルミオ、リューは、それぞれ不思議そうな顔をして見つめた。

「それは……？」

「この穴に落ちていた。あんたのものか、タングレー卿のものか、中身をあらためてくれ」

タングレーの書簡は見つかっていないことにしているので、グレンはそのように言った。

ヒューバースは緊張の面持ちで書簡を受けとり、短剣を取りだして封を剥がす。少しだけ開いて目を通し、まず目に驚きの色をにじませ、次いで満面の笑みを浮かべた。口元の髭を震わせて、栗色の髪の騎士はいまにも笑いだしそうな表情になる。

「まさか……まさか、誰が盗んだのかはわからぬが、そんなところに隠してあったとは！　グレンスタード卿、あなたは恩人だ。この通り、礼を言う。これは私の書簡だ」

「礼なら、パレンに言ってやってくれ」

グレンがそう言うと、ヒューバースは上機嫌で「その通りだ」と言い、パレンを高く抱きあげる。グレンとリューはさすがに呆れた顔になった。

ふと、グレンはデルミオを見る。彼もヒューバースに呆れているのではないかと思ったのだが、違った。痩せぎすの騎士は、何とも気まずそうな顔で上司を見つめている。

「ヒューバース卿、そろそろ行こう。シュザンナに会わせてやらないと」

グレンが声をかけると、ヒューバースは「ああ、そうだな」と、大きくうなずいた。その拍子に、パレンが目を覚ます。

パレンはきょとんとした顔をしていたが、いまからドゥカークとシュザンナのもとへ連れていくとヒューバースが告げると、にっこりと笑って頭を下げた。

「ありがとうございます」

五人となった一同は、暗がりに包まれた廊下を歩きだす。漠然とした好奇心から、グレンはどうやってここまで来たのかを、パレンに尋ねた。

質問の意味を理解するのに十を数えるほどの時間をかけたあと、パレンは元気よく答えた。

「声が聞こえて、連れてきてもらったの」

グレンはさらに質問を重ねたが、どうやら寝ぼけたらしいという結論しか出せなかった。

7　真相

厨房の薄暗さに、まずグレンは戸惑いを覚えた。

この短い時間のうちに、暖炉の明るさに目が慣れてしまっていたらしい。勝手口に近いところで焚き火がささやかにゆらめいており、それがかろうじて暗闇を打ち払っていた。馬の体臭に慣れないらしく、リューは顔をしかめて鼻をつまんでいる。

「ああ、パレン！　パレン……！」

シュザンナは壁によりかかって座りこんでいたが、パレンが入ってきたことに気づくと、こけつまろびつしながら愛する子供へ駆け寄った。

「お母さん！」

パレンも母親へと駆けていき、母子は固く抱きあう。

「ひとりでどこかへ行っちゃいけないって、言ったでしょう！」

涙声で叱りつけながら、シュザンナはパレンを強く抱きしめた。ドゥカークは二人をあたたかく見守っている。彼は右脚に添え木をして、包帯で固定していた。満足に動けたら、彼も息子へ駆け寄っていただろう。

「見つかったんだ、よかった……」

ミリアムは壁際に座ったまま動かないが、親子のやりとりに表情を緩めている。ゴードンも安心したように、壁に寄りかかって座りこんだ。

グレンとリューはドゥカークに歩み寄る。近くで見ると、彼は顔にも傷を負っていた。

「頭蓋骨の魔物に襲われたと聞いた。すまなかったな」

ドゥカークの前に腰を下ろして、頭蓋骨を隠し部屋から運びだしたのは自分だとグレンは説明する。深く頭をさげた。ドゥカークはわずかに眉をあげると、静かな口調で尋ねた。

「どうしてあの頭蓋骨を棚の中に置いた？」

あれだけでも埋葬しようと思った。正直にそう答えると、ドゥカークは不機嫌そうに自分の右脚を見下ろした。

「おまえがあの魔物を操っていたというのであればともかく、それだけでは責めるわけにもいかんな……。出発するとき、荷車をここから出すのを手伝ってくれ」

「わかった」

グレンはうなずいた。騎士だったころによくやっていた作業であり、慣れたものだ。

「ところで、ちょっと聞きたいんだが」

真面目くさった表情になって、グレンはドゥカークに顔を寄せる。先にヒューバースとデルミオの様子をうかがったが、彼らはこちらに注意を向けていない。

「頭蓋骨が暴れだしたとき、あんたたちは何をしていたか教えてくれるか？」

パレンをさがして城砦の中を歩きまわっている間、グレンは不思議に思っていた。

自分たちの前に、魔物がまったく現れなかったのだ。地下では多数の死体を引っ張り出してくるぐらいだったというのに。それに、頭蓋骨が屍鬼となったのに、タングレーやエダルドの死体はそのままというのも気になった。何か条件があるのではないか。

ドゥカークは空中に視線をさまよわせて唸ったあと、ヒューバースとデルミオを一瞥して、グレンに視線を戻した。

「頭蓋骨が動きだしたときだろう？　あの金髪の若僧がやたらとうるさかったことぐらいしか覚えておらん。聞こえよがしにランバルト様への不満を並べていてな、挙げ句、戦になれば、先頭に立って突撃して討ちとってやるのになどとほざいておった」

「本当に威勢だけはいいやつだな」

グレンは呆れる思いだった。デルミオにしてみれば、タングレーの仇討ちという思いなのだろうが、いかにクルトと険悪な間柄とはいえ、その血脈にあたる者ではないか。

「そういえば、おまえがランバルト様の手の者ではないかなどと疑っておったな。ヒューバースも最初は聞き流していたが、最後には同意しているふうだった」

背筋が冷たくなるのをグレンは感じた。ひとつ間違えれば、自分たちが犯人にされていたかもしれない。デルミオはともかく、ヒューバースにそうと決めつけられたら、かなり面倒な事態になっただろう。グレンは隣で同じく座っているリューを見た。

「何かわかったか？」

「そうですね、ひとつは思いあたりました。──ただ、それは後回しですね」

リューとグレンは視線をかわしてうなずきあう。二人は立ちあがり、ドゥカークに背を向けて、ちょうど休むために外套（がいとう）を脱ぎかけている栗色の髪の騎士を見据えた。

「──ヒューバース卿、話がある」

グレンの言葉に、ヒューバースがこちらを見る。ただならぬ雰囲気を感じとって、彼は身体ごとグレンたちに向き直った。さりげない仕草で、剣の位置や足下を確認する。

「何だ？　タングレー卿の書簡のことなら、少し休んでから……」

「実は、そいつはもう見つけた」

ヒューバースの言葉を遮って、グレンは言った。言葉の意味が、一瞬わからなかったのだろう。当惑したように、ヒューバースは何度か瞬きをする。グレンは再度、言った。

「タングレー卿の書簡は見つけたんだ。封を剥がして目も通した」

「なっ」

ヒューバースは短い叫びをあげる。

「それは、やってはならぬ行為だぞ、グレンスタード卿。いったい何を考えて……」

「騎士が二人も殺されて、その疑いをかけられたんだ。興味を持って当然だろう」

怒りを露わにするヒューバースに、グレンはそっけなく応じた。自分たちと相手との間にたゆたう空気が刃物にも似た鋭さを帯びていくのを感じながら、たたみかけるように告げる。

「タングレー卿を殺したのは、あんただと思う」


沈黙が、厨房を包みこんだ。

落ち着いているのはグレンとリューだけで、他の者たちは言葉を失い、呆然としている。

「馬鹿馬鹿しい……」

ヒューバースがかすれた声を発した。彼の顔には、いままで一度も見せたことのないいびつな笑みが浮かんでいる。怒りをおさえているようにも、戸惑っているようにも見えた。

「私がなぜ、タングレー卿を殺さなければならない」

「では、続きは私がお話しします」

リューが口を開いた。グレンが務めたのは、いわゆる前座であり、リューがこの状況で話せる状態に自分を追いこんでいくまでの、時間稼ぎだ。ここからは彼女の番だった。

「あなたは、タングレー卿を憎んでいたのだと思います。あなたはかつて、遊歴の騎士のせいでひどい目にあった。クルト殿の失望を買い、なじられた。それなのに、一方では遊歴の騎士として成果をあげ、老いてなお主の補佐を務める騎士がいる。理不尽だと思っても、不思議ではないでしょう」

「何を言うかと思ったら」

　ヒューバースは口元に嘲笑をにじませた。呆れているふうでさえある。

「それだけでタングレー卿を憎むだと？　私はずいぶん単純な人間に見られているようだな」

「まだ続きがあります」

　リューは表情も態度もまったく変えず、確認するような口調で続けた。

「タングレー卿は、目下の者に甘かった。デルミオ卿にはとくにそうだったようですが、エダルド卿にも目をかけていたようです。二人の上司であるあなたにとって、これは腹立たしいことだったのではないでしょうか」

　ヒューバースはわずかに眉を動かしたが、反論はしなかった。むしろ自信を得たように傲然と胸を張り、視線でリューに続きを促す。リューもまた、表情をそのままに続けた。

「あなたは、デルミオ卿たちを一人前の騎士として厳しく鍛えなければならない立場です。ですが、直属の上司ではないタングレー卿が甘やかす。しかも、タングレー卿は年長者であり、クルト殿の補佐を務めているので、苦情を言いがたい。また、先に言ったように、あなたはすでに主に失望されている。クルト殿がどちらの意見を重視するか」

　リューは唇を小さく舐める。息を吐いて、話を続けた。

「あなたは遊歴の騎士になりたかったと言って、タングレー卿に叱られていましたね。一度ならず、あなたはクルト殿に願いでたことがあったのではないでしょうか。遊歴の騎士となってこの地を離れたいと。ですが、認めてもらえなかった」

ヒューバースがかすかに傷ついたような表情になる。話し続けて、リューの頬がかすかに上気していた。他の者たちは、無言で彼女の話に聞き入っている。

「これは私の想像ですが、あなたが遊歴の騎士となることを許されなかったのは、クルト殿に重用されているからではないでしょう。婚約者すらつなぎとめておけなかった者を領地の外に出しては、自分の恥になるとか、そういった理由だったのではないでしょうか」

ぎりっという硬い音が、グレンの耳に聞こえた。ヒューバースが歯ぎしりをした音だとわかったのは、デルミオが不安そうな視線を上司の頬に向けたからだ。

「そうして、あなたは主であるクルト殿も憎むようになった。もちろん、そんなことを知られるわけにはいかない。だから、遊歴の騎士を憎んでいるのだと、まわりに思わせた。あなたはグレンを蔑んでいたと思いますが、敵意までは向けていませんでしたから。これだけならば、何ごとも起きなかったのではないかと思います」

「……まだ続くのかね。こんなくだらない話が」

ヒューバースが、怒りを冷ややかに封じこめた低い声を発した。彼の表情から、徐々に余裕が失われつつある。グレンは、腰のベルトに差している短剣をさりげなく確認した。

怒気をはらんだ年配の騎士の視線を、リューは無表情で受けとめる。

「クルト殿には、ランバルト殿という叔父がいますね。あなたもタングレー卿も、ランバルト殿には可愛がってもらったとか。ところが、クルト殿が領主になると、ランバルト殿は冷遇された。あなたは、ランバルト殿に共感したのではありませんか。そして、ランバルト殿に会いに行かない自分に歯がゆさを感じ、また、ランバルト殿のことなど忘れて、クルト殿に忠誠を誓っているタングレー卿に、憤りを感じたのではないでしょうか」

「私は、冷遇されたなどと思っていない」

ヒューバースのその言葉は、努力の末に吐きだされたもののように、グレンには思えた。

リューは小首をかしげて栗色の髪の騎士の様子を見ながら、言葉を紡ぐ。

「タングレー卿を慕っている騎士が、たとえばデルミオ卿などが、自分と同列の立場になったら。そんなことを考えたことはありませんか？　あなたとタングレー卿がそれぞれ騎士を推薦したとき、クルト殿がどちらを採用するか、想像してみたことは？」

「それは」と、両眼に異様な輝きをまとわせながら、ヒューバースが聞いた。

「タングレー卿の書簡に書いてあったことなのか……？」

彼の精神に刃こぼれが生じたとしたら、このときだったかもしれない。その問いかけを無視して、リューは話を続ける。

「あなたは、ランバルト殿に期待した。今度の視察も、ランバルト殿を牽制するためのものだそうですが、実際は違うものだったと思います。本当の目的は、いかにしてクルト殿を追い落とすか。そのために、騎士や兵士たちの信頼が厚いタングレー卿をどうにかしなければ、という考えが出てくるのは自然だったでしょう」

　空気は冷たいにもかかわらず、ヒューバースの顔には幾筋もの汗が流れている。デルミオが顔を青ざめさせ、肩を震わせながら、彼を見ていた。

「そして、あなたはタングレー卿の殺害を計画した。とはいえ、それほど難しいことを考えたとは思いません。あなたはタングレー卿の書簡には、ランバルト殿に叛意があるらしいこと、クルト殿の周辺に、彼の協力者がいるらしいことが書かれていました。あなたのことを警戒していたでしょうが、同時に話を聞きたがっていたと思います」

「タングレー卿は、私を警戒してあのような部屋で休んでいたと、そう言いたいのか」

「はい。そして、あなたはタングレー卿に会って、クルト殿に忠誠を誓うというようなことを言ったのでしょう。ランバルト殿の叛意についても話したと思います。タングレー卿を油断させるために。偽物の計画書を見せるなどして、注意をそらしつつ、手を封じるようなことをしたのだと私は考えていますが……」

　リューの言葉に、ヒューバースは話にならないとでもいいたげに、首を横に振った。

「空想、作り話としてはまあまあかもしれないな。しかし、証拠はあるのかね」

「ありません」

　即答したリューに、ヒューバースは呆気にとられた顔をする。

「つまり、想像で私を犯人にしようというわけか。その調子で、エダルド殺しの犯人も私に仕立てあげてみるかね」

「ええ。そのつもりです」

それが当然であるかのようにリューはうなずき、一瞬の半分の間を置いて、ヒューバースは鼻白んだ。だが、そのわずかな間に彼が見せたのは、驚愕だった。

「あなたは当初、タングレー卿をひそかに殺害して、この城砦のどこかに隠してしまうつもりだったのではないでしょうか。デルミオ卿もエダルド卿も、この城砦の構造には疎い。たとえば、死体を落とし穴に放りこんでおいて、タングレー卿は朝早くに出発した、などと言えばごまかせると考えていたのでは。ところが、あなたにとって予定外、予想外の出来事がいくつも起きた。そのひとつは、これだけ多くの人間が雷雨を逃れて駆けこんできたことです」

リューが深く、長い息を吐く。背筋を伸ばして平気そうな顔をしているが、杖を支えにするほど疲労しているのが、グレンにはわかった。

「もっとも、宿り客の中には、ドゥカークさんやグレンなど、犯人にできそうな人間がいました。それに、魔物が城砦に現れたことは、見回りのいい理由づけにできた。皆が食堂を去ったことも、全員を容疑者にしようと考えたら、むしろちょうどよかった」

「あなたは神官よりも、吟遊詩人になるべきだな。よほど向いている」

皮肉るヒューバースに、リューは首を横に振った。

「神に仕えることこそ私の天命だと思っていますので」

グレンは誰よりも白けた顔をした。厚顔無恥とはこのことだ。相棒の表情に気づかず、リューは話を続ける。

「タングレー卿を殺害した時点では、あなたは誰かを犯人にしようと考えていなかったのではないかと思います。まだ死体を隠しておけると思っていたからです」

「想像でなら、どんなことでも言える」

ヒューバースが呆れたように言った。だが、その声は微妙に気迫に欠けている。

「ところが、タングレー卿の死体がすぐに見つかってしまったため、あなたは自分に疑いの目が向かないように、二つの手を考えた。外部に犯人がいるように思わせて攪乱する。身内から被害者を出す。ひとつめは簡単でした。落とし格子が落ちたり、呻き声が聞こえたりと、あなたにとって幸運が続いたからです。魔術師の霊などというありがたい話まで出てきた」

「魔術師の霊は、本当にいないんでしょうか……」

そう聞いてきたのはゴードンだ。ミリアムも、じっとリューを見つめている。

「私はいないと思っていますが、もしいるとしても、タングレー卿とエダルド卿を殺害してはいないでしょう。エダルド卿が刺されたのは、首と腹部です。なぜタングレー卿のように心臓が刺されていないのか、わかりますか？」

「それは甲冑を着ていたからで……」

ゴードンの答えに、リューはうなずいた。

「それが答えです。魔術師の霊が、どうして甲冑を気にするんですか。人間の仕業に見せかけたいなら、人影を見せたり、声真似をしたりして、もっと不和を煽るものでしょう」

リューの翠玉の瞳が、再びヒューバースに向けられる。

「あなたがやったのは、落とし格子が落ちたのを確認した際、広間の裏手の扉を開けておいたことぐらいだと思います。それで充分でしたからね。二つめの、身内から被害者を出す手ですが、あなたはエダルド卿を殺すことにした」

「ほう。私は、なぜエダルドを殺したのかね？　デルミオでもよかったはずだろう」

「あなたとデルミオ卿の仲が、傍目にも円満からほど遠かったためです。自分が疑われる可能性を、あなたは少しでも減らしたかった。タングレー卿がいなくなったいま、デルミオ卿が失敗してもかばう者がいなくなったから、というのもあると思いますが」

リューの言葉を、デルミオは聞き流した。それどころではないというふうに、彼は一言も発さず、ヒューバースを見つめている。

「もうひとつ、エダルド卿の方が、素直で殺害しやすいというのもあるでしょう。四手にわかれて見回りをするとき、あなたはおそらく、エダルド卿に途中で一度、戻ってくるようにと言ったのだと思います。タングレー卿のことで重大な話があるといって。そうして自分はてきとうなところで待ちかまえ、戻ってきたエダルド卿を襲った」

「私でなくとも可能な方法だな。デルミオでも、グレンスタード卿でも」

論外だというふうに、ヒューバースは冷淡な笑みを浮かべた。リューは首を横に振る。

「ですが、これについては決定的な証拠があるんです。ついさきほど発見できました」

「ほう。それなら見せてもらおうじゃないか」

挑発するような年配の騎士に、リューはある一点を指さす。ヒューバースの左腕だ。

「その赤い汚れはどこでついたものか、答えてもらえますか？」

ヒューバースは顔をしかめた。自分の左腕をひねって、手首のあたりが赤く汚れていることにはじめて気づいたという顔をする。

「いや、わからないが……これがどうかしたのか？」

首をひねるヒューバースに、リューは上着の袖の中から、黒い布きれのようなものを取りだした。杖を小脇に挟んで、その布きれを両手で広げてみせる。

それは、黒い手袋だった。指の部分が赤く汚れている。

「エダルド卿が右手にしていた手袋です。この赤い汚れは、朱墨によるものです」

「……エダルドが私の左腕にさわったから、どうだというのだ」

「なぜ、彼が朱墨を持っていたと思いますか？」

リューの問いかけに、ヒューバースは答えない。答えられなかった。

「エダルド卿が道に迷いやすいひとだったこと、白墨を使って目印をつけていたことは、上司のあなたならご存じでしょう。彼は白墨を使いきってしまいそうだったので、ドゥカークさんから朱墨を買ったんです。ドゥカークさんの取り調べをする直前に。彼が見回りをした通路を覗いてみましたが、朱墨で目印がつけてありました」

ヒューバースは目を見開いた。だが、言葉は発さない。強張(こわば)った表情のままで、リューではなく虚空を見つめている。リューは淡々と続けた。

「赤い汚れだったので、あなたの黒い服では目立たず、いままで気づかなかったのでしょう。それに、あなたは返り血を落とさなければならなかった。外套の裾をしっかり合わせて、窓のある部屋で雨を浴びたのだと思います。それによって、外套の下の服の汚れは残った」

翠玉の色の瞳で見据えて、リューは吐息とともに言葉を紡ぐ。

「――以上のことから、タングレー卿とエダルド卿を殺害したのは、あなただと思います」


緊迫感に満ちた空気が、ゆるやかにかきまわされている。

その中心にあって、ヒューバースは愕然とした表情で立ちつくしていた。

普段のヒューバースならば、どうにかして言い逃れたかもしれない。だが、いまの彼にそれだけの余裕はなかった。リューの話によって精神的に追い詰められていたためだ。

――ヒューバースに罪を認めさせた……。

栗色の髪の騎士から視線を離さず、グレンは感嘆の息をついた。

リューがヒューバースの左腕の汚れに気づいたのは、ついさきほどだった。落とし穴の底で眠っていたパレンをグレンが抱きあげて、ヒューバースに渡したときだ。そのとき、両腕を伸ばして、ヒューバースはパレンを受けとり、抱きあげた。

タングレーの書簡には、ヒューバースのことはわずかしか書かれていなかった。おそらくランバルトに通じているという記述のみで、ドゥカークなども怪しいと書かれていたのだ。それだけだというのに、リューはやってのけたのだ。精度の高い想像でもって。

「隊長……いや、ヒューバース」

怒気を帯びた声が、ヒューバースの後ろから発せられた。右目に憎悪、左目に殺意をたぎらせたデルミオが、腰の剣を抜きかけている。

「タングレー卿を殺したのは、おまえなのか？」

ヒューバースは胡乱げな顔でデルミオを見つめて、答えない。

「答えろ！」

早くも痺れをきらしたデルミオが、剣を抜き放つ。松明の炎を反射して刀身が煌めいた。そして、その輝きはヒューバースに行動を促した。

銀色の輝きが走り、肉を断つ鈍い音が響く。

グレンがおもわず目を瞠るほど、無駄のない動きだった。虚空に血飛沫がいびつな放物線を描き、デルミオの左手が床に落ちる。複数の悲鳴があがった。

グレンはリューを自分の後ろへ追いやりながら剣をかまえ、ドゥカークはシュザンナとパレンを背中にかばう。ミリアムとゴードンは少しでもヒューバースたちから離れようと、壁に背中を擦りつけるように移動した。

左手を失ってデルミオはよろめいたものの、振りおろされた第二撃はかろうじて打ち返す。広いとはいえない空間で、激しい戦いがはじまった。デルミオは距離が近いのを幸いとばかりに、がむしゃらに剣を振りまわす。それでいて壁に当てないのは、訓練の賜物だろう。

ヒューバースは冷静に、最小限の動きで剣を振るっていた。

二本の白刃が衝突を繰り返して、薄闇の中に無数の火花を散らす。両者は殴りあうかのように剣を振るい、叩きつけ、突きあげた。甲冑をかすめ、服を引き裂き、肌を切り裂く。

「どうせおまえは破滅だ！」

激しく剣を突きこみながら、デルミオが叫んだ。

「タングレー卿を殺した！　エダルドも！　そしてクルト様を裏切った！　どれひとつとして許される余地はねえ！　だが、その前に俺が殺す！　首だけを持ち帰ってやる！」

「わめくな。やかましい」

デルミオの果敢な斬撃をことごとく受けながら、ヒューバースは不快そうに吐き捨てる。

「まったく、これだからタングレーの老いぼれは……。つくづく調子のいい老人だった。あれを慕っていたおまえも、度しがたかった」

その冷たい声を聞き、感情の動きをうかがわせないその表情を見たグレンは、おもわず息を呑んだ。タングレーやエダルドも、この顔と声で葬り去ったのか。そして、すぐに表情を切り替えて、年長者や部下の死を嘆き悲しむ年配の騎士を演じていたというのか。にわかに信じられることではなかった。

本来、デルミオの方が技量においてヒューバースに大きく劣るはずだが、ヒューバースが驚きを禁じ得ないほどの接戦を、彼は繰り広げていた。

ヒューバースは何度かデルミオに手傷を負わせていたが、デルミオは一歩も引く様子を見せない。怒りと熱狂があらゆる痛みも恐怖も忘れさせて、苛烈な攻撃に彼を駆りたてていた。ヒューバースにしてみれば、計算違いもいいところだろう。

この戦いをすぐ近くで見ながら、グレンは介入は無理だと悟らざるを得なかった。

グレンの剣も、このような狭い空間で振るうべきものではない。下手をすれば、彼らの刃に斬られた挙げ句、デルミオを誤って斬ってしまうという事態になりかねなかった。

両者は何度も位置を入れ替え、折れよとばかりに剣を振るう。血と汗が飛び散り、激しい敵意と冷たい殺意が交錯する。

だが、結末は誰もが思いもよらない形で訪れた。

それまで呆然と戦いを見ていたシュザンナが、突然立ちあがる。ちょうど、デルミオが彼女に背中を向けたときだった。

服の下に隠しておいたのだろうか、シュザンナの両手には黒く汚れた細身の短剣が握られている。そして、紫色の瞳には激情の輝きがあった。

一瞬の好機を決して逃さぬというふうに、彼女は口を引き結んで床を蹴る。身体ごとデルミオの背中にぶつかった。「がっ」という短い悲鳴をあげて、デルミオが体勢を崩す。その腰には刃が埋まり、瞬く間に血が広がって、服を赤く染めていった。

「何ごとだ……？」

かすれた声でつぶやいたのは、ドゥカークだ。彼は、自分の妻の突然の行動が理解できず、呆然とした顔でシュザンナとデルミオを見つめていた。彼だけではない、グレンとリューも、ミリアムも、そしてヒューバースも同様だった。その中でゴードンだけが、いまにも泣きだしそうなほど歪んだ顔で、シュザンナを見ている。

短剣を握りしめたままのシュザンナは、荒い呼吸を繰り返しながら、呆然とデルミオを睨みつけている。その目には怒りと同時に、自分の行動が上手くいったことへの驚きがあった。

デルミオが身体をひねって、肩越しにシュザンナを睨みつける。

「この……あばずれが！」

彼は左腕を振りあげ、そこに手がないことを思いだして、さらに怒りを倍加させた。剣を持った手で、シュザンナの顔を殴りつける。棒立ちになっていたシュザンナは避けることもできず、床に崩れ落ちた。

「シュザンナ！」

「お母さん！」

ドゥカークとパレンが同時に叫んだ。母に駆け寄ろうとしたパレンを、デルミオが乱暴に蹴りとばす。よろめきながら後退したパレンを、ドゥカークはとっさに受けとめたが、折れた脚の痛みによって身体を支えられず、息子ともども床にひっくり返った。

デルミオは苦痛に顔を歪めて呻く。その顔を、新たな汗が幾筋もつたって流れ落ちた。戦いではなく、腰の激痛によるものだった。

ヒューバースの存在を意識の外へ放って、デルミオはシュザンナだけを睨みつける。ヒューバースにしてみればこの上ない好機のはずだったが、彼は動かなかった。目の前で起きた出来事を理解しようとするかのように、無言でなりゆきを見守っている。

「ちくしょう……なんだって、俺が……」

デルミオの呼吸が、ますます荒くなっていく。彼は左腕で剣を抱えながら、右手で腰に刺さった短剣を引き抜き、無造作に投げ捨てた。それから剣を逆手に持って、シュザンナに狙いを定める。剣の刀身が炎を反射して残酷に輝いた。

「シュザンナ……！」

妻をかばおうと、ドゥカークがようやく身体を起こす。だが、彼より一瞬早く、行動を起こした者がいた。

「姉さん！」

　ゴードンだ。シュザンナを守ろうと、吟遊詩人の青年は彼女の身体に覆いかぶさる。デルミオの剣は、その背中に深々と突き刺さった。くぐもった唸り声が彼の口から漏れる。

「何だ、こいつ、邪魔をしやがって……」

　途切れ途切れに悪態をつきながら、デルミオは剣を引き抜こうとした。だが、急に彼は背中を丸めて、手のない左腕で口元をおさえる。両目が真っ赤に充血し、口からは血があふれて、唇から顎までの間にいくつもの赤い線を描いた。

　身体を支えるように剣につかまったのも束の間、デルミオは今度こそ体勢を崩して、床に倒れる。身体を痙攣させて激しく咳きこみ、そのたびに血の飛沫が床に不思議な模様を描いた。

　涙と鼻水と涎を垂れ流して、デルミオは助けを求めるように虚空に手を伸ばす。しかし、その手はむなしく夜気をかきまわしただけだった。

　三つ、あるいは四つ数える時間がすぎて、デルミオの右手が力を失い、床に落ちる。彼の目はもはや、何ものをも映すことがなかった。


　厨房内に沈黙が訪れる。この沈黙は、驚愕ではなく疑問符によって形作られたものだった。立て続けに衝撃的なことが起きたため、誰もが考えをまとめきれずにいる。

とりわけ当惑していたのがドゥカークだ。だが、彼は身体を起こすと、片足を引きずりながら、息子とともにシュザンナとゴードンのもとへ歩み寄る。二人はシュザンナに声をかけた。

「シュザンナ、シュザンナ」

「お母さん……」

ゴードンの下で、シュザンナが首を傾けて夫と息子を見上げる。

「あなた、パレン……」

視線が合ったことと、言葉が返ってきたことに、ドゥカークが笑みを浮かべる。とにかく妻は無事だったのだ。パレンも大粒の涙を乱暴に腕で拭った。

ドゥカークは、動く気配のないゴードンを引き剥がす。いまは、彼にかまっていられなかった。背中に剣が刺さったままの吟遊詩人の青年の身体は、ぐらりと傾いて床に転がる。

ドゥカークは新たな驚きに襲われた。シュザンナの腹部が赤く染まっている。デルミオの剣はゴードンの身体を貫き、その下にいた彼女をも傷つけていたのだ。ドゥカークは言葉にならない声を漏らして、シュザンナを抱き起こした。

二人のそばで二つの影が動いたのは、そのときだった。

ヒューバースがドゥカークに斬りかかり、グレンがヒューバースに横から突きかかる。

二人の行動は同時ではなく、ヒューバースの方がわずかに早かった。それゆえに対応できたのだろう、ヒューバースはとっさに剣の軌道を変え、グレンの剣を弾き返す。ドゥカークたちの頭上で鋭い金属音が響き、火花が飛散した。

グレンとヒューバースの視線が交錯する。ヒューバースの瞳は冷たく、己の行動を妨害されたことによる怒りや恨みなどは微塵も浮かんでいなかった。

「ことごとく斬り捨てようというわけか」

グレンの言葉に、ヒューバースは答えない。剣を振ってこちらを牽制しつつ、扉の方へ跳躍し、後ろ手に扉を開けてすばやく外へ飛びだした。逃げだしたのだ。

扉を睨みつけて、グレンは悪態をついた。視線を転じてゴードンを見下ろし、彼に歩み寄って呼びかけようとする。はっとした。彼はもう呼吸をしていなかったのだ。

首を横に振って、グレンはゴードンの目をそっと閉じさせる。ドゥルゲンには祈らない。ゴードンが祈っていた神ではありえないだろうからだ。

一方、シュザンナは、出血からか青ざめた顔でドゥカークに笑いかけていた。パレンはいまにも泣きそうな顔で、父と母を交互に見つめていた。

「あなた――」

神々に祈りを捧げるように両手を胸の前で合わせると、シュザンナは夫に呼びかける。

「驚かせてしまって、ごめんなさい……。突然だけれど、私の話を、聞いて」

ドゥカークがうなずいたのは、妻の言いたいことがわかったからではない。微笑の奥にある彼女の必死さを感じとって、反応しただけだ。それでも、シュザンナにとってはそれで充分のようだった。

グレンとリューも、固唾(かたず)を呑んで見守っている。本来なら、逃げていったヒューバースを追うべきかもしれない。だが、シュザンナのまとう真摯な雰囲気が、耳を傾けさせた。ミリアムも無言で彼女を見つめている。

シュザンナは夫と子供だけをまっすぐ見つめて、静かな声で話しはじめた。

「パレンは、先代のダリオン伯ルヴァーユ様と私の間に生まれた子です」

夜気が、その冷たさで時間を凍てつかせてしまったかのようだった。

誰もが表情も言葉も失い、シュザンナを呆然と見つめている。ドゥカークはもちろん、グレンとリューも目を瞠っていた。

この部屋にいる者たちの視線を浴びながら、シュザンナは告白を続ける。

「クルト様が私にあなたを紹介してくださり、縁談が決まったころ、お屋敷での私の仕事は、隠居していたルヴァーユ様の、お世話でした……。あなたに嫁ぐことが決まっていたのに、求められるつど、私はルヴァーユ様の寝所にうかがっていました。パレンの首の付け根の痣(あざ)――あれは、ルヴァーユ様にもあったものです」

グレンは視線を動かして、ドゥカークを見つめた。中年の商人はパレンを抱きながら、つらそうな表情でシュザンナの肩に手を置いている。シュザンナは続けた。

「あなたに黙っていたことは、弁解のしようがありません。でも、私は、怖くて、この子を失いたくなくて、誰にも言えなかった……」

パレンは不思議そうな顔で、シュザンナを見つめている。

彼女の判断を、責めることはできないとグレンは思った。シュザンナの言葉が正しければ、パレンはクルトの弟となる。それを知ったら、クルトはパレンを放っておかないだろう。最悪の場合、母子ともども始末することさえ考えられる。

「妻、そして母としての生活は、幸せでした。このままあなたをそばで支え、息子の成長を見守ることができたら……。そう思うようになり、あなたを欺いている卑劣さを忘れることも、しばしばありました。だから、罰がくだったのだと思います」

シュザンナは苦渋に顔を歪める。傷の痛みと、心の痛みの双方が、彼女を苛んでいた。三つ数えるほどの間を置いて、大きく息を吐きだすと、シュザンナは話を再開した。

「二年前、私はあの男に……デルミオに、乱暴されました」

視線が、今度は死体となっているデルミオに注がれる。ドゥカークの口から憤激の呻きが漏れた。死体であろうとかまわず殴りかかりかねない、すさまじい形相だった。

「どこで知ったのか、パレンの父がルヴァーユ様であることを公にするといって、あの男は私を脅迫して……私は、屈しました。あなたとともにクルト様のお屋敷を訪ね、あなたがクルト様と話をしている間、私は空き部屋であの男にお金を渡し、辱められていたのです」

デルミオを蹴りとばしてやりたいという衝動を、グレンは懸命におさえつけなければならなかった。その役目は、少なくともグレンのものではなかった。

　パレンの出生を公にすれば、デルミオもただではすまなかっただろう。だが、シュザンナは強気に出ることができなかった。夫をさらに欺くことになろうとも、夫と息子のそばにいる現状を、彼女は望んだのだ。

　シュザンナの告白に、グレンはひとつ納得することがあった。彼女は常に、何かにおびえているふうだった。彼女はデルミオを恐れていたのだ。デルミオがシュザンナを見つめていたのも、彼女を自分の獲物であると思っていたからだろう。

——それにしても、この口上は……。

　シュザンナの表情と態度には、この場にいる者たちを圧倒するほどの気迫がある。だが、まるで遺書の内容を聞いているような気分だと、グレンは思わざるを得なかった。

「今夜もそうでした。この城砦であの男を見たとき、私は目眩を覚え、吐き気さえこみあげました。ですが、いい機会だとも思いました」

　何とかしなければと、シュザンナは思っていたのだ。

「思っていた通り、あの男はひそかに私に会いに来ました。祈りの間へ来るようにと」

　ドゥカークは、尋常ならざる殺意をこめて、もの言わぬデルミオを睨みつけた。行動に移さないのは、妻の告白を邪魔すまいと考えているからだ。

「私はひとつ、幸運に恵まれました。雨宿り客の中に、弟が、ゴードンがいたのです。弟も私に気づいて、顔を合わせないようにしていましたが、すぐわかりました」

なるほど。グレンは内心で納得していた。ゴードンはドゥカークではなく、シュザンナを避けていたのだ。

「私は、何としてでも今夜中にすべてを終わらせたかった。ひそかに弟に会い、力を貸してほしいとお願いしました。誰もいないときを見計らって食堂に忍びこみ、あの男の荷物から重要そうな……弱味を握れそうなものを、手に入れてほしいと」

グレンは眉をひそめた。デルミオの荷物について思いだす。たしか、旅に使うありふれたものしか入っていなかったはずだ。

——いや、待て。

考えてみると、あのときのデルミオの態度はどこかおかしかった。荷物を取りにいくときはひどくためらっていたのに、中身を確認すると、落ち着きを取り戻していた。

「そうか」と、グレンはデルミオの死体に冷ややかな目を向ける。

「ヒューバースの書簡を盗んだのか」

デルミオにしてみれば、鼻持ちならない上司に対するちょっとした意趣返しのつもりだったのだろう。だが、ゴードンにその書簡を盗まれ、それを見つける前にタングレーの殺害を発端とした事情聴取と荷物検査が行われて、慌てたのだ。

「弟にお願いをしても、私は安心できなかった。万が一のために、武器を用意しました。考えが顔に出ていたのか、辱められている間でさえ警戒されていましたが……ようやく……」

ふと、シュザンナが視線を動かす。その先には、彼女の短剣が転がっていた。

彼女がやろうとしていることに気づいたのは、リューだった。とっさにパレンを抱き寄せ、その顔を手で覆う。

そして、シュザンナは手にとった短剣で己の首筋を切り裂いていた。

「シュザンナ！」

ドゥカークが絶叫する。その声に、パレンも母の名を呼んだ。ミリアムが顔を蒼白にして横を向き、グレンは苦いものが喉の奥からこみあげてくるのを自覚する。リューはパレンの頭部を抱きしめて、離さなかった。

「馬鹿者、わしが、そんなことを気にするとでも思ったのか……」

シュザンナを抱きしめて、ドゥカークが涙をあふれさせる。

「誰か、誰か……。シュザンナを助けてやってくれ。頼む、お願いだ……」

一瞬ごとに生気が抜けていく妻を抱きしめながら、ドゥカークは哀願する。子供のように泣きじゃくり、大声で助けを求めた。パレンは見えないながらに状況を察したのか、あるいは両親の悲しみが伝わったのか、同じように大粒の涙をこぼした。

だが、父子の声に応えられる者はいなかった。リューは無言で首を横に振る。彼女の魔術に瀕死の人間を助けられるものはない。

まだシュザンナには意識があり、夫の声が聞こえていた。首から胸元を血で染め、儚げな微笑を浮かべて、彼女は言葉を紡ぐ。

「もう……私は……」

欺いた結果は消えない。そのことに彼女は耐えられなかったのだ。

両手を伸ばして、夫と子の手を、シュザンナは強く握りしめる。それが彼女の最後の行動だった。目を閉じて、シュザンナは静かに息を引き取った。

シュザンナの呼吸が途絶えてから、二十を数えるほどの時間が過ぎた。

その間、誰もが身動きひとつしなかった。痺れたように、頭が働かなかった。

「ひとつ、はっきりしていることがある」

最初に動いたのはグレンだった。一同を見回して、彼は言った。

「ヒューバースは、俺たちをひとり残らず始末するだろう。やつは間違いなく、暗がりの中で隙をうかがっている」

ヒューバースがここから逃げた理由は明白だ。グレンと斬り結んでいる最中に、他の者から妨害を受けることを恐れたのだ。デルミオのように。

「夜が明けるまでここにいれば……」

すがるような視線を向けてきたミリアムに、グレンは首を横に振った。

「俺がやつの立場なら、どうにか火を熾して、この厨房に煙を送りこむ。俺たちの視界をふさいでから突入して、剣を振りまわす。ひとりでも傷つけられれば、動揺を誘えるからな。そういった手を打たれる前に、俺とリューは打って出る」

「だが、危険ではないか」

ドゥカークが不安そうな顔でグレンを見た。愛する妻を失って、彼は心身ともに疲れきって弱気になっている。グレンにそばにいてほしいのだろう。

「息子を守りたいなら、俺とリューが出たところで扉に壁を築け。荷車でも何でも使うんだ。それに、あいつは俺たちから先に狙ってくる」

「そうかしら。弱い方から仕留めにくると思うけど」

ミリアムが眉をひそめて反論する。厨房の隅に置かれていたヒューバースの盾を拾いあげながら、グレンは答えた。

「絶対に傷を負わずにおまえたちをかたづけることができるなら、そうするだろうな。だが、もしも負傷したら、その状態で俺と戦うことになる」

これはどちらかといえば、ドゥカークとミリアムを勇気づけるための方便だった。ヒューバースがこちらの予測通りに動くとはかぎらない。だが、とにかく二人はいくらか安心したらしい。表情がかすかに緩んだ。

グレンは盾の表面にランプをくくりつける。リューは松明を用意した。

二人は厨房を出る。グレンは盾に身を隠し、リューはグレンの背中に隠れながら、松明をかかげる。二人は慎重に廊下を歩いた。ヒューバースは明かりを目印にこちらを狙うことができるが、グレンは暗がり全体に注意を向けなければならない。不利な状況だった。

円形の広間に出たとき、暗がりから何かが飛来する。ひとつは盾に当たってランプを粉々に粉砕し、もうひとつはグレンのこめかみをかすめた。鋭い痛みが走る。

——短剣か！

おそらく間違いない。そして、猛然と迫ってくる足音がグレンの耳朶を打つ。何かが襲いかかってくる。グレンはとっさの判断で、盾を前へと投げつけた。その勢いを利用して身体をひねり、剣をまっすぐ突きだす。

鉄と鉄の激突する不快な金属音が広間に響きわたり、床に落ちた盾の放つ轟音が、それをかき消した。飛散した火花が一瞬だけグレンの視界を広げる。襲いかかってきたのは、やはりヒューバースだった。

グレンは剣を右に左に薙ぎ払う。しかし､手応えはない。足音が遠ざかっていく。ヒューバースは早々に退いたようだ。こめかみから伝う血を拭って、グレンはため息をついた。

——いやな野郎だ。

舌打ちをする。一瞬だけ見えたヒューバースの顔には、何の感情も浮かんでいなかった。

「リュー、松明を貸せ」

グレンは彼女を振り返って手を伸ばす。しかし、リューは松明を床に投げ捨てた。

「ヒューバースのやり方は、よくわかりました」

冷たい笑みを浮かべて、彼女はスセリの杖を握りしめる。

「ドゥカークさんもミリアムも、厨房から出てこない。──派手にやりましょう」

小さく息を吸い、風を切るように杖を振りまわし、一定の韻律で床を踏みならした。

「──太陽のかけら花と咲き、月の落涙雨となり、星々の瞬き地に満ちて、指の先に示されるは白き回廊、万象を秘めたる八導の門よ、我が意を此処に現せ」

呪文の詠唱を終えて、リューが動きを止める。

次の瞬間、広間の天井に、いくつもの光が等間隔に瞬いた。あたかもシャンデリアが無数に灯されたかのようだ。

いまや広間は、白昼も同然の明るさに包まれていた。二階へ延びた階段も、裏手に通じる扉も、黒獅子像も、何もかもがはっきりと見える。

こみあげそうになる笑いを、グレンは努力しておさえた。おそらくヒューバースは闇にまぎれて攻撃する手をいくつも考えていたのだろう。だが、この広間において、それらはすべて通用しなくなった。ただの明かりの魔術で、リューは状況を覆してしまったのだ。

「魔術か……」

驚愕の面持ちで、ヒューバースが黒獅子像の陰から姿を見せる。

「恐ろしいものだな。外では変わらず雷雨が降りしきっているというのに、この明るさだ」

「どうする？　逃げるか、それとも降参するか？」

不敵な笑みを浮かべて、グレンは剣をかまえた。これだけ明るければ、ヒューバースが短剣を投げてこようと対処できる。挑発するだけの余裕も戻ってきた。

「いいや」と、ヒューバースは冷酷な笑みを浮かべて、首を横に振る。

「ひとり残らず斬る。そして、すべてをあなたに背負ってもらう」

グレンはリューを振り返る。広間全体を明るくするほどの魔術を使ったためか、彼女の顔はやや青ざめて見えた。額(ひたい)には汗が浮かび、呼吸も荒い。

「おまえは後ろで休んでいろ。あとは俺の仕事だ」

リューの肩を叩いてねぎらうと、グレンは剣を肩に担いでヒューバースと対峙する。

「おまえ、どうしてタングレー卿の義眼をえぐった？　エダルドの右目も」

そんなことかと言いたげに、ヒューバースは肩をすくめた。

「クルトは魔術師を恐れているのだ。おとぎ話の怪物をむやみに怖がる子供のように」

グレンは眉をひそめた。タングレーとエダルドが魔術師に殺されたのだと報告することで、クルトの不安を煽りたかったということらしい。

――それだけのために、あんな真似をしたのか。

戦慄がグレンの身体を駆け抜ける。もしかして、この男は、ずうっと以前からたがが外れていたのではないか。それとも、そこまでクルトへの憎しみを募らせていたのか。

「それに、あの義眼は、黒獅子伯が大事にしていたという由緒正しい宝物らしい」

だからもらっておくことにした。世間話をするような口調で、ヒューバースは言った。

——もう充分だ。

グレンは肩に担いだ剣を両手で握りしめて、踏みこむ。ヒューバースもまた、剣をかまえて前へ出た。刃と刃が激突し、殺意をこめた視線が交錯する。

上から叩きつけるグレンの斬撃を、ヒューバースは刀身を滑らせて受け流した。彼はすかさず手首を返し、グレンの顔面を狙って突きかかる。

グレンは身体を傾けてその一撃をかわすと、低い蹴りを放ち、続けて鋭く斬りつけた。しかし、ヒューバースはグレンの剣の軌道を読んでおり、音高く弾き返す。

一撃ごとに空気が震え、一閃ごとに空気が唸る。斬撃の応酬は火花の雨を輝かせ、両者はめまぐるしく位置を変えて攻防を繰り返した。剣先が鎧をかすめ、剣風が頬を撫でる。斬撃だけでなく拳をまじえ、蹴りをまじえて戦いは続いたが、決着は容易につかない。

グレンもヒューバースも、相手の力量を認めざるを得なかった。膂力においてはグレンが上だが、速さと技巧においてはヒューバースがまさるというところか。

「遊歴の騎士ごときに、負けるわけにはいかん」

憎々しげに、ヒューバースが吐き捨てる。グレンは口の端をつりあげた。

「ごとき呼ばわりはひでえな。遊歴の騎士になろうとしたこともあったくせに」

「あこがれていたわけではない」

ヒューバースは顔を歪め、不健康な痛々しい笑みを浮かべる。

「あのころの私は、この地から離れたかった。この地から解き放たれて、遠いどこかへ行きたかった。ただそれだけだ」

「それだけというなら、そうすればよかったでしょうに」

ヒューバースに冷淡な声を浴びせたのは、グレンではない。リューだ。

「ようするに、あなたは理由をつけてこの地から動かなかっただけでしょう」

そいつはちと酷だな。リューの言葉を聞きながら、グレンは思う。ひとつの町にとどまれず、灌木(かんぼく)の陰で夜を明かし、ときに飢えや渇きに苦しむ。まともな人間として扱われないことなど珍しくなく、何かあれば疑われる。

遊歴の騎士のような生き方は、それほど魅力のあるものではない。家があり、頼れるさまざまなものがある環境と引き替えにできるのかというと、グレンの答えは否だ。

「手厳しいな。だが、その通りだ」

ヒューバースは微笑でもってリューの言葉を肯定した。

「だから、私はやり方を変えた。離れられないのならば、この地を変えてしまえばいいと」

グレンとヒューバースは同時に床を蹴る。眼前に迫る刃をかわし、鎧をぶつけあって火花を散らした。力強く叩きつけたグレンの剣は受け流され、しなやかに斬りこんだヒューバースの剣は弾き返される。

ヒューバースが右か左へまわりこもうとしていることに気づいて、グレンは内心で首をひねり、次いで危機感を覚えた。彼は、リューを狙っている。位置次第では、グレンの剣をいなしつつ、彼女を斬ることができると思ったようだった。

――リューに離れろというべきか？

迷っていると、ヒューバースがごく自然な口調で話しかけてきた。

「ところで、タングレーを殺した者は見つかったかね」

その言葉に、グレンだけでなくリューも眉をひそめた。いったい何を言いだすのだ。

「殺したのはおまえだろう」

「いや」と、ヒューバースは表情ひとつ変えずに否定する。

「私がタングレーの部屋に行ったとき、あの老人はすでに胸を刺されて、死にかけていた。とどめを刺したのは私だが、そこの神官……いや、魔術師殿の仕業だと思っていた」

言い終えるが早いか、ヒューバースが一気に間合いを詰めて、鍔迫り合いとなる。グレンは気合いの叫びとともに、栗色の髪の騎士を押し返した。

だが、それこそがヒューバースの狙いだった。押されたように見せかけながら、ヒューバースはすばやく体勢を立て直して剣を振るう。

グレンはよろめいた。腹部に熱を感じ、遅れて痛みが走る。

――だいじょうぶだ、傷は浅い。

すばやく体勢を立て直して、つけいる隙を与えない。ヒューバースも、たたみかけてくるようなことはせず、グレンの剣の間合いから退いた。一撃で倒そうとせず、小さな傷を積み重ねてグレンを確実に仕留めようとしているようだ。

――あるいは、俺が焦って大きな隙をつくるのを待つつもりか。

グレンは猛々しい笑みを浮かべると、剣を肩に担ぐ。あえて、腰から下に隙をつくった。ヒューバースは微笑を浮かべる。彼は剣を両手で握りしめると、切っ先を下に向けた。

視線は一瞬たりとも相手から離さず、呼吸を整えて、両者はじりじりと間合いを詰める。

ふと、グレンは顔をしかめた。

背後から見られている気がしたのだ。リューではなく、得体の知れない何ものかに。

この広間で何度も感じてきた視線が、自分の背中に向けられていた。

――気に留めるな……！

歯を食いしばり、ヒューバースを睨みつける。いまこのときは、目の前の相手に集中しなければ。余計なものに気をとられて勝てる相手ではない。

気合いの叫びを、二人は同時に放った。前へと大きく踏みだす。

グレンは上から剣を振りおろし、ヒューバースは下から剣をすくいあげた。ともに、相手の剣を狙って。

耳障りな金属音が響きわたり、一方の剣が刀身を半ばから叩き折られて吹き飛ぶ。ヒューバースの剣だ。だが、それを成し遂げたグレンの顔には、驚愕がはりついていた。

ヒューバースの動きは鮮やかといってよかった。二本の刃が激突する寸前に、彼は己の剣を手放した。そうして後ろへ飛び退りながら、隠し持っていた短剣をグレンに放ったのだ。無理な体勢で投じたせいか、短剣の刃はグレンの左腕をかすめるだけに留まったが。

——くえない野郎だ。

息を吐いて、グレンは剣をかまえ直す。ヒューバースの短剣の技量が優れていれば、グレンは命を落としていただろう。だが、彼は失敗した。剣もない。もちろん油断はできないが、あとは慎重に追い詰めて打ち倒すだけだ。

ヒューバースが新たな短剣を抜き放つ。彼との間合いを詰めようとしたグレンは、しかし、突然吐き気に襲われて足を止めた。視界が揺れ、質の悪い酒を無理矢理飲まされたときのように意識が朦朧(もうろう)とする。寒さと暑さを同時に感じて、顔から大量の汗が噴きだした。

——まさか。

よろめいて、たまらず剣を杖代わりにする。それでも立っていられず、片膝をついた。後ろでリューが自分の名を叫んだが、返事をする余裕などない。喘(あえ)ぐように言葉を紡いだ。

「毒、か……」

　声がかすれている。ヒューバースは悠然とうなずいた。

「その通りだ。タングレーに使うつもりだったが、そうせずにすんだのでな。まさか、こんなところで役に立つとは思わなかった」

　グレンはヒューバースを睨みつける。だが、それ以上のことはできなかった。剣を握る手は震え、立ちあがろうにも足に力が入らず、倒れずにいるだけで精一杯だ。

　そのとき、グレンの隣にリューが立った。杖をかまえて、ヒューバースを見据える。栗色の髪の騎士は優しげな、そして冷酷な笑みを浮かべた。リューが何らかの魔術を使うより先に、一撃で葬り去る自信が、彼にはあった。

「あなたたちを殺したら、あとはドゥカークと娼婦か。ああ、ドゥカークの子供もいたな」

「子供まで殺す気ですか」

　リューが軽蔑の表情で、嫌悪感も露わに吐き捨てる。本心からの言葉だが、時間を稼ぐための挑発でもあった。ヒューバースは余裕たっぷりに受けとめる。

「両親とも死ぬのに、子供だけ生き残っても哀れだろう。ああ、いや、本当の父親はとうに死んでいたのだったな」

　だが、ヒューバースがリューに向かって踏みだすことはなかった。

　不意に、二階からまとわりつくような視線を感じて、彼は足を止める。リューから距離をとりつつ、視線を動かした。

無意識のうちに、ヒューバースは息を呑んでいた。

二階への階段をのぼりきったところに、何かがいる。それは間違いない。

だが、ヒューバースには、それが見えなかった。しっかり見ようとしたのではなく、視界の端に捉えようとしたからだろうか。しかし、リューの魔術によって、広間は白昼も同様の明るさに包まれているのだ。見えないはずがない。

その何かは、階段のそばにたたずんでいるようだ。こちらへ下りてくる気配はない。ヒューバースは二、三歩後退して、リューから距離をとる。階段を見上げた。

ヒューバースの顔が、恐怖に歪む。階段の上には、何もいなかった。否、まったく姿の見えない何かが、そこにいた。気配と、視線だけは、明確に感じとることができた。

「まさか……」

ヒューバースは顔中を汗で濡らしながら、唸り声を漏らした。

「黒獅子伯か？　それとも魔術師なのか……？　本当に、この城砦にいたというのか」

階段から少しでも距離をとろうと、ヒューバースはさらに数歩ばかり後ずさる。彼の背中が何かにぶつかった。それは、黒獅子の像の台座だった。

雷鳴が轟き、城砦がかすかに震える。どうやら城砦を直撃したらしい。

奇妙な不安が、にわかにヒューバースを襲った。ふと視線を動かせば、リューが呆気にとられた顔で自分を見つめている。いや、違う。彼女が見ているのは自分の背後だ。

振り返ったとき、ヒューバースの頭上に影が差した。

黒獅子像がぐらりと傾き、自分に向かって落ちてくる。

避けなければとヒューバースは思ったが、彼の身体は持ち主の命令通りに動かなかった。眼前に迫る黒獅子を、彼は呆然と見つめていた。

轟音が響いた。鎧がひしゃげ、肉が潰れる音は、かき消されて誰の耳にも届かなかった。

「いまのは……」

目の前で起こった出来事を、リューは信じられないという表情で見つめていた。小さな唇から漏れたつぶやきは、驚愕と混乱に満ちている。

雷が城砦に落ち、その衝撃で台座が揺れ、黒獅子像がヒューバースに向かって落下した。そのはずだ。ふつうに考えれば。

だが、リューには、あたかも黒獅子がヒューバースに飛びかかったように見えたのだ。そのようなことなどありえないとわかっているのに。

床に横倒しになった黒獅子像の下から、赤い血が広がっていく。見ると、ヒューバースの右手が像の下から突きでていた。その手は何かをつかもうとするかのように、弱々しく五本の指を動かしていたが、ほどなく力を失い、床についた。

リューは小さく息を吐くと、視線を転じて階段を見上げる。そこには何もいない。だが、彼女はヒューバースと同様に、何ものかの気配を感じとっていた。そして、ヒューバースと異なり、その気配の主に、リューは心当たりがあった。

「私もグレンも、ドゥカークも、ミリアムも、あの子に危害を加えるつもりはありませんよ」

気配の主に向かって、はっきりとした口調でリューは告げる。気配の主は、なおもその場にたたずんでいたが、やがて音もなく消え去った。

リューは安堵の息をつくと、相棒を振り返る。もはや気力だけで、グレンは己の身体を支えていた。リューは杖を振りかざし、口早に呪文を唱える。

「――太陽のかけら、月の落涙、星々の瞬き、指先に灯る一滴の残滓」

彼女の手の中で回転する杖の先端に、淡く青い輝きが灯った。そこからこぼれ落ちる光の粒子が、グレンの身体に降りかかり、体内に溶けこむように消える。解毒の魔術だ。

グレンの口から、粘り気を持った茶色い液体が吐きだされた。咳きこみながら二度、三度とそれを吐きだしたあと、黒髪の騎士は大きく息を吐いてその場に座りこむ。てのひらで顔の汗を乱暴に拭いながら、リューを見上げた。

「ヒューバースは……？」

まだ声はかすれていたが、その表情は落ち着きを取り戻している。リューは黙って黒獅子像を杖の先端で示した。グレンはぼんやりとそれを見つめた。

エピローグ

　夜が明けるころには、あれほど激しかった雨も雷もどこかに去っていた。

　空は蒼く澄みきって、太陽は何にも遮られないことを喜ぶように輝いている。かすかな熱を含んだ春の風は、心地よいものだった。

　グレンたちは城砦から離れたところに穴を掘り、亡くなった者たちを埋葬した。

　ドゥカークの強い要望により、穴は二つ掘った。片方にはヒューバースとデルミオ、エダルド、タングレーを、もう片方にはシュザンナとゴードンを埋葬する。

　ちなみに、タングレーの亡骸には、黄金造りの鞘におさめられた短剣も添えた。ドゥカークの荷車の下から発見されたのだ。ヒューバースが彼に罪を着せるため、そこへ置いたものだろうと推測された。また、グレンは頭蓋骨の代わりに、残っていた骨の一部を埋めてやった。

「こんな忌々しい城砦のそばではなく、まともなところに葬ってやりたかったが……」

　無念そうにドゥカークがこぼした。近くのイルミンの町まで運んでも、その間にシュザンナは腐敗してしまうだろう。ここに埋葬するよりなかった。

　最後に、リューがカルナン女神に死者の魂の安寧を祈る。グレンもせめて、剣の神ドゥルゲンに祈っておいた。祈るふりをするよりは、いくらかましだろう。

そうして簡素な葬儀をすませると、ドゥカークがグレンとリューに聞いた。彼は、食堂にあった椅子からつくった杖をついている。

「あんたたちは、これからどうする」

「予定は変わらない。イルミンの町に行く」

二人の旅の目的を、ドゥカークは知っている。真面目な顔でうなずいた。

「そうか。あんたらには世話になった。どれだけ礼を言っても足りないぐらいだ」

ドゥカークはグレンとリューの手を順番に取って、深く頭を下げる。

「俺たちは、疑いを晴らすためにやっただけだ。あんたのことは、もののついでだ」

グレンはそういう言い方をして、ドゥカークの手を握り返した。横でリューが「なにを格好つけてるんですか」と、小声で毒づいたが、聞き流す。

「わしはあんたの連れにくらべれば信心が薄いが、それでも商売の神々にあんたたちの妹や仇が見つかるよう祈っておく。ところで――」

ドゥカークは自分の荷車を振り返る。もう馬はつないであった。荷車の中では、パレンが眠っている。一晩中泣き続けていたのだ。

「あの書簡は二つとも、わしがもらっていいのか」

タングレーの書簡と、ヒューバースの書簡だ。グレンたちはその二つとも、ドゥカークに渡したのである。

「ああ。俺たちが持っていても意味がないからな。あんたの好きにしてくれ」

ヒューバースの書簡には、彼とランバルトとの間にかわされた密約が書かれていた。いかにしてクルトを排除するか、クルトの信頼する者たちを追放するかというもので、タングレーやデルミオも、追放の対象に入っていた。これが明るみに出ていたら、ヒューバースは破滅をまぬがれなかっただろう。

書簡の粗末な蝋については、これを盗みだしたゴードンが中身を確認したあと、何とか戻そうとしたのではないかというところで、グレンとドゥカークは意見を一致させた。

ゴードンを埋葬したとき、ドゥカークはぽつりとつぶやいたものだった。

「弟がいると、シュザンナから聞いたことはあった。吟遊詩人として町から町へ旅をしているとも。気にせず名のり出てくれれば……いや、彼の矜恃を傷つけたかもしれんな」

姉に対する引け目もあったのかもしれないが、よく磨かれた竪琴がゴードンの矜恃であることを、ドゥカークもグレンもわかっていた。

「ところで、パレンはどうするんですか？」

リューの質問に、ドゥカークは首を横に振った。

「あの子はわしの子だ。シュザンナが遺してくれた、な」

グレンとリューは視線をかわす。パレンの人生は、この一晩で大きく変わってしまった。だが、ドゥカークがいれば、いますぐ心配するようなことはないかもしれない。

ドゥカークが荷車の方へ歩き去ると、離れたところで城砦を眺めていたミリアムが歩いてきた。彼女も支度をすませており、いつでも出発できる状態だ。

「たった一晩なのに、いろいろありすぎて……。これでお別れと思うと少し寂しいわね」

金髪を揺らしながら、ミリアムはグレンに笑いかける。深い湖のような瞳に、挑発的な輝きが煌めいた。

「もう一晩ぐらいこの城砦に泊まっていたら、あなたに抱かれていたかもね」

「三人でというのは、まだやったことがないな」

言い終える前に、グレンの臑(すね)をリューが蹴りつける。黒髪の相棒はグレンを見もせずに、ミリアムに言った。

「この男は下手くそなくせに自覚がないので、そういうことを言わない方がいいですよ」

「あら、ありがと。でもだいじょうぶよ。あたし、いろんな下手くそを知ってるから」

予想外の返しに、リューはとっさに言葉が出てこない。腰に手を当てて、ミリアムは楽しげに笑った。服の内側で、豊かな胸が弾む。グレンはおもわず見入ってしまいそうになったが、リューにもう一度蹴られたので、肩をすくめて視線を外した。

咳払いをひとつして、リューは気を取り直す。

「ひとつだけ、いいでしょうか」

それまでとは違う真剣な声音に、ミリアムの顔から笑みが消える。

風が吹いて、黒髪と金髪をそっとそよがせた。ミリアムを見つめて、リューは言った。

「あなた、タングレー卿を殺そうとしましたね？」

二人の間に沈黙が横たわる。

意味がわからないというふうに、ミリアムは微笑した。怒るでもなく、むしろ楽しそうな口調で問いかけてくる。

「何のこと？」

一方、リューの表情は無愛想そのものだ。事務的な手続きについて説明するように、淡々とした口調で彼女は告げた。

「ヒューバースが言っていました。タングレー卿を殺す前に、誰かが刺していたと」

「それがあたしだっていう証拠は？」

「死んでいたときの、タングレー卿の様子です」

リューの言葉に、ミリアムは眉をひそめる。黒髪の魔術師は続けた。

「静かで、穏やかなものでした。死を受け入れたかのように。手も、武器に伸びていない。私は、ヒューバースが彼の寝込みを襲ったものだとばかり思っていました。左胸の傷が二ヵ所あるのも、よく知っている間柄ゆえに一回で上手くいかず、二回刺したのだろうと」

そこまで言ってから、その考えを否定するようにリューは首を横に振る。

「ですが、寝込みを襲われたのだとすれば、つじつまが合わなくなるんです。タングレー卿が死んでいたとき、彼の荷袋は武器とともにまとめられていました。私たちでさえ、扉のそばに荷袋を置いていたのに、あの用心深いひとが、そのていどの工夫もしないとは思えない」

タングレーは眠っていなかったから、荷袋を手の届く位置に置いていたのだ。

「しかし、起きているときに襲われたのならば、抵抗の跡があってもいいはずです。私は考えました。もしも犯人が二人いて、一回ずつ刺したのだとしたら？　そして、一人目のとき、タングレー卿が抵抗しなかったとしたら？」

「あたしが相手だから、お爺ちゃんが抵抗しなかったっていうのはどういう理屈よ」

ミリアムはおおげさに肩をすくめる。その表情が、一瞬強張った。

「いつか自分が報いを受けるとしたら、そのときは騎士として受け入れなければならない」

淡々とつむがれた言葉に、ミリアムは目を丸くする。リューは小さくうなずいた。

「ヒューバースが言っていた、タングレー卿の考えです。それから、ドゥカークさんが言っていましたね。タングレー卿は身内贔屓をする、騎士や兵士以外は仲間と見做さないと。デルミオに辱められたシュザンナに何もしなかったところからも、そうした点は察することができます。では、十一年前はどうだったのか」

十一年前という単語に、ミリアムは息を呑んだ。秘密を言い当てられたように。

「この城砦を守り抜いた武勇伝。あれを聞いて、私の連れはタングレー卿をあまり好きになれそうにないと思ったそうです。どうしてだか、わかりますか？」

ミリアムが答えなかったので、リューは続けた。

「城砦の中にできるだけ敵を誘いこんで。グレンが反発を覚えた部分です。このとき、城砦の中には五人の兵士と、彼らが守っている料理人や神官たちがいました。タングレー卿は、彼らを捨て石として扱ったわけです」

「さすが騎士さまというべきかしらね。同じ話を聞いてたのに、気づかなかったわ」

感心したように、そしてどこか疲れたように、ミリアムが笑みを浮かべた。

「戦いの話ですからね。普段はもっと頭が悪いです。──話を戻して、その次の、アディントンでの戦いです。敵は人質をとった。タングレー卿たちは、人質を助けられなかった……」

一呼吸分の間を置いて、リューはミリアムを見据える。

「本当に？」

ミリアムは、小さな手を握りしめた。彼女の首で、小さな赤瑪瑙（あかめのう）が揺れる。

「私はこう考えました。タングレー卿たちは、はじめから人質を助けるつもりなどなかったのではないか。騎士でも兵士でもない人質に、助ける理由を見いだせなかったのではないか。ただし、それを態度に出せば住人の反感を買うことぐらいはわかっている。だから、人質たちが抵抗した、ということにした」

ミリアムは小さく息を吐いた。金色の髪をかきあげ、リューに笑いかける。

「……まるで見てきたように言うのね」

「違いましたか」

ミリアムは遠くに視線を向けた。懐かしそうな口調で、何でもないことのように答える。

「そのころのあたしは、パレンよりも小さかったわ。純粋だった。騎士さまたちが、自分の母親をきっと助けてくれると信じて疑わなかった。だから、騎士さまたちがいるという宿の場所を聞いて、応援に行ったの。——そうしたら、話し声が聞こえちゃったのよ」

人質たちをどうするのか。タングレーたちの出した結論は、冷酷きわまるものだった。

「あのお爺ちゃんはね、仲間をひそかに潜入させて、人質たちが抵抗するように仕向けたの。子供に聞かれちゃうんだから、間の抜けた話よね」

今度は、グレンとリューが言葉を失う番だった。タングレーは、ミリアムにとって母親の仇だったのだ。気を取り直して、グレンが聞いた。

「それなら、どうしてタングレーを殺さなかった？」

「萎えちゃった」

あっさりとした言葉とはうらはらに、ミリアムの目は昏く、負の感情が渦巻いている。

「あなたがさっき言ったように、あのお爺ちゃんは報いを受けたがっていたのよ。いままでやりたい放題やってきたくせに、あたしに殺されるだけで帳尻を合わせようとしてたわけ。どうしてあたしが、そんなのに協力してやらなきゃならないんだって思ったらね……」

殺されるだけで、という言い方もすさまじいものがあるな。グレンはそう思ったが、口には出さなかった。ミリアムの言い分に、理解できるところもあったからだ。

「だから、中途半端に放って部屋に戻ったんですか」

リューの声にはいくらか呆れたような調子があったが、ミリアムは気にせずにうなずいた。

「それで、あたしをどうするの？」

両手を頭の後ろで組んで、ミリアムは可愛らしく小首をかしげる。

「領主さまに突きだす？」

「まさか」と、グレンは首を横に振った。

「タングレーを殺したのはヒューバースだ。デルミオとエダルド、ゴードンを殺したのも。そのヒューバースは事故で死んだ。俺たちは巻きこまれた。それでいいだろう。あとのことは、ドゥカークに任せる」

「ふうん」と、鼻を鳴らして、ミリアムはそばかすを指でなぞる。

「あなたたちがそうするなら、それでいいわ。ところで、ゴードンがさがしていた宝物って、結局噂だけなの？」

グレンとリューは顔を見合わせる。リューが答えた。

「ありますよ」

「本当!?」

期待していなかったらしい、ミリアムは目を丸くして身を乗りだした。その声が聞こえたのだろう、荷車のそばで出発の準備をしていたドゥカークがこちらを振り返り、パレンを連れて歩いてくる。彼も、リューから話を聞いて驚きの表情をつくった。

「馬鹿な……。クルト様も、ランバルト様も、何度もこの城砦をさがしまわったのだぞ。それとも、財宝というのは何かのたとえなのか？」

「ああ、そういうものといえば、そうですね」

リューが服の袖の中から取りだしたのは、淡い光を放つ丸い義眼だった。ドゥカークとミリアムは反射的に身を引き、それから盛大なしかめっ面をつくる。パレンは、それが何なのかわかっていないからか、興味津々という顔で見つめていた。

「それは、タングレーの義眼か……？」

「ヒューバースが持っていました。ゴードンによれば『手つなぎの妖石』というそうです。クルト殿はよくできた義眼としか思わなかったようですが」

リューが歩きだし、グレンが彼女の隣に並ぶ。ドゥカークとミリアムは、好奇心とかすかな不安とを抱えて、二人に続いた。パレンはドゥカークに手をつないでいる。

グレンたちは城砦に入った。広間に向かう。

円形の広間には、黒獅子像が横倒しのままで放っておかれていた。ヒューバースの死体はどうにか引っ張り出したが、像を戻す気にはさすがになれなかったのだ。

リューは足を止めて、ドゥカークを振り返る。

「これは、たぶんパレンに関わるものです。本当に見てみますか？」

ドゥカークが考えたとしても、それは一呼吸分ほどの時間だった。

「パレンに関わるのならば、むしろ知っておくべきだろう」

「わかりました」

リューは黒獅子像へと歩いていき、そばに屈みこむと、像の右目に義眼を押しこんだ。像の右目の部分は小さな穴になっており、まるでそこが定位置であるかのように、義眼がはまる。

次の瞬間、地鳴りが轟いた。

「何ごとだ……！」

城砦全体が大きく揺れ、広間を形成する壁がぼろぼろと崩れ落ちる。ミリアムはグレンに飛びつき、ドゥカークはパレンを抱きしめ、パレンは父にしがみついた。立っていられないほど激しくはないが、平然としていられるほど小さくもない。グレンは平静を装っていたが、天井まで崩れてきたらと思うと、緊張と恐怖で顔から血の気が引いていた。

視界は揺れ続け、石材が床に落ちるたびに轟音が重なって鼓膜を痛めつける。周囲には土煙が朦々とたちこめて、逃げようにもどこへ向かえばいいのかわからない。

揺れが続いたのは、二十を数えるほどの間だった。揺れがおさまってからも、しばらくは誰も動かず、一言も発さなかった。

やがて、「見てください」と、グレンにしがみついたままの体勢でリューが言った。

おそるおそるドゥカークらが顔をあげる。陽光が、広間に射しこんでいた。まずそのことに彼らは驚いた。まわりを何度も見回して、何が起こったのか理解したミリアムが感嘆の声をあげる。グレンもとっさに声が出なかった。

広間を構成する壁がほとんど崩れ去って、十数本の長大な柱が、円を描くようにそびえたっていた。それらの柱はすべて、装飾のまったくない巨大な石だった。

「黒獅子伯が妖精と会った場所、ゴードンの詩によれば、『環を描くように置かれたいくつもの巨石のそば』……。それがここだと思います」

「黒獅子伯が遺した財産というのは、これなのか……」

顔から幾筋もの汗を流して、ドゥカークが呻いた。リューに尋ねる。

「わしは魔術に疎(うと)いが、これはどのていどの価値があるのだろうか」

「お金に換えることは難しいと思いますよ。それに、黒獅子伯の血を引く者にしか反応しない可能性がありますから」

リューは肩をすくめる。

「私たちは旅の者です。書簡と同じく、これをどう扱うかはあなたたちにお任せします」

薄雲の隙間から、銀色の輝きが地上を静かに照らす。真円に近い形の月と、無数の星が、薄雲と薄雲の間に煌めいていた。

ドゥカークたちと別れたあと、グレンとリューは予定通りイルミンの町に向かって歩きだした。そして、昼を過ぎたころ、てきとうな木陰で休憩した。もうイルミンの町まで間もないことはわかっていたし、何より強烈な眠気にあらがえなかったのだ。

そうして目覚めたときは、日がだいぶ傾いていた。

二人は慌てて荷物をまとめ、外套(がいとう)についた土を払って歩きだしたが、まもなく日が沈み、そしていまに至るというわけだった。

「ミリアムが、ドゥカークさんについていったのは意外でしたね」

ぽつりと、リューが言った。「行くあてもないから」と、ミリアムは娼館を逃げ出してきたのだ。親戚のところへ行くという話も嘘だった。彼女に頼まれたドゥカークはもちろん渋ったが、ミリアムはパレンをあやし、瞬く間に手懐けてしまった。そうなると、ドゥカークは反対できなかった。

ドゥカークにはこれからやることが多い。パレンの面倒を見る人間が必要だった。

「巡りあわせっていうのは、ああいうものだろう」

おそらく、彼らに会うことはもうないだろう。グレンたちが再びこの地を訪れることは、まずないからだ。魔術師を嫌っているという土地柄についてはともかく、一日のうちに二度も殺人事件に巻きこまれたのだ。この地と、どうしようもなく相性が悪いとしか思えなかった。

「そういえば、腑に落ちないことがある」

思いだしたように、グレンが言った。

「あんなに都合よく、黒獅子像がヒューバースに落ちるものなのか？」

「そういうことだってあるでしょう、と言いたいところですが」

いくばくかの間を置いて、リューは相棒に問いかける。

「あなたは視線に気づきましたか？」

「ああ」と、グレンは盛大に顔をしかめたあと、もしかしてと思って尋ねた。

「おまえ、あれの正体を知ってるのか？」

「推測でよければ」

リューの言葉に、グレンはうなずいた。こちらはその推測すらできないのだ。

「魔術の神アラドスです。黒獅子伯に力を貸したという妖精は、アラドスだったと思います」

二人の間を沈黙がよぎる。突拍子もない言葉を、どうにかしてグレンが呑みこむと、それを待っていたかのようにリューは説明を続けた。

「あの広間のような、環を描くように大きな石を並べたところでは、神々や妖精が棲みつきやすいといわれています。黒獅子伯はあの場所でアラドスと会い、ともに冒険をし、あの城の一室を……広間を与えました。アラドスは、黒獅子伯の子孫を守ると誓った」

月を見上げて、リューは一息つく。グレンはああ、と納得したようにうなずいた。

「俺たちに襲いかかってきたあの屍鬼(ゾンビ)は、アラドスが差し向けてきたものだったのか」

クルトやランバルトと敵対するかもしれない。あのとき、二人はそう話した。

ドゥカークが頭蓋骨の屍鬼(ゾンビ)に襲われたときも、デルミオがランバルトを討つと言っていた。

「ヒューバースは、パレンを殺すと言いました。黒獅子伯の血を引く子供を。それにアラドスは反応したのでしょうね」

グレンは小さく唸った。いつになく難しい顔をして、夜空を見上げる。

「だが、おまえの言う通りなら、アラドスはもっと早くからパレンを守るための行動を起こしてもよさそうに思えるんだが……」

グレンの言葉は歯切れが悪い。リューも推測と言っているのだから、細かいところを追及するべきではないと思う。ただ、少し気になったのだ。

「あなたが疑問に思うのもわかります。私も、あまり自信が持てませんから。ただ、これかもしれないと思う答えはあります。——シュザンナです」

「……シュザンナがどうかしたのか？」

グレンにはさっぱりわからない。遠くを見ながらリューは言った。

「私は、あのひとが復讐のためにアラドスの像に祈っていたのだと思っていました。でも、違ったのかもしれません。あのひとは、自力でデルミオと刺し違えるつもりでした。もしもアラドスが動いたのだとしたら、ドゥカークやパレンの無事を望むものだったら……」

その祈りが聞き届けられて、アラドスが妖精に働きかけたのだとしたら。

「まあ、推測です。説得力には欠けます。本当にアラドスがそうした願いをかなえてくれるのなら、祈るひとの数はもっと多いでしょうから」

「そうだな」

グレンは相槌を打った。その顔には、苦笑めいたものが浮かんでいる。

リューの言う通り、説得力には欠けるのかもしれない。だが、その考えを、グレンは抵抗なく受け入れることができた。

グレンの母は、娘が野盗にさらわれたことを伝えて息を引き取った。死に際まで、アンナのことを想っていた。

シュザンナに勝手な思いを押しつけているのを承知しながら、できればそうであってほしいと、グレンは思った。

遠くに、暖かな光を無数に灯した町の陰影が見えた。

半刻ばかり歩くことになりそうだが、曲がりくねりながらも町まで延びている街道が見えるので、さほど不安はなかった。風がそれほど冷たくないのもありがたい。

「さすがに今夜は、昨日みたいな目にあわずにすみそうだな」

町の明かりを見つめて、グレンは安堵の息をついた。

「急ぎましょう、グレン」

それまで隣を歩いていたリューが、グレンの右手をとりながら前へ出た。彼女の手に握られた杖の先端は、魔術で生みだした光に包まれている。急に視界へ飛びこんできた光に目を細めながら、グレンは呆れた顔で彼女を見た。

「急いでどうする。とうに城門は閉まっているだろう」

そう言うと、リューはわかっていないと言いたげに肩をすくめた。

「あれぐらい大きな町なら、城門の近くに守備兵の詰め所があるはずです。それに、運がよければ、町に入りそこねた旅人が野営をしているかもしれません」

「ああ、腹が減ってるんだな」

グレンは納得したという顔になる。兵の詰め所があれば、備蓄されている何日分かの食糧があるだろう。旅人がいれば、余分に食糧を持っているかもしれない。交渉次第では、それを買うこともできるだろう。

いつになく活発なリューに手を引かれて歩きながら、グレンは意地の悪い仮定をぶつける。

「カッラの実を使った食いものしかなかったら、どうする」

カッラは、大陸東部のほとんどの地域で見られる木だ。枝の先に、固い殻に守られた楕円形の実を大量につける。実は子供の耳ぐらいの大きさで、そのまま食べる者もいるが、調味料に使われることの方が多い。辛みのあとにかすかな酸っぱさが舌に残る、奇妙な味をしており、リューはこの酸っぱさが苦手だった。

「少しだけなら、我慢します」

いくばくかの間を置いて、リューは答えた。

「ところで、あの町では一日だけ休むとして――そのあとはどうします？」

「そうだな……」

町の灯りを見ながら、グレンはぼんやりと考える。何にせよ、この地からは、遠く離れる必要がある。ラグラス王国かグリストルディ王国、あるいは「虹の花咲くセーファス」や「夏の枯れた氷洞（ひょうどう）」、「暗き鉄の道」など、有名な都市や遺跡を訪ねてみる手もあった。

「たとえば、ル＝ドン……俺の故郷というのはどうだ」

何気（なにげ）ない口調で言ってみると、リューはくすりと笑った。

「私を妻として連れて帰るということですか？」

グレンは何度か瞬きをして、それから苦笑を漏らす。何年も離れていた故郷に、若く美しい娘をともなって帰るというのは、そう見られてもおかしくない。

「じゃあ、俺の嫁になるか」

この切り返しは意外だったようで、リューはすぐには言葉を返さなかった。

「本気で言っていますか？」

「おまえを抱いているときは、いつもそのつもりだ」

リューはおおげさに肩をすくめて、杖を振りまわす。闇の中に光の軌跡が描かれた。

「どうしたんですか、急に。私の目的も、あなたの目的も、まだ果たされていないのに」

「おまえと旅をして、そろそろ一年になるだろう」

歩きながら、グレンは言葉をさがす。

「おたがいの目的を果たしたあとも、俺はおまえといたい」

「……考えなし」

呆れたようなため息をまじえての返答は、そのようなものだった。

「もう少し、こう、私の心をときめかせようとは思わないんですか？」

「故郷にはそれなりに蓄えがあるから当面食いっぱぐれないぞ」

そう言葉を返すと、リューはスセリの杖でグレンの腕を軽く叩いた。

「まあ、考えておきます。あなたといると、両親を思いだしますから」

その言葉に、グレンは興味をひかれた。彼女が家族の話をすることは非常に少ない。

「どんな両親だったんだ？」

「甲斐性なしの父に、母がしょっちゅう悪口や皮肉をぶつける明るい家庭でしたよ」

リューはそう答えて、くすりと笑った。

二人の頭上で、月は煌々と輝いている。

あとがき

はじめまして。本作以外に私の作品を読んだことがある方は、おひさしぶりです。川口士と申します。『黒獅子城奇譚』を手にとってくださり、ありがとうございます。

本作は、「一夜の出来事」「謎解き」「大人らしい雰囲気」という、私がこれまで挑戦したことのない題材を中心に書きあげたものです。拙著『折れた聖剣と帝冠の剣姫』シリーズと同じ世界を舞台にした物語ですが、そちらを読まずともこの一冊だけで問題なく楽しめるようになっております。

遊歴の騎士グレンと女魔術師リューが、雷雨を逃れて立ち寄った黒獅子城でどのような一夜を過ごすのか。初めてなので拙い部分などあるかもしれませんが、楽しんでいただければ幸いです。

それでは謝辞を。

グレンとリューをはじめとする十一人の登場人物をすべて描き、数々の美麗なイラストを仕上げてくださった八坂ミナト様、ありがとうございました！　予定を大きく過ぎてしまったこと本当に申し訳ありません。

編集のK様、道を踏み外しかけるたびに手綱をひいて修正していただき、ありがとうございます！　次はもう少しすんなりいってくれればいいなと思っています。願望です。それから、同じ会社のT澤さんには企画協力、尻を叩いて急かす等々、手伝ってもらいました。お礼申しあげます。

この本が書店に並ぶまでの過程に関わったすべての方々にも、この場を借りて感謝を。

最後に、読者の皆様。本作を手にとってくださり、ありがとうございました。

ここでひとつ告知をさせていただきますと、同じくDX文庫から出している『魔弾の王と凍漣の雪姫』の二巻が、年明けに刊行予定です。こちらありがたいことにコミカライズも決定しまして、そちらの作業も進めております。詳細は続報をお待ちください。

それでは、またどこかでお会いしましょう。


目覚めたらまず暖房をつける日に　川口　士

この作品の感想をお寄せください。

あて先　〒101-8050　東京都千代田区一ツ橋2-5-10
集英社　ダッシュエックス文庫編集部　気付
川口 士先生　八坂ミナト先生

ダッシュエックス文庫

黒獅子城奇譚

川口 士

2018年12月26日　第1刷発行

★定価はカバーに表示してあります

発行者　鈴木晴彦
発行所　株式会社　集英社
〒101－8050　東京都千代田区一ツ橋2－5－10
03(3230)6229(編集)
03(3230)6393(販売／書店専用) 03(3230)6080(読者係)
印刷所　図書印刷株式会社

ISBN978-4-08-631279-0 C0193